萧红文集
XIAO HONG WEN JI

小城三月

萧红 ◎ 著

吉林出版集团股份有限公司

图书在版编目（CIP）数据

小城三月 / 萧红著 . —长春：吉林出版集团股份有限公司，2017.6（2021.5 重印）

（昨日芳菲：近现代名家经典作品丛刊 / 杜贞霞主编）

ISBN 978-7-5581-2731-1

Ⅰ．①小… Ⅱ．①萧… Ⅲ．①长篇小说—中国—当代 Ⅳ．① I247.5

中国版本图书馆 CIP 数据核字（2017）第 128811 号

小城三月

著　　者	萧　红
策划编辑	杜贞霞
责任编辑	齐　琳　史俊南
封面设计	老　刀
开　　本	650mm×960mm　1/16
字　　数	288 千字
印　　张	21.5
版　　次	2017 年 10 月第 1 版
印　　次	2021 年 5 月第 2 次印刷
出　　版	吉林出版集团股份有限公司
电　　话	总编办：010-63109269
	发行部：010-69584388
印　　刷	三河市京兰印务有限公司

ISBN 978-7-5581-2731-1　　　　定价：52.80 元

版权所有　　侵权必究

目 录

小城三月 …………………………………………… 1
两个青蛙 …………………………………………… 24
哑老人 ……………………………………………… 28
马房之夜 …………………………………………… 34
家族以外的人 ……………………………………… 41
红的果园 …………………………………………… 75
王四的故事 ………………………………………… 78
后花园 ……………………………………………… 83
北中国 ……………………………………………… 103
看风筝 ……………………………………………… 126
腿上的绷带 ………………………………………… 132
叶　子 ……………………………………………… 139
王阿嫂的死 ………………………………………… 142
太太与西瓜 ………………………………………… 151
出　嫁 ……………………………………………… 153
手 …………………………………………………… 156
牛车上 ……………………………………………… 172
两朋友 ……………………………………………… 182

黄　河 ·· 189
夜　风 ·· 200
清晨的马路上 ······································ 209
渺茫中 ·· 214
离　去 ·· 216
患难中 ·· 219
亚　丽 ·· 222
桥 ·· 226
汾河的圆月 ·· 238
孩子的讲演 ·· 241
朦胧的期待 ·· 247
逃　难 ·· 255
旷野的呼喊 ·· 262
莲花池 ·· 287
山　下 ·· 312
梧　桐 ·· 336
花　狗 ·· 338

小城三月

一

　　三月的原野已经绿了,像地衣那样绿,透出在这里、那里。郊原上的草,是必须转折了好几个弯儿才能钻出地面的,草儿头上还顶着那胀破了种粒的壳,发出一寸多高的芽子,欣幸地钻出了土皮。放牛的孩子在掀起了墙脚下面的瓦时,找到了一片草芽子,孩子们回到家里告诉妈妈,说:"今天草芽出土了!"妈妈惊喜地说:"那一定是向阳的地方!"抢根菜的白色的圆石似的籽儿在地上滚着,野孩子一升一斗地在拾着。蒲公英发芽了,羊咩咩地叫,乌鸦绕着杨树林子飞。天气一天暖似一天,日子一寸一寸的都有意思。杨花满天照地飞,像棉花似的。人们出门都是用手捉着,杨花挂着他了。草和牛粪都横在道上,放散着强烈的气味。远远的有用石子打船的声音。"空空……"的大声传来。

　　河冰化了,冰块顶着冰块,苦闷地又奔放地向下流。乌鸦站在冰块上寻觅小鱼吃,或者是还在冬眠的青蛙。

　　天气突然地热起来,说是"二八月,小阳春",自然冷天气要来的,但是这几天可热了。春带着强烈的呼唤从这头走到那头……

小城里被杨花给装满了，在榆钱还没变黄之前，大街小巷到处飞着，像纷纷落下的雪块……

春来了。人人像久久等待着一个大暴动，今天夜里就要举行，人人带着犯罪的心情，想参加到解放的尝试……春吹到每个人的心坎，带着呼唤，带着蛊惑……

我有一个姨，和我的堂哥哥大概是恋爱了。

姨母本来是很近的亲属，就是母亲的姊妹。但是我这个姨，她不是我的亲姨，她是我的继母的继母的女儿。那么她可算与我的继母有点血统的关系了，其实也是没有的。因为我这个外祖母是在已经做了寡妇之后才来到我外祖父家，翠姨就是这个外祖母原来在另外一家所生的女儿。

翠姨生得并不是十分漂亮，但是她长得窈窕，走起路来沉静而且漂亮，讲起话来清楚地带着一种平静的感情。她伸手拿樱桃吃的时候，好像她的手指尖对那樱桃十分可怜的样子，她怕把它触坏了似的轻轻地捏着。

假若有人在她的背后唤她一声，她若是正在走路，她就会停下了；若是正在吃饭，就要把饭碗放下，而后把头向着自己的肩膀转过去，而全身并不大转，于是她自觉地闭合着嘴唇，像是有什么要说而一时说不出来似的……

而翠姨的妹妹，忘记了她叫什么名字，反正是一个大说大笑的，不十分修边幅，和她的姐姐全不同。花的绿的，红的紫的，只要是市上流行的，她就不大加以选择，做起一件衣服来赶快就穿在身上。穿上了而后，到亲戚家去串门，人家恭维她的衣料怎样漂亮的时候，她总是说，和这完全一样的，还有一件，她给了她的姐姐了。

我到外祖父家去，外祖父家里没有像我一般大的女孩子陪着我玩,所以每当我去,外祖母总是把翠姨喊来陪我。

翠姨就住在外祖父的后院,隔着一道板墙,一招呼,听见就来了。

外祖父住的院子和翠姨住的院子,虽然只隔一道板墙,但是却没有门可通,所以还得绕到大街上去从正门进来。

因此有时翠姨先来到板墙这里,从板墙缝中和我打了招呼,而后回到屋去装饰一番,才从大街上绕了个圈来她母亲的家里。

翠姨很喜欢我。因为我在学堂里念书,而她没有,她想什么事我都比她明白。所以,她总是有许多事务同我商量,看看我的意见如何。

到夜里,我住在外祖父家里了,她就陪着我也住下。

每每睡下就谈,谈过了半夜,不知为什么总是谈不完……

开初谈的是衣服怎样穿,穿什么样的颜色,穿什么样的料子。比如走路应该快或是应该慢。有时,白天里她买了一个别针,到夜里她拿出来看看,问我这别针到底是好看或是不好看。那时候,大概是十五年前的时候,我们不知城外如何装扮一个女子,而在这个城里,几乎个个都有一条宽大的绒绳结的披肩,蓝的紫的,各色的都有,但最多多不过枣红色的。几乎在街上所见的都是枣红色的大披肩了。

哪怕红的绿的那么多,但总没有枣红色的最流行。

翠姨的妹妹有一条,翠姨有一条,我的所有的同学,几乎每人都有一条。就连素不考究的外祖母的肩上也披着一条,只不过披的是蓝色的,没有敢用最流行的枣红色的就是了。因为她总算年纪大了一点,对年轻人让了一步。

还有那时候都流行穿绒绳鞋,翠姨的妹妹就赶快地买了穿上,因为她那个人很粗心大意,好坏她不管,只是人家有她也有,别人是人穿衣裳,而翠姨的妹妹就好像被衣服所穿了似的,芜芜杂杂，但永远合乎着应有尽有的原则。

翠姨的妹妹的那绒绳鞋，买来了，穿上了。在地板上跑着，不大一会工夫，那每只鞋脸上系着的一只毛球，竟有一个毛球已经离开了鞋子，向上跳着，只还有一根绳连着，不然就要掉下来了。很好玩的，好像一颗大红枣被系到脚上去了。因为她的鞋子也是枣红色的。大家都在嘲笑她的鞋子一买回来就坏了。

翠姨她没有买，也许她心里边早已经喜欢了，但是看上去她都像反对似的，好像她都不接受。

她必得等到许多人都开始采办了，这时候，看样子她才稍稍有些动心。

好比买绒绳鞋，夜里她和我谈话问过我的意见，我说也是好看的，我有很多的同学她们也都买了绒绳鞋。

第二天，翠姨就要求我陪着她上街，先不告诉我去买什么，进了铺子选了半天别的，才问到我绒绳鞋。

走了几家铺子，都没有，都说是已经卖完了。我晓得店铺的人是这样瞎说的，表示他家这店铺平常总是最丰富的，只恰巧你要的这件东西，他就没有了。我劝翠姨说，咱们慢慢地走，别家一定会有的。

我们坐马车从街梢上的外祖父家来到街中心的。

见了第一家铺子，我们就下了马车。不用说，马车我们已经是付过了价钱的。等我们买好了东西回来的时候，会另外叫一辆的，因为我们不知道要等多久。

大概看见什么好，虽然不需要也要买点；或是东西已经买全了，不必要再多留连，也要留连一会；或是买东西的目的，本来只在一双鞋，而结果鞋子没有买到，反而罗里罗嗦地买回来许多用不着的东西。

这一天，我们辞退了马车，进了第一家店铺。

在别的大城市里没有这种情形，而在我家乡里往往是这样，坐了马车，虽然是付过了钱，让他自由去兜揽生意，但他常常还仍旧等候在铺子的门外。等一出来，他仍旧请你坐他的车。

我们走进第一个铺子，一问没有，于是就看了些别的东西，从绸缎看到呢绒，从呢绒再看到绸缎，布匹根本不看的，并不像母亲们进了店铺那样子。这个买去做被单，那个买去做棉袄的，因为我们管不了被单棉袄的事。母亲们一月不进店铺，一进店铺又是这个便宜应该买；那个不贵，也应该买。比方一块在夏天才用得着的花洋布，母亲们冬天里就买起来了，说是趁着便宜多买点，总是用得着的。而我们就不然了，我们是天天进店铺的，天天搜寻些个是好看的，是贵的值钱的，平常时候绝对的用不到想不到的。

那一天，我们买了许多花边回来，钉着光片的，带着琉璃的。说不上要做什么样的衣服才配得着这种花边。也许根本没有想到做衣服，就贸然地把花边买下了。一边买着，一边说好，翠姨说好，我也说好。到后来，回到家里，当众打开了让大家批判，这个一言，那个一语，让大家说得也有点没有主意了，心里已经五六分空虚了。于是赶快地收拾了起来，或者从别人的手里夺过来，把它包起来，说她们不识货，不让她们看了。

勉强说着：

"我们要做一件红金丝绒的袍子，把这个黑琉璃边镶上。"

或："这红的我们送人去……"

说虽仍旧如此说，心里已经八九分空虚了，大概是这些所心爱的，从此就不会再出头露面的了。

在这小城里，商店究竟没有多少，到后来又加上看不到绒绳鞋，心里着急，也许跑得更快些。不一会工夫，只剩了三两家了。而那三两家，又偏偏是不常去的，铺子小，货物少。想来它那里也是一定不会有的了。

我们走进一个小铺子里去，果然有三四双，非小即大，而且颜色都不好看。

翠姨有意要买，我就觉得奇怪，原来就不十分喜欢，既然没有好的，又为什么要买呢？让我说着，没有买成回家去了。

过了两天，我把买鞋子这件事情早忘了。

翠姨忽然又提议要去买。

从此我知道了她的秘密，她早就爱上了那绒绳鞋了，不过她没有说出来就是了。她的恋爱的秘密就是这样子的。她似乎要把它带到坟墓里去，一直不要说出口，好像天底下没有一个人值得听她的告诉……

在外边飞着满天大雪，我和翠姨坐着马车去买绒绳鞋。我们身上围着皮褥子，赶车的车夫高高地坐在车夫台上，摇晃着身子，唱着沙哑的山歌："喝咧咧……"耳边风呜呜地啸着，从天上倾下来的大雪，迷乱了我们的眼睛，远远的天隐在云雾里，我默默地祝福翠姨快快买到可爱的绒绳鞋，我从心里愿意她得救……

市中心远远地朦朦胧胧地站着，行人很少，全街静悄无声。我们一家挨一家地问着，我比她更急切，我想赶快买到吧，我小心地盘问着那些店员们，我从来不放弃一个细微的机会，我鼓励翠姨，没有忘记一家，使她都有点儿诧异，我为什么忽然这样热心起来。但是我完全不管她的猜疑，我不顾一切地想在这小城里面，找出一双绒绳鞋来。

只有我们的马车，因为载着翠姨的愿望，在街上奔驰得特别的清醒，又特别的快。雪下得更大了，街上什么人都没有了，只有我们两个人，催着车夫，跑来跑去。一直到天都很晚了，鞋子没有买到，翠姨深深地看着我的眼睛说："我的命，不会好的。"

我很想装出大人的样子，来安慰她，但是没有等到找出什么适当的话来，泪便流出来了。

二

翠姨以后也常来我家住着，是我的继母把她接来的。

因为她的妹妹订婚了，怕是她的家里并没有多少人，只有她的一个六十多岁的老祖父，再就是一个也是寡妇的伯母，带一个女儿。

堂姊妹本该在一起玩耍解闷的，但是因性格的相差太远，一向是水火不同炉地过着日子。

她的堂妹妹，我见过，永久是穿着深色的衣裳，黑黑的脸，一天到晚陪着母亲坐在屋子里。母亲洗衣裳，她也洗衣裳；母亲哭，她也哭。也许她帮着母亲哭她死去的父亲，也许哭的是她们的家穷。那别人就不晓得了。

本来是一家的女儿，翠姨她们两姊妹却像有钱的人家的小姐，而那个堂妹妹，看上去却像个乡下丫头。这一点，使她得到常常到我们家里来住的权利。

她的亲妹妹订婚了，再过一年就出嫁了。在这一年中，妹妹大大地阔气起来，因为婆家那方面一订了婚就送来了聘礼。这个城里，从前不用大洋票，而用的是广信公司出的帖子，一百吊一千吊地论。她妹妹的聘礼大概是几万吊，所以她忽然不得了起来，今天买这样，明天买那样，花别针一个又一个的，丝头绳一团一团的，带穗的耳坠子，洋手表，样样都有了。每逢上街的时候，她和她姐姐一道，现在总是她付车钱了。她的姐姐要付，她却百般地不肯，有时当着人面，姐姐一定要付，妹妹一定不肯，结果闹得很窘，姐姐无形中觉得一种权利被人剥夺了。

但是关于妹妹的订婚,翠姨一点也没有羡慕的心理。妹妹未来的丈夫,她是看过的,没有什么好看,很高,穿着蓝袍子黑马褂,好像商人,又像一个小土绅士。又加上翠姨太年轻了,想不到什么丈夫,什么结婚。

因此,虽然妹妹在她的旁边一天比一天丰富起来,妹妹是有钱了,但是妹妹为什么有钱的,她没有考查过。

所以当妹妹尚未离开她之前,她绝对地没有重视"订婚"的事。

不过她常常地感到寂寞。她和妹妹出来进去的,因家庭环境孤寂,竟好像一对双生子似的,而今去了一个。不但翠姨自己觉得单调,就是她的祖父也觉得她可怜。

所以自从她的妹妹嫁了人,她就不大回家,总是住在她的母亲的家里。有时我的继母也把她接到我们家里。

翠姨非常聪明,她会弹大正琴,就是前些年所流行在中国的一种日本琴。她还会吹箫或是会吹笛子。不过弹那琴的时候却很多。住在我家里的时候,我家的伯父,每在晚饭之后必同我们玩这些乐器的。笛子、箫、日本琴、风琴、月琴,还有什么打琴。真正的西洋的乐器,可一样也没有。

在这种正玩得热闹的时候,翠姨也来参加了。翠姨弹了一个曲子,和我们大家立刻就配合上了。于是大家都觉得在我们那已经天天闹熟了的老调子之中,又多了一个新的花样。于是立刻我们就加倍地努力,正在吹笛子的把笛子吹得特别响,把笛膜震抖得似乎就要爆炸了似的,滋滋地叫着。十岁的弟弟在吹口琴,他摇着头,好像要把那口琴吞下去似的,至于他吹的是什么调子,已经是没有人留意了。在大家忽然来了勇气的时候,似乎只需要这种胡闹。

而那按风琴的人,因为越按越快,到后来也许是已经找不到琴键了，只是那踏脚板越踏越快，踏得呜呜地响，好像有意要毁坏了那风琴，而想把风琴撕裂了一般的。

大概所奏的曲子是《梅花三弄》，也不知道接连地弹过了多少圈，看大家的意思都不想要停下来。不过到了后来，实在是气力没有了，找不着拍子的找不着拍子，跟不上调的跟不上调，于是在大笑之中，大家停下来了。

不知为什么，在这么快乐的调子里边，大家都有点伤心，也许是乐极生悲了，把我们都笑得流着眼泪，一边还笑。

正在这时候，我们往门窗处一看，我的最小的小弟弟，刚会走路，他也背着一个很大的破手风琴来参加了。

谁都知道，那手风琴从来也不会响的，把大家笑死了。在这回得到了快乐。

我的哥哥（伯父的儿子，钢琴弹得很好）吹箫吹得最好，这时候他放下了箫，对翠姨说："你来吹吧！"翠姨却没有言语，站起身来，跑到自己的屋子去了，我的哥哥好久好久地看住那帘子。

三

翠姨在我家，和我住一个屋子。月明之夜，屋子照得通亮。翠姨和我谈话，往往谈到鸡叫，觉得也不过刚刚才半夜。

鸡叫了，才说："快睡吧，天亮了。"

有的时候，一转身，她又问我：

"是不是一个人结婚太早不好，或许是女孩子结婚太早是不好的！"

我们以前谈了很多话，但没有谈到这些。

总是谈什么衣服怎样穿，鞋子怎样买，颜色怎样配；买了毛线来，这毛线应该打个什么样的花纹；买了帽子来，应该批判这帽子还微微有缺点，这缺点究竟在什么地方，虽然说是不要紧，或者是一点关系也没有，但批评总是要批评的。

有时再谈得远一点，就表姊表妹之类订了婆家，或什么亲戚的女儿出嫁了，或是什么耳闻的，听说的，新娘和新姑爷闹别扭之类。

那个时候，我们的县里早就有了洋学堂了。小学好几个，大学没有。只有一个男子中学，往往成为谈论的目标。谈论这个，不单是翠姨，外祖母、姑姑、姐姐之类，都愿意讲究这当地中学的学生。因为他们一切洋化，穿着裤子，把裤腿卷起来一寸；一张口，"格得毛宁"外国语，他们彼此一说话就"答答答"，听说这是什么俄国话。而更奇怪的是他们见了女人不怕羞。这一点，大家都批评说是不如从前了。从前的书生，一见了女人脸就红。

我家算是最开通的了。叔叔和哥哥他们都到北京和哈尔滨那些大地方去读书了，他们开了不少的眼界。回到家里来，大讲他们那里都男孩子和女孩子同学。

这一题目，非常的新奇，开初都认为这是造了反。后来因为叔叔也常和女同学通信，因为叔叔在家庭里是有点地位的人。并且父亲从前也加入过国民党，革过命，所以这个家庭都"咸与维新"起来。

因此在我家里，一切都是很随便的，逛公园，正月十五看花灯，都是不分男女，一齐去。

而且我家里设了网球场，一天到晚地打网球，亲戚家的男孩子来了，我们也一齐地打。

这都不谈，仍旧来谈翠姨。

翠姨听了很多的故事。关于男学生结婚的事情，就是我们本县里，已经有几件事情不幸的了。有的结婚了，从此就不回家了；有的娶来了太太，把太太放在另一间屋子里住着，而且自己却永久住在书房里。

每逢讲到这些故事时，多半别人都是站在女的一边，说那男子都是念书念坏了，一看了那不识字的又不是女学生之类就生气，觉得处处都不如他，天天总说婚姻不自由。可是自古至今，都是爹许娘配的，偏偏到了今天，都要自由。看吧，这还没有自由呢，就先来了花头故事了，娶了太太的不回家，或是把太太放在另一个屋子里。这些都是念书念坏了的。

翠姨听了许多别人家的评论。大概她心里边也有些不平，她就问我不读书是不是很坏的，我自然说是很坏的。而且她看了我们家里男孩子、女孩子通通到学堂去念书的。而且我们亲戚家的孩子也都是读书的。

因此她对我很佩服，因为我是读书的。

但是不久，翠姨就订婚了。就是她妹妹出嫁不久的事情。

她的未来的丈夫，我见过，在外祖父的家里。人长得又矮又小，穿一身蓝布棉袍子，黑马褂，头上戴一顶赶大车的人所戴的四耳帽子。

当时翠姨也在的，但她不知道那是她的什么人，她只当是哪里来了这样一位乡下的客人。外祖母偷着把我叫过去，特别告诉了我一番，这就是翠姨将来的丈夫。不久翠姨就很有钱。她的丈夫的家里，比她妹妹丈夫的家里还更有钱得多。婆婆也是个寡妇，守着个独生的儿子。儿子才十七岁，是在乡下的私学馆里读书。

翠姨的母亲常常替翠姨解说，人小点不要紧，岁数还小呢，再长上两三年两个人就一般高了。劝翠姨不要难过，婆家有钱就好的。聘礼的钱十多万都交过来了，而且就由外祖母的手亲自交给了翠姨；而且还有别的条件保障着，那就是说，三年之内绝对不准娶亲，藉着男的一方面年纪太小为辞，翠姨更愿意远远地推着。

翠姨自从订婚之后，是很有钱的了，什么新样子的东西一到，虽说不是一定抢先去买了来，总是过不了多久，箱子里就要有的了。那时候夏天最流行银灰色市布大衫，而翠姨穿起来最好，因为她有好几件，穿过两次不新鲜就不要了，就只在家里穿，而出门就又去做一件新的。

那时候正流行着一种长穗的耳坠子，翠姨就有两对：一对红宝石的，一对绿的。而我的母亲才能有两对，而我才有一对。可见翠姨是顶阔气的了。

还有那时候就已经开始流行高跟鞋了。可是在我们本街上却不大有人穿，只有我的继母早就开始穿，其余就算是翠姨。并不是一定因为我的母亲有钱，也不是因高跟鞋一定贵，只是女人们没有那么摩登的行为，或者说她们不很容易接受新的思想。

翠姨第一天穿起高跟鞋来，走路还很不安定，但到第二天就比较地习惯了。到了第三天，就说以后，她就是跑起来也是很平稳的。而且走路的姿态更加可爱了。

我们有时也去打网球玩玩，球撞到她脸上的时候，她才用球拍遮了一下，否则她半天也打不到一个球。因为她一上了场站在白线上就是白线上，站在格子里就是格子里，她根本不动。有的时候她竟拿着网球拍子站着一边去看风景去了。尤其是大家打完了网球，吃东西的吃东西去了，洗脸的洗脸去了。惟有她一个人站在短篱前面，向着远远的哈尔滨市影痴望着。

有一次我同翠姨一同去做客。我继母的族中娶媳妇。她们是八旗人，也就是满人，满人才讲究场面呢，所有的族中的年轻的媳妇都必得到场，而且个个打扮得如花似玉。似乎咱们中国的社会，是没这么繁华的社交的场面的，也许那时候，我是小孩子，把什么都看得特别繁华。就只说女人们的衣服吧,就个个都穿得和现在西洋女人在夜总会里边那么庄严,一律都穿着绣花大袄。而她们是八旗人,大袄的襟下一律地没有开口,而且很长。大袄的颜色枣红的居多,绛色的也有,玫瑰紫色的也有。而那上边绣的花色,有的荷花,有的玫瑰,有的松竹梅,一句话,特别的繁华。

她们的脸上,都擦着白粉,她们的嘴上都染得桃红。

每逢一个客人到了门前,她们是要列着队出来迎接的,她们都是我的舅母,一个一个地上前来问候了我和翠姨。

翠姨早就熟识她们的,有的叫表嫂子,有的叫四嫂子。而在我,她们就都是一样的,好像小孩子的时候,所玩的用花纸剪的纸人,这个和那个都是一样,完全没有分别。都是花缎袍子,都是白白的脸,都是很红的嘴唇。

就是这一次,翠姨出了风头了,她进到屋里,靠着一张大镜子旁坐下了。女人们就忽然都上前来看她,也许她从来没有这么漂亮过,今天把别人都惊住了。依我看,翠姨还没有她从前漂亮呢,不过她们说翠姨漂亮得像棵新开的腊梅。翠姨从来不搽胭脂的,而那天又穿了一件为着将来做新娘子而准备的蓝色缎子满是金花的夹袍。

翠姨让她们围起看着,难为情了起来,站起来想要逃掉似的,迈着很勇敢的步子,茫然地往里边的房间里闪开了。

谁知那里边就是新房呢,于是许多的嫂嫂就哗然地叫着,说:

"翠姐姐不要急,明年就是个漂亮的新娘子,现在先试试去。"

当天吃饭饮酒的时候,许多客人从别的屋子来呆呆地望着翠姨。翠姨举着筷子,似乎是在思量着,保持着镇静的态度,用温和的眼光看着她们。仿佛她不晓得人们专门在看着她似的。但是别的女人们羡慕了翠姨半天了，脸上又都突然地冷落起来，觉得有什么话要说，又都没有说，然后彼此对望着，笑了一下，吃菜了。

四

有一年冬天，刚过了年，翠姨就来到了我家。

伯父的儿子——我的哥哥，就正在我家里。

我的哥哥，人很漂亮，很直的鼻子，很黑的眼睛，嘴也好看，头发也梳得好看，人很长，走路很爽快。大概在我们所有的家族中，没有这么漂亮的人物。

冬天，学校放了寒假，所以来我们家里休息。大概不久，学校开学就要上学去了。哥哥是在哈尔滨读书。

我们的音乐会，自然要为这新来的角色而开了，翠姨也参加的。

于是非常的热闹，比方我的母亲，她一点也不懂这行，但是她也列了席，她坐在旁边观看。连家里的厨子，女工，都停下了工作来望着我们，似乎他们不是听什么乐器，而是在看人。我们聚满了一客厅。这些乐器的声音，大概很远的邻居都可以听到。

第二天邻居来串门的，就说：

"昨天晚上，你们家又是给谁祝寿？"

我们就说，是欢迎我们的刚到的哥哥。因此，我们家是很好玩的，很有趣的。不久，就来到了正月十五看花灯的时节了。

我们家里自从父亲维新革命，总之在我们家里，兄弟姊妹，一律相待，有好玩的就一齐玩，有好看的就一齐去看。

伯父带着我们，哥哥、弟弟、姨……共八九个人，在大月亮地里往大街里跑去了。那路之滑，滑得不能站脚，而且高低不平。他们男孩子们跑在前面，而我们因为跑得慢就落了后。

于是那在前边的他们回头来嘲笑我们，说我们是小姐，说我们是娘娘，说我们走不动。

我们和翠姨早就连成一排向前冲去，但是，不是我倒，就是她倒，到后来还是哥哥他们一个一个地来扶着我们。说是扶着，未免的太示弱了，也不过就是和他们连成一排向前进着。

不一会到了市里，满路花灯，人山人海。又加上狮子、旱船、龙灯、秧歌，闹得眼也花起来，一时也数不清多少玩艺，哪里会来得及看，似乎只是在眼前一晃就过去了。而一会别的又来了，又过去了。其实也不见得繁华得多么不得了，不过觉得世界上是不会比这个再繁华的了。

商店的门前，点着那么大的火把，好像热带的大椰子树似的，一个比一个亮。

我们进了一家商店，那是父亲的朋友开的。他们很好地招待我们，茶、点心、橘子、元宵。我们哪里吃得下去，听到门外一打鼓，就心慌了。而外面鼓和喇叭又那么多，一阵来了，一阵还没有去远，一阵又来了。

因为城本来是不大的，有许多熟人也都是来看灯的，都遇到了。其中我们本城里的在哈尔滨念书的几个男学生，他们也来看灯了。哥哥都认识他们。我也认识他们，因为这时候我到哈尔滨念书去了，所以一遇到了我们，他们就和我们在一起。他们出去看灯，看了一会，又回到我们的地方，和伯父谈话，和哥哥谈话。我晓得他们，因我们家比较有势力，他们是很愿和我们讲话的。

所以回家的一路上，又多了两个男孩子。

不管人讨厌不讨厌，他们穿的衣服总算都市化了。个个都穿着西装，戴着呢帽，外套都是到膝盖的地方，脚下很利落清爽。比起我们城里的那种怪样子的外套，好像大棉袍子似的，好看得多了。而且颈间又都束着一条围巾来，人就更显得庄严，漂亮。

翠姨觉得他们个个都很好看。

哥哥也穿的西装，自然哥哥也很好看。因此在路上她直在看哥哥。

翠姨梳头梳得是很慢的，必定梳得一丝不乱，搽粉也要搽了洗掉，洗掉再搽，一直搽到认为满意为止。花灯节的第二天早晨，她就梳得更慢，一边梳头一边在思量。本来按规矩每天吃早饭必得三请两请才能出席，今天必得请到四次，她才来了。

我的伯父当年也是一位英雄，骑马、打枪绝对的好。后来虽然已经五十岁了，但是风采犹存。我们都爱伯父的，伯父从小也就爱我们。诗、词、文章，都是伯父教我们的。翠姨住在我们家里，伯父也很喜欢翠姨。今天早饭已经开好了。催了翠姨几次，翠姨总是不出来。

伯父说了一句："林黛玉……"

于是我们全家的人都笑了起来。

翠姨出来了，看见我们这样地笑，就问我们笑什么。我们没有人肯告诉她。翠姨知道一定是笑的她，她就说：

"你们赶快地告诉我，若不告诉我，今天我就不吃饭了。你们读书识字，我不懂，你们欺侮我……"

闹嚷了很久，是我的哥哥讲给她听了。伯父当着自己的儿子面前到底有些难为情，喝了好些酒，总算是躲过去了。

翠姨从此想到了念书的问题，但是她已经二十岁了，哪里去念书？上小学，没有她这样大的学生，上中学，她是一字不识。怎么可以？所以仍旧住在我们家里。

弹琴、吹箫、看纸牌，我们一天到晚地玩着。我们玩的时候全体参加，我的伯父，我的哥哥，我的母亲。

翠姨对我的哥哥没有什么特别的好，我的哥哥对翠姨就像对我们，也是完全的一样。

不过哥哥讲故事的时候，翠姨总比我们留心听些，那是因为她的年龄稍稍比我们大些，当然在理解力上，比我们更接近一些哥哥的了。哥哥对翠姨比对我们稍稍的客气一点。他和翠姨说话的时候，总是"是的""是的"。而和我们说话则"对啦""对啦"。这显然因为翠姨是客人的关系，而且在名分上比他大。

不过有一天晚饭之后，翠姨和哥哥都没有了。每天饭后大概总要开个音乐会的。这一天，也许因为伯父不在家，没有人领导的缘故，大家吃过也就散了，客厅里一个人也没有。我想找弟弟和我下一盘棋，弟弟也不见了。于是我就一个人在客厅里按起风琴来，玩了一下，也觉得没有趣。客厅是静得很的，在我关上了风琴盖子之后，我就听见了在后屋里，或者在我的房子里是有人的。

我想一定是翠姨在屋里。快去看看她，叫她出来张罗着看纸牌。

我跑进去一看，不单是翠姨，还有哥哥陪着她。

看见了我，翠姨就赶快地站起来说：

"我们去玩吧。"

哥哥也说：

"我们下棋去，下棋去。"

他们出来陪我来玩棋，这次哥哥总是输，从前是他回回赢我。我觉得奇怪，但是心里高兴极了。

不久寒假终了，我就回到哈尔滨的学校念书去了。可是哥哥没有同来，因为他上半年生了点病，曾在医院里休养了一些时候，这次伯父主张他再请两个月的假，留在家里。

以后家里的事情，我就不大知道了，都是由哥哥或母亲讲给我听的。我走了以后，翠姨还住在我家里。

后来母亲告诉过，就是在翠姨还没有订婚之前，有过这样一件事情。我的族中有一个小叔叔，和哥哥一般大的年纪，说话口吃，没有风采，也是和哥哥在一个学校里读书。虽然他也到我们家里来过，但怕翠姨没有见过。那时外祖母就主张给翠姨提婚。那族中的祖母一听就拒绝了，说是寡妇的孩子，命不好，也怕没有家教，何况父亲死了，母亲又出嫁了，好女不嫁二夫郎，这种人家的女儿，祖母不要。但是我母亲说，辈分合，他家还有钱，翠姨过门是一品当朝的日子，不会受气的。

这件事情翠姨是晓得的，而今天又见了我的哥哥，她不能不想哥哥大概是那样看她的。她自觉地觉得自己的命运不会好的。现在翠姨自己已经订了婚，是一个人的未婚妻；二则她是出了嫁的寡妇的女儿，她自己一天把这背了不知有多少遍，她记得清清楚楚。

五

翠姨订婚，转眼三年了，正这时，翠姨的婆家，通了消息来，张罗要娶。她的母亲来接她回去整理嫁妆。

翠姨一听就得病了。

但没有几天，她的母亲就带着她到哈尔滨办嫁妆去了。

偏偏那带着她采办嫁妆的向导，又是哥哥介绍来的他的同学。他们住在哈尔滨的秦家岗上，风景绝佳，是洋人最多的地方。那男学生们的宿舍里边，有暖气，洋床。翠姨带着哥哥的介绍信，像一个女同学似的被他们招待着。又加上已经学了俄国人的规矩，处处尊重女子。所以翠姨当然受了他们不少的尊敬，请她吃大菜，请她看电影。坐马车的时候，上车让她先上；下车的时候，人家扶她下来。她每一动别人都为她服务。外套一脱，就接过去了；她刚一表示要穿外套，就给她穿上了。

不用说，买嫁妆她是不痛快的，但那几天，她总算一生中最开心的时候。

她觉得到底是读大学的人好，不野蛮，不会对女人不客气，绝不能像她的妹夫常常打她的妹妹。

经这到哈尔滨去一买嫁妆，翠姨就不愿意出嫁了。她一想那个又丑又小的男人，她就恐怖。

她回来的时候，母亲又接她到我们家来住着，说她的家里又黑又冷，说她太孤单可怜。我们家是一团和气的。

到了后来，她的母亲发现她对于出嫁太不热心，该剪裁的衣裳，她不去剪裁；有一些零碎还要去买的，她也不去买。做母亲的总是常常要加以督促，后来就要接她回去，接到她的身边，好随时提醒她。她的母亲以为年轻的人必定要随时提醒的，不然总是贪玩。而况出嫁的日子又不远了，或者就是二三月。

想不到外祖母来接她的时候，她从心里不肯回去，她竟很勇敢地提出来她要读书的要求。她说她要念书，她想不到出嫁。

开初外祖母不肯，到后来，她说若是不让她读书，她是不出嫁的。外祖母知道她的心情，而且想起了很多可怕的事情……

外祖母没有办法，依了她。给她在家里请了一位老先生，就在自己家院子的空房里边摆上了书桌，还有几个邻居家的姑娘，一齐念书。

翠姨白天念书，晚上回到外祖母家。

念书，不多日子，人就开始咳嗽，而且整天地闷闷不乐。她的母亲问她，有什么不如意？陪嫁的东西买得不顺心吗？或者是想到我们家去玩吗？什么事都问到了。

翠姨摇着头不说什么。

过了一些日子,我的母亲去看翠姨,带着我的哥哥,他们一看见她,第一个印象,就觉得她苍白了不少。而且母亲断言地说,她活不久了。

大家都说是念书累的,外祖母也说是念书累的,没有什么要紧的;要出嫁的女儿们,总是先前瘦的,嫁过去就要胖了。

而翠姨自己则点点头,笑笑,不承认,也不加以否认。还是念书,也不到我们家来了,母亲接了几次,也不来,回说没有工夫。

翠姨越来越瘦了,哥哥去到外祖母家看了她两次,也不过是吃饭、喝酒,应酬了一番,而且说是去看外祖母的。在这里,年轻的男子去拜访年轻的女子,是不可以的。哥哥回来也并不带回什么喜欢或是什么新奇的忧郁,还是一样和我们打牌下棋。

翠姨后来支持不了啦,躺下了,她的婆婆听说她病了,就娶她,因为花了钱,死了不是可惜了吗?这一种消息,翠姨听了病就更加严重。婆家一听她病重,立刻要娶她。因为在迷信中有这样一章:病新娘娶过来一冲,就冲好了。翠姨听了,就只盼望赶快死,拼命地糟蹋自己的身体,想死得越快一点儿越好。

母亲记起了翠姨,叫哥哥去看翠姨。是我的母亲派哥哥去的。母亲拿了些钱让哥哥给翠姨送去,说是母亲送她在病中随便买点什么吃的。母亲晓得他们年轻人是很拘泥的,或者不好意思去看翠姨,也或者翠姨是很想看他的,他们好久不能看见了。同时翠姨不愿意出嫁,母亲很久地就在心里猜疑着他们了。

男子是不好先去专访一位小姐的,这城里没有这样的风俗。母亲给了哥哥一件礼物,哥哥就可去了。

哥哥去的那天,她家里正没有人,只是她家的堂妹妹迎接着这从未见过的生疏的年轻的客人。那堂妹妹还没问清客人的来由，就往外跑，说是去找她们的祖父去，请他等一等。大概她想凡是男客就是来会祖父的。

客人只说了自己的名字，那女孩子连听也没有听就跑出去了。

哥哥正想，翠姨在什么地方？或者在里屋吗？翠姨大概听出什么人来了，她就在里边说："请进来。"

哥哥进去了，坐在翠姨的枕边，他要去摸一摸翠姨的前额，是否发热，他说：

"好了点吗？"

他刚一伸出手去，翠姨就突然地拉住他的手，而且大声地哭起来了，好像一颗心也哭出来了似的。哥哥没有准备，就很害怕，不知道说什么，做什么。他不知道现在就该是保护翠姨的地位，还是保护自己的地位。同时听得见外边已经有人来了，就要开门进来了。一定是翠姨的祖父。

翠姨平静地向他笑着，说：

"你来得很好，一定是姐姐，你的婶母告诉你来的，我心里永远记念着她。她爱我一场，可惜我不能去看她了……我不能报答她了……不过我总会记起在她家里的日子的……她待我也许没有什么，但是我觉得已经太好了……我永远不会忘记的……我现在也不知道为什么，心里只想死得快一点就好，多活一天也是多余的……人家也许以为我是任性……其实是不对的。不知为什么，那家对我也会是很好的，但是我不愿意。我小时候，就不好，我的脾气总是，不从心的事，我不愿意……这个脾气把我折磨到今天了……可是我怎能从心呢……真是笑话……谢谢姐姐她还惦着我……请你告诉她，我并不像她想的那么苦，我也很快乐……"翠姨苦笑了一笑，"我的心里安静，而且我求的我都得到了……"

哥哥茫然地不知道说什么。这时,祖父进来了。看了翠姨的热度,又感谢了我的母亲,对我哥哥的降临,感到荣幸。他说请我母亲放心吧,翠姨的病马上就会好的,好了就嫁过去。

哥哥看了看翠姨就退出去了,从此再没有看见她。

哥哥后来提起翠姨常常落泪,他不知翠姨为什么死,大家也都心中纳闷。

尾　声

等我到春假回来,母亲还当我说:

"要是翠姨一定不愿意出嫁,那也是可以的,假如他们当我说。"

……

翠姨坟头的草籽已经发芽了,一掀一掀地和土粘成了一片,坟头显出淡淡的青色,常常会有白色的山羊跑过。

街上有提着筐子卖蒲公英的了,也有卖小根蒜的了。更有些孩子们,他们按着时节去折了那刚发芽的柳条,正好可以拧成哨子,就含在嘴里满街地吹。声音有高有低,因为哨子有粗有细。

大街小巷到处是呜呜呜,呜呜呜。好像春天是从他们的手里招呼回来了似的。但是这为期甚短。一转眼,吹哨子的不见了。

接着杨花飞起来了,榆钱飘满了一地。

在我的家乡那里,春天是快的。五天不出屋,树发芽了,再过五天不看树,树长叶了,再过五天,这树就像绿得使人不认识它了。使人想,这棵树,就是前天的那棵树吗?自己回答自己:当然是的。春天就像跑的那么快。好像人能够看见似的,春天从老远的地方跑来了,跑到这个地方,只向人的耳朵吹一句小小的声音:"我来了呵",而后很快地就跑过去了。

小城三月

  春，好像它不知道多么忙迫，好像无论什么地方都在招呼它。假若它晚到一刻，太阳会变色的，大地会干成石头，尤其是树木，那真是好像再多一刻工夫也不能忍耐。假若春天稍稍在什么地方留连了一下，就会误了不少的生命。

  春天为什么它不早一点来，来到我们这城里多住一些日子，而后再慢慢地到另外的一个城里去，在另外一个城里也多住一些日子。

  但那是不能的了，春天的命运就是这么短。

  年轻的姑娘们，她们三两成双，坐着马车，去选择衣料去了，因为就要换春装了。她们热心的弄着剪刀，打着衣样。想装成自己心中想得出的那么好。她们白天黑夜地忙着，不久春装换起来了，只是不见载着翠姨的马车来。

两个青蛙

一

楼上的声音从窗洞飘落下来了。

"让我们都来看吧,秦铮又回来了,又是同平野一道……"

秋雨过后,天色变做深蓝,静悄的那边就是校园的林丛。校园像幅画似的,绘着小堆小堆的黄花;地平线以上,是些散散乱乱的枝柯,在晚风里取暖;拥挤着的树叶上,跳跃着金光。

秦铮提篮里的青蛙,跳到地面,平野在阳光里笑着,惊惧的肩头缩动着,把青蛙装进篮里。

裙襟被折卷一下。秦铮坐在水池旁愉快着,她的眼睛向平野羞涩地笑,别离使她羞涩了。

平野和她的肩头相依,但只是坐着,他躲避着热情似的坐着。一种初会的喜悦常常是变做悲哀的箭,连贯地穿了两个心颗,水珠在树叶上闪起金光滚动着,风来了,水珠落了。也和水珠一样,秦铮的眼泪落了,落到平野的衣襟上,手上,唇上,这情人的泪,水银似的在平野的灵魂里滚转。

平野觉得自己的生命这算是第一次有意义。

两个青蛙

"不要哭啊,小妹妹……"

楼上的声音响震着玻璃窗时,秦铮扭动她的肩头,但不看上去,她知道这又是她的妹妹秦华在作怪。

提篮里的青蛙要去寻水,粗糙地呼吸着。

秦铮从来爱玩小孩子的事,从乡间回来特地带回两个青蛙,现在青蛙是放在水池里了。

晚天染着紫色红色的颜料,各自划分着,划分得不清晰了,越加模糊下去。

"这次我到乡下去,受罪极了,猩红热、虎列拉,……各样的传染病都有。只有传染病,没有医生,患病者只有死。——在这样的世界上,我也真希望死了。因为你,我死的希望破碎了。你不是常说吗?想要死的人,那是自私,或是个人主义的变态。"

平野吻了她手一下,并且问:

"那里工作怎样?"

平野又像恢复了自己似的,人像又涌上他的心来,他不再觉得自己是在喊口号了。

他们的声音低下来,暗下来,和苍茫的暮色一样,苍茫下去。

南楼宿舍睡在夜里了,北楼也睡在夜里,久别的情绪苍白着,不可顿挫地强硬起来,纠缠起来。

踱荡着他们的热情似的,穿着林丛踱荡,踏着月光踱荡,秦铮是愉快着,讲了一些流水似的话,别离不再压紧她了。她轻松在跳着舞步。可是平野的心情正相反,他徘徊着,他作窘,平野为了她的青春所激动。

关于这个秦铮是忽略了,她永不知道她的青春可能激动了别人,在一个少女这是一件平常的事。

平野引她到树丛的深处去,他颤栗地走着,激动地走着,同时秦铮也不会觉察这个。

两个影子，深藏在树丛里了。

南楼的影子倒在水池里，太空镶着无数的星座，秋夜静得和水晶似的透明。

从树丛颤巍着那里走出来了，秦铮的头发毛散了，衣裙不整齐了，怕羞的背影走上楼梯去。

平野站在月光中的池旁，目送她。每次他送秦铮回宿舍时，她都是倒踏着梯级向他微笑着，缓缓地走进去。现在秦铮没有回头，她为了新的体验淹没了。

平野的心思平静下来，满足同时而倦怠地转向北楼去。

青蛙叫了，要吵破这个秘密似的叫了。

二

这是一个回忆，完全是一个梦中的回忆。

平野醒转了来，铁窗外石壁的顶端，模糊着苍白的星座。深壑的院宇，永恒的刮着阴惨的风，住在这里的人，有的是单身房，有的是群居，有的在等候宣告死刑，也有些在挨混刑期。

等候大刑的人，他们终夜不能睡着，他们吼叫出不是人的声音来，但是他们腿上的铁锁和手上的木枷并不因为吼号而脱落，依然严紧地在枷锁着。五个人中的两个人是瘫落在墙角里，不喊叫也不挣脱。使你看到，你可以联想起那是两个年老的胡匪被死恐吓住了？但，他们不是，那两张面孔，并不苍白；手足安然的，并不颤索。

提着枪打着裹腿的人，整夜是在看守着这五个人，这是为了某种事体。提枪的人，总是不间断地在袖口间探望自己的手表，就像希望着天快亮起来似的。但，天亮起来又有什么事体要发生

两个青蛙

呢？这个事件，看守人和被看守人都像明白似的。被看守人嚎叫着，他们不能滚转，提枪的人在那里踱来踱去。

其中的一个向着那两个永不知嚎叫的人说：

"怎么你们的不是行抢，只为了几张碎纸在身上就……"

说话的那个人，被提着枪的绞断了话声，但是他现在一点都不知惧怕什么叫枪，他大骂了一阵，没有法治他。提枪的那个人仍然是走来走去，一面看他袖口间的表。

平野，他是个永久要住在这里的一个犯人，因为法律判断他是这样。

因为三年前的那天晚间，他同秦铮在校园里谈一些关于乡间和工作的事，第二天，秦铮的父亲处死刑了，第三天，秦铮被捕了。接着就是平野。

现在秦铮和平野是住在同一个铁包的院里，现在已三年了。放在水池里两个青蛙变作了一群小青蛙，在校园里仍是叫着。

在三年之中，他们总是追随三年前的旧梦，平野醒转来了。醒来他寻觅不见秦铮，他又闭起眼睛，窗子铁栏外，有不转动的白色的月轮，外面嚷着这样的声音，平野听到了："又是五个：两政治犯，三个强盗犯，提出去。"过了一刻，车轮的声音轧过了，渐远了。

哑老人

孙女——小岚大概是回来了吧,门响了下。秋晨的风洁静得有些空凉,老人没有在意,他的烟管燃着,可是烟纹不再作环形了,他知道这又是风刮开了门。他面向外转,从门口看到了荒凉的街道。

他睡在地板的草帘上,也许麻袋就是他的被褥吧,堆在他的左近,他是前月才患着半身肢体不能运动的病,他更可怜了。满窗碎纸都在鸣叫,老人好像睡在坟墓里似的,任凭野甸上是春光也好,秋光也好,但他并不在意,抽着他的烟管。

秋凉毁灭着一切,老人的烟管转走出来的烟纹也被秋凉毁灭着。

这就是小岚吧,她沿着破落的街走,一边扭着她的肩头,走到门口,她想为什么门开着,——可是她进来了,没有惊疑。

老人的烟管没烟纹走出,也像老人一样的睡了。小岚站在老人的背后,沉思了一刻,好像是在打主意——唤醒祖父呢——还是让他睡着。

地上两张草帘是别的两个老乞丐的铺位,可是空闲着。小岚在空虚的地板上绕走,她想着工厂的事吧。

非常沉重的老人的鼾声停住了,他衰老的灵魂震动了一下。

哑老人

那是门声，门又被风刮开了，老人真的以为是孙女回来给他送饭。他歪起头来望一望，孙女跟着他的眼睛走过来了。

小岚看着爷爷震颤的胡须，她美丽、凄凉的眼笑了，说："好了些吧？右半身活动得更自由了些吗？"

这话是用眼睛问的，并没有声音。只有她的祖父，别人不会明白或懂得这无声的话，因为哑老人的耳朵也随着他的喉咙有些哑了，小岚把手递过去，抬动老人的右臂。

老人哑着——咔……咔……哇……

老人的右臂仍是不大自由，有些痛，他开始寻望小岚的周身。小岚自愧地火热般的心跳了，她只为思索工厂要裁她的事，从街上带回来的包子被忘弃着，冰凉了。

包子交给爷爷："爷爷，饿了吧？"

其实，她的心一看到包子早已惭愧着，恼恨着，可是不会意想到的，老人就拿着这冰冷的包子已经在笑了。

可爱的包子倒惹他生气，老人关于他自己吃包子，感觉十分有些不必需。他开始作手势：扁扁的，长圆的，大树叶样的；他头摇着，他的手不意的、困难而费力的在比作。

小岚在习惯上她是明白，这是一定要她给买大饼子（玉米饼）。小岚也作手势，她的手向着天，比作月亮大小的圆环，又把手指张开作一个西瓜形，送到嘴边去假吃。她说：

"爷爷，今天是过八月节啦，所以爷爷要吃包子的。"

这时老人的胡须荡动着，包子已经是吞掉了两个。

也许是为着过节，小岚要到街上去倒壶开水来。她知道自家是没有水壶，老人有病，罐子也摆在窗沿，好像是休息，小岚提着罐子去倒水。

窗纸在自然地鸣叫，老人点起他的烟管了。

这是十分难能的事，五个包子却留下一个。小岚把水罐放在老人的身边，老人用烟管点给她，……咔……哇……

小岚看着白白的小小的包子，用她凄怆的眼睛，快乐地笑了，又惘然地哭了，她为这个包子伟大的爱，唤起了她内心脆弱得差不多彻底的悲哀。

小岚的哭惊慌地停止。这时老人哑着的嗓子更哑了，头伏在枕上摇摇，或者他的眼泪没有流下来，胡须震荡着，窗纸鸣得更响了。

"岚姐，我来找你。"

一个女孩子，小岚工厂的同伴，进门来，她接着说：

"你不知道工厂要裁你吗？我抢着跑来找你。"

小岚回转头向门口作手势，怕祖父听了这话，平常她知道祖父是听不清的，可是现在她神经质了，她过于神经质了。

可是那个女孩子还在说：

"岚姐，女工头说你夜工做得不好，并且每天要回家两次。女工头说小岚不是没有父母吗？她到工厂来，不说她是个孤儿么？所以才留下了她，——也许不会裁了你！你快走吧。"

老人的眼睛看着什么似的那样自揣着，他只当又是邻家姑娘来同小岚上工去。

使老人生疑的是小岚临行时对他的摇手，为什么她今天不作手势，也不说一句话呢？老人又在自解，也许是工厂太忙。

老人的烟管是点起来的，幽闲的他望着烟纹，也望着空虚的天花板。凉澹的秋的气味像侵袭似的，老人把麻袋盖了盖，他一天的工作只有等孙女。孙女走了，再就是他的烟管。现在他又像是睡了，又像等候他孙女晚上回来似地睡了。

当别的两个老乞丐在草帘上吃着饭类东西的时候，不管他们的铁罐搬得怎样响，老人仍是睡着，直到别的老乞丐去取那个盛热水的罐时，他算是醒了。可是打了个招呼，他又睡了。

哑老人

"他是有福气的,他有孙女来养活他,假若是我患着半身不遂的病,老早就该死在阴沟了。"

"我也是一样。"

两个老乞丐说着,也要点着他们的烟管,可是没有烟了,要去取哑老人的。

忽然一个包子被发现了,拿过来,说给另一个听:

"三哥,给你吃吧,这一定是他剩下来的。"

回答着:"我不要,你吃吧。"

可是另一个在说:"我不要"这三个字以前,包子已经落进他的嘴里,好像他让三哥吃的话是含着包子说的。

他们谈着关于哑老人的话:

"在一月以前,那时你还不是没住在这里吗,他讨要过活,和我们一样。那时孙女缝穷,后来孙女入了工厂,工厂为了做夜工是不许女工回家的,记得老人一夜没有回来。第二天早晨,我到街头看他,已睡在墙根,差不多和死尸一样了。我把他拖回房里,可是他已经不省人事了。后来他的孙女每天回来看护他,从那时起,他就患着病了。"

"他没有家人么?"。

"他的儿子死啦,媳妇嫁了人。"

两个老乞丐也睡在草帘上,止住了他们的讲话,直到哑老人睡得够了,他们凑到一起讲说着,哑老人虽然不能说话,但也笑着。

这是怎么样呢?天快黑了,小岚该到回来的时候了。老人觉到饿,可是只得等着。那两个又出去寻食,他们临出去的时候,罐子撞得门框发响,可是哑老人只得等着。

一夜在思量,第二个早晨,哑老人的烟管不间断地燃着,望望门口。听听风声,都好像他孙女回来的声音。秋风竟忍心欺骗哑老人，不把孙女带给他。

又燃着了烟管，望着天花板，他咳嗽着。这咳嗽声经过空冷的地板，就像一块铜掷到冰山上一样，响出透亮而凌寒的声来。当老人一想到孙女为了工厂忙，虽然他是怎样的饿，也就耐心地望着烟纹在等。

窗纸也像同情老人似的，耐心地鸣着。

小岚死了，遭了女工头的毒打而死，老人却不知道他的希望已经断了路。他后来自己扶着自己颤颤的身子，把往日讨饭的家伙，从窗沿取来，挂了满身，那些会活动的罐子，配着他直挺的身体，在作出痛心的可笑的模样。他又向门口走了两步，架了长杖，他年老而踳躜的身子上有几只罐子在凑趣般地摇动着，那更可笑了，可笑得会更痛心。

蓦然地，他的两个老伙伴开门了，这是一个奇异的表情，似一朵鲜红的花突然飞到落了叶的枯枝上去。走进来的两个老乞丐正是这样，他们悲惨而酸心的脸上，突然作笑。他们说：

"老哥，不要到街上去，小岚是为了工厂忙，你的病还没好，你是七十多岁的人了，这里有我们三个人的饭呢，坐下来先吃吧，小岚会回来的。"

讲这些话的声音，有些特别，并且嘴唇是不自然地起落，哑老人听不清他们究竟说的是什么，就坐下来吃。

哑老人算是吃饱了，其余的两个，是假装着吃，知道饭是不够的。他不能走路，他颤颤着腿，像爬似地走回他的铺位。

"女工头太狠了。"

"那样的被打死，太可怜，太惨。"

哑老人还没睡着的时候，他们的议论好像在提醒他。他支住腰身坐起来，皱着眉想——死……谁死了呢？

哑老人的动作呆得笑人，仿佛是个笨拙的侦探，在侦查一个

哑老人

难解的案件。眉皱着，眼瞪着，心却糊涂着。

那两个老乞丐，蹑着脚，拿着烟管想走。

依旧是破落的家屋，地板有洞，三张草帘仍在地板上，可是都空着，窗户用麻袋或是破衣塞堵着，有阴风在屋里飘走。终年没有阳光，终年黑灰着，哑老人就在这洞中过他残老的生活。

现在冬天，孙女死了，冬天比较更寒冷起来。

门开处，老人幽灵般地出现在门口，他是爬着，手脚一起落地地在爬着，正像个大爬虫一样。他的手插进雪地去，而且大雪仍然是飘飘落着，这是怎样一个悲惨的夜呀，天空挂着寒月。

并没有什么吃的，他的罐子空着，什么也没讨到。

别的两个老乞丐，同样是这洞里爬虫的一分子，回来了说："不要出去呀，我们讨回来的东西只管吃，这么大的年纪。"

哑老人没有回答，用呵气来温暖他的手，肿得萝卜似的手。饭是给哑老人吃了，别人只得又出去。

屋子和从前一样破落，阴沉的老人也和从前一样吸着他的烟管。可是老人他只剩烟管了，他更孤独了。

从草帘下取出一张照片来，不敢看似的他哭了，他绝望地哭，把躯体偎作个绝望的一团。

当窗纸不作鸣的时候，他又在抽烟。

只要抡动一次胳膊，在他全像搬转一只铁钟似的，要费几分钟。

在他模糊中，烟火坠到草帘上，火烧到胡须时，他还没有觉察。

他的孙女死了，伙伴没在身边，他又哑，又聋，又患病，无处不是充满给火烧死的条件。就这样子，窗纸不作鸣声，老人滚着，他的胡须在烟里飞着白白的。

马房之夜

等他看见了马颈上的那串铜铃,他的眼睛就早已昏盲了,已经分辨不出那坐在马背上的就是他少年时的同伴。

冯山——十年前他还算是老猎人。可是现在他只坐在马房里细心地剥着山兔的皮毛……鹿和狍子是近年来不常有的兽类,所以只有这山兔每天不断地翻转在他的手里。他常常把刀子放下,向着身边的剥着的山兔说:

"这样的射法,还能算个打猎的!这正是肉厚的地方就是一枪……这叫打猎?打什么猎呢!这叫开后堵……照着屁股就是一枪……"

"会打山兔的是打腿……杨老三,那真是……真是独手……连点血都不染……这可倒好……打个牢实,跑不了……"他一说到杨老三,就不立刻接下去。

"我也是差一点呢!怎样好的打手也怕犯事。杨老三去当胡子那年,我才二十三岁,真是差一芝麻粒,若不是五东家,我也到不了今天。三翻四覆地想要去……五东家劝我:还是就这样干吧!吃劳金,别看捞钱少。年轻轻的……当胡子是逃不了那最后的一条路。若不是五东家就可真干了,年轻的那一伙人,到现在怕是只有五东家和我了。那时候,他开烧锅……见一见,三十多年没有见面。老弟兄……从小就在一块……"他越说越没有力量。手下剥着的山兔皮,用小刀在肚子上划开了,他开始撕着:"这他妈的还算回事!去吧!没有这好的心肠剥你们了……"拉着凳子,他坐到门外去抽烟。

飞着清雪的黄昏,什么也看不见,他一只手摸着自己的长统毡靴,另一只手举着他的烟袋。

从他身边经过的拉柴的老头向他说:"老冯,你在喝西北风吗?"

帮助厨夫烧火的冻破了脚的孩子向他说:"冯二爷,这冷的天,你摸你的胡子都上霜啦。"

冯山的肩头很宽,个子很高,他站起来几乎是触到了房檐。在马房里他仍然是坐在原来的地方。他的左边有一条板凳。摆着已经剥好了的山兔;右边靠墙的钉子上挂着一排一排的毛皮。这次他再动手工作就什么也不讲了,一直到天黑,一直到夜里他困在炕上。假若有人问他:"冯二爷,你喝酒吗?"这时候,他也是把头摇摇,连一个"不"字也不想说。并且在他摇头的时候,看得出他的牙齿在嘴里边一定咬得很紧。

在鸡鸣以前,那些猎犬被人们挂了颈铃,哐啷啷地走上了旷野。那铃子的声音好像隔着村子,隔着树林,隔着山坡那样遥远了去。

冯山捋着胡子,使头和枕头离开一点,他听听:

"半里路以外……"他点燃了烟袋,那铃声还没有完全消失。"嗯……许家村过去啦!嗯……也许停在白河口上,嗯!嗯……白河……"他感到了颤索,于是把两臂缩进被子里边。烟袋就自由地横在枕头旁边。冒着烟,发着小红的火光。为着多日不洗刷的烟管,咝咝的,像是鸣唱似的叫着。在他用力吸着的时候,烟管就好像在房脊上的鸽子在睡觉似的……咕……咕……咕……

假若在人们准备着出发的时候他醒来。他就说:"慢慢的,不要忘记了干粮,人还多少能挨住一会,狗可不行……一饿它就随时要吃,不管野鸡,不管兔子。也说不定,人若肚子空了,那就更糟,走几步,就满身是汗,再走几步那就不行了……怕是遇到了狼也逃不脱啦……"

假若他醒,只看到被人们换下来的毡靴,连铃子也听不到的时候,他就越感到孤独,好像被人们遗弃了似的。

今夜,虽然不是完全没有听到一点铃声,但是孤独的感觉却无缘故的被响亮的旷野上的铃子所唤起……在冯山的心上经过的是:远方、山、河……树林……枪声……他想到了杨老三,想到了年轻时的那一群伙伴:

"就只剩五东家了……见一见……"

他换了一袋烟的时间,铃声完全断绝下去。"嗯!说不定过了白河啦……"因为他想不出昏沉的旷野上猎犬们跑着的踪迹。

"四十来年没再见到,怕是不认识了……"他无意识地又捋了一下胡子,摸摸鼻头和眼睛。

烟管伴着他那遥远的幻想,嘶嘶的鸣叫时时要断落下来。于是他下唇和绵绒一般白胡子也就紧靠住了被边。

三月里的早晨,冯山一推开马房的门扇,就撞掉了几颗挂在檐头的冰溜。

他看一看猎犬们完全没有上锁,任意跑在前面的平原上,孩子们也咆哮在平原上。

他拖着毡靴向平原奔去。他想在那里问问孩子们,五东家要来是不是真事?马倌这野孩子是不是扯谎?

白河在前边横着了。他在河面上几次都是要跪了下去。那些冰排,那些发着响的,灰色的,亮晶晶的被他踏碎了的一块一块的冰块,使他疑心到:"不会被这河葬埋了吧?"

马房之夜

他跑到平原,随意抓到一个结着辫子的孩子,他们在融解掉白雪的冰地上丢着铜钱。

"小五子是要来吗?多少时候来?马倌不扯谎?"小五子是五东家年轻的时候留给他的称呼。

"干什么呀?冯二爷……你给人家踏破了界线!"小姑娘推开了他,用一只脚跳着去取她的铜钱。

"回家去问问你娘,五东家要来吗?多少时候来?你爹是赶车的,他是来回跑北荒的,他准知道。"

他从平原上回来的时候,连自己也不知道为什么一路上总是向北方看去,那一层一层的小山岭,山后面被云彩所弥漫着,山后面的远方,他是想看也看不到的,因为有山隔着。就是没有山,他的眼睛也不能看得那么远了。于是他想着通到北荒去的大道,多年了……几十年……从和小五子分开,就没再到北荒去。那道路……嗯……恐怕也改变啦……手里拿着四耳帽子,膝盖向前一弓一弓地过了白河,河冰在下面格吱地呻叫。

他自己说:"雁要来了,白河也要开了。"

大风的下午,冯山看着那黄澄澄的天色。

马倌联着几匹马在檐下遇到了他:

"你还不信吗?你到院里去问问,五东家明天晌午不到,晚饭的时候一定到……"在马身上他高抬着右手,恰巧大门洞里走进去一匹骑马,又加上马倌那摆摆的袖子,冯山感到有什么在心上爆裂了一阵。

"扯谎的小东西,你不骗我?你这小鬼头,你的话,我总是信一半,疑一半……"冯山向大门洞的方向走去,已经走了一丈路他还说:"你这小子扯谎的毛头……五东家,他就能来啦!也是六十岁的人了……出门不容易……"他回头去看看马倌坐在马背上连头也不回地跑去了。

冯山也跑了起来:"可是真的?明天就来!"他越跑,大风就好像潮水似的越阻止着他的膝盖。

第一个,他问的少东家,少东家说:"是,来的。"

他又去问倒脏水的老头,他也说:"是。"

可是他总有点不相信:"这是和我开玩笑的圈套吧?"于是他又去问赶马爬犁的马夫:"李山东,我说……北荒的五东家明天来?可是真的?你听见老太太也是说吗?"

"俺山东不知道这个。"他用宽大的扫帚,扫着爬犁上的草末绞着风,扑上了人脸。

冯山想:"这爬犁也许就是进城的吧?"但是他离了他,他想去问问井口正在饮马的闹嚷嚷的一群人。他向马群里去的时候,他听到冯厨子在什么地方招呼他:"冯二爷,冯二爷……你的老老朋友明明天天就来到啦!"

他反过身来,从马群撞出来,他看到马群也好像有几百匹似的在阻拦着他。

"这是真的了!冯厨子,那么报信的已经来啦!"

"来啦!在在,在大上房里吃吃饭!"

冯山在厨房的门口打着转,烟袋插在烟口袋里去,他要给冯厨子吃一袋烟。冯厨子的络腮胡子在他看来也比平日更庄严了些。

"这真是正经人,不瞎开玩笑……"

他点燃一根火柴,又燃了一根火柴。

在他们旁边的窗子空哐地摔落下来。这时候他们走进厨房去,坐在那靠墙壁的小凳上。他正要打听冯厨子关于五东家今夜是停在河西还是河东?他听到上房门口有人为着那报信的人而唤着:"冯厨子,来热一热酒!"

马房之夜

  冯山他总想站到一群孩子的前面，右手齐到眉头的地方，向远方照着。虽然他是颤抖着胡子，但那看，却和孩子们的一样。

  中午的时候，连东家的太太们也都来到了高岗，高岗下面就临着大路。只要车子或是马匹一转过那个山腰，用不了半里路，就可以跑到人们的脚下。人们都望着那山腰发白的道路。冯山也望着山腰也望着太阳，眼睛终于有些花了起来，他一抬头好像那高处的太阳就变成了无数个。眼睛起了金花，好像那山腰的大道也再看不见了。太阳快要靠近了山边的时候，就更红了起来，并且也大了，好像大盆一样停在山头上。他一看那山腰，他就看到了那大红的太阳，连山腰也不能再看了，于是低下头去，扯着腰间的蓝布腰带的一端揩着眼睛。

  孩子们说："冯二爷哭啦！冯二爷哭啦……"

  他连忙把腰带放下去，为的是给孩子们看看："哪里哭……把眼睛看花啦……"

  山腰上出现了两辆车子和一匹骑马。

  "来啦！来啦！……骑黑马……"

  "正正是，去接的不就是两辆车子吗？"

  "是……是……"

  孩子们，有的下了高岗顺着大道跑去了。冯山的白胡子像是混杂了金丝似的闪光，他扶了孩子们的肩头，好像要把自己来抻高一点："来到什么地方了呢？来到——"有人说："过了太平沟的桥了！"有人说："不对……那不是有排小树吗？树后面不就是井家岗吗？井家岗是在桥这边。"

  "井家岗也不过就是两袋烟的工夫。"

  看得见骑黑马的人是戴着土黄色的风帽，并且骑马渐渐离开车子而走在前边，并且那马串铃的声响也听得到了。

  冯山的两只手都一齐地遮上了眉头，等他看见了马颈上的那串铜铃,他的眼睛就早已昏盲了,已经分辨不出那坐在马背上的就是他少年时的同伴。

他走了一步,他再走了一步,已经走下了高岗。他过去,他扒住了那马的辔头,他说:"老五……"他就再什么也不说了。

太阳在西边,在山顶上的,只划着半个盆边的形状,扯扯拖拖的,冯山伴着一些孩子们和五东家走进了上房。

在吃酒的时候他和五东家是对面坐着,他们说着杨老三是哪年死的,单明德是哪年死的……还有张国光……这一些都是他们年轻时的同伴。酒喝得多了一些的时候,冯山想要告诉他,某年某年他还勾搭了一个寡妇。但他看看周围站着的东家的太太们或姑娘们,他又感觉得这是不方便说了。

五东家走了的那天夜晚,他好像只记住了那红色的鞍,那土黄色的风帽。他送他过了太平沟的时候,他才看到站在桥上的都是五东家的家族……他后悔自己就没有一个家族。

马房里的特有的气味,一到春天就渐渐地恢复起来。那夜又是刮着狂风的夜,所有的近处的旷野都在发着啸……他又像被人们遗忘了,又好像年轻的时候出去打猎在旷野上迷失了。

他好像听到送马匹的人不知在什么地方喊着:"啊喔呼……长冬来在白河口……啊噢……长冬来在白河口……"

马倌喂马的时候,他喊着马倌:"给老冯来烫两盅酒。"

等他端起酒杯来,他又不想喝了,从那深陷下去的眼窠里,却安详地溢出两条寂寞的泪流。

家族以外的人

我蹲在树上渐渐有点害怕,太阳也落下去了;树叶的声响也唰唰的了;墙外街道上走着的行人也都和影子似的黑丛丛的;院里房屋的门窗变成黑洞了,并且野猫在我旁边的墙头上跑着叫着。

我从树上溜下来,虽然后门是开着的,但我不敢进去,我要看看母亲睡了还是没有睡?还没经过她的窗口,我就听到了席子的声音:

"小死鬼……你还敢回来!"

我折回去,就顺着厢房的墙根又溜走了。

在院心空场上的草丛里边站了一些时候,连自己也没有注意到我是折碎了一些草叶咬在嘴里。白天那些所熟识的虫子,也都停止了鸣叫,在夜里叫的是另外一些虫子,他们的声音沉静,清脆而悠长。那埋着我的蒿草,和我的头顶一平,它们在我的耳边唱着那么微细的小歌,使我不能相信倒是听到还是没有听到。

"去吧……去……跳跳蹿蹿的……谁喜欢你……"

有二伯回来了,那喊狗的声音一直继续到厢房的那面。

我听到有二伯那拍响着的失掉了后跟的鞋子的声音,又听到厢房门扇的响声。

"妈睡了没睡呢?"我推着草叶,走出了草丛。

有二伯住着的厢房,纸窗好像闪着火光似的明亮。我推开门,就站在门口。

"还没睡?"

我说:"没睡。"

他在灶口烧着火,火叉的尖端插着玉米。

"你还没有吃饭?"我问他。

"吃什……么……饭?谁给留饭!"

我说:"我也没吃呢!"

"不吃,怎么不吃?你是家里人哪……"他的脖子比平日喝过酒之后更红,并且那脉管和那正在烧着的小树枝差不多。

"去吧……睡睡……觉去吧!"好像不是对我说似的。

"我也没吃饭呢!"我看着已经开始发黄的玉米。

"不吃饭,干什么来的……"

"我妈打我……"

"打你!为什么打你?"

孩子的心上所感到的温暖是和大人不同的,我要哭了,我看着他嘴角上流下来的笑痕。只有他才是偏着我这方面的人,他比妈妈还好。立刻我后悔起来,我觉得我的手在他身旁抓起一些柴草来,抓得很紧,并且许多时候没有把手松开,我的眼睛不敢再看到他的脸上去,只看到他腰带的地方和那脚边的火堆。我想说:

"有二伯……再下雨时我不说你'下雨冒泡,王八戴草帽'啦……"

"你妈打你……我看该打……"

"怎么……"我说:"你看……她不让我吃饭!"

"不让你吃饭……你这孩子也太好去啦……"

"你看，我在树上蹲着，她拿火叉子往下叉我……你看……把胳臂都给叉破皮啦……"我把手里的柴草放下，一只手卷着袖子给他看。

"叉破皮……为啥叉的呢……还有个缘由没有呢？"

"因为拿了馒头。"

"还说呢……有出息！我没见过七八岁的姑娘还偷东西……还从家里偷东西往外边送！"他把玉米从叉子上拔下来了。

火堆仍没有灭，他的胡子在玉米上，我看得很清楚是扫来扫去的。

"就拿三个……没多拿……"

"嗯！"把眼睛斜着看我一下，想要说什么但又没有说。只是胡子在玉米上像小刷子似的来往着。

"我也没吃饭呢！"我咬着指甲。

"不吃……你愿意不吃……你是家里人！"好像抛给狗吃的东西一样，他把半段玉米打在我的脚上。

有一天，我看到母亲的头发在枕头上已经蓬乱起来，我知道她是睡熟了，我就从木格子下面提着鸡蛋筐子跑了。

那些邻居家的孩子就等在后院的空磨房里边。我顺着墙根走了回来的时候，安全，毫没有意外，我轻轻地招呼他们一声，他们就从窗口把篮子提了进去，其中有一个比我们大一些的，叫他小哥哥的，他一看见鸡蛋就抬一抬肩膀，伸一下舌头。小哑巴姑娘，她还为了特殊的得意啊啊了两声。

"嗳！小点声……花姐她妈剥她的皮呀……"

把窗子关了，就在碾盘上开始烧起火来，树枝和干草的烟围蒸腾了起来；老鼠在碾盘底下跑来跑去；风车站在墙角的地方，那大轮子上边盖着蛛网，罗柜旁边余留下来的谷类的粉末，那上面挂着许多种类虫子的皮壳。

"咱们来分分吧……一人几个，自家烧自家的。"

火苗旺盛起来了，伙伴们的脸孔，完全照红了。

"烧吧！放上去吧……一人三个……"

"可是多一个给谁呢？"

"给哑巴吧！"

她接过去，啊啊的。

"小点声，别吵！别把到肚的东西吵靡啦。"

"多吃一个鸡蛋……下回别用手指画着骂人啦！啊！哑巴？"

蛋皮开始发黄的时候，我们为着这心上的满足，几乎要冒险叫喊了。

"唉呀！快要吃啦！"

"预备着吧，说熟就熟的……"

"我的鸡蛋比你们的全大……像个大鸭蛋……"

"别叫……别叫。花姐她妈这半天一定睡醒啦……"

窗外有哽哽的声音，我们知道是大白狗在扒着墙皮的泥土。但同时似乎听到母亲的声音。

母亲终于在叫我了！鸡蛋开始爆裂的时候，母亲的喊声在尖利的刺着纸窗了。

等她停止了喊声，我才慢慢从窗子跳出去，我走得很慢，好像没有睡醒的样子，等我站到她面前的那一刻，无论如何再也压制不住那种心跳。

"妈！叫我干什么？"我一定惨白了脸。

"等一会……"她回身去找什么东西的样子。

我想她一定去拿什么东西来打我，我想要逃，但又强制着忍耐了一刻。

"去把这孩子也带去玩……"把小妹妹放在我的怀中。

我几乎要抱不动她了，我流了汗。

"去吧！还站在这干什么……"其实磨房的声音，一点也传不到母亲这里来，她到镜子前面去梳她的头发。

我绕了一个圈子，在磨房的前面，那锁着的门边告诉了他们：

"没有事……不要紧……妈什么也不知道。"

我离开那门前，走了几步，就有一种异样的香味扑了来，并且飘满了院子。等我把小妹妹放在炕上，这种气味就满屋都是了。

"这是谁家炒鸡蛋，炒得这样香……"母亲很高的鼻子在镜子里使我有点害怕。

"不是炒鸡蛋……明明是烧的，哈！这蛋皮味，谁家……呆老婆烧鸡蛋……五里香。"

"许是吴大婶她们家？"我说这话的时候，隔着菜园子看到磨房的窗口冒着烟。

等我跑回了磨房，火完全灭了。我站在他们当中，他们几乎是摸着我的头发。

"我妈说谁家烧鸡蛋呢？谁家烧鸡蛋呢？我就告诉她，许是吴大婶她们家。哈！这是吴大婶？这是一群小鬼……"

我们就开朗地笑着。站在碾盘上往下跳着，甚至于多事起来，他们就在磨房里捉耗子。因为我告诉他们，我妈抱着小妹妹出去串门去了。

"什么人啊！"我们知道是有二伯在敲着窗棂。

"要进来，你就爬上来！还招呼什么？"我们之中有人回答他。

起初，他什么也没有看到，他站在窗口，摆着手。后来他说：

"看吧！"他把鼻子用力抽了两下："一定有点故事……哪来

的这种气味？"

他开始爬到窗台上面来，他那短小健康的身子从窗台跳进来时，好像一张磨盘滚了下来似的，土地发着响。他围着磨盘走了两圈。他上唇的红色的小胡为着鼻子时时抽动的缘故，像是一条秋天里的毛虫子在他的唇上不住地滚动。

"你们烧火吧？看这碾盘上的灰……花子……这又是你领头！我要告诉你妈的……整天家领一群野孩子来作祸……"他要爬上窗口，可是他看到了那只筐子："这是什么人提出来的呢？这不是咱家装鸡蛋的吗？花子……你不定又偷了什么东西……你妈没看见！"

他提着筐子走的时候，我们还嘲笑着他的草帽。"像个小瓦盆……像个小水桶……"

但夜里，我是挨打了。我伏在窗台上用舌尖舔着自己的眼泪。

"有二伯……有老虎……什么东西……坏老头子……"我一边哭着一边咒诅着他。

但过不多久，我又把他忘记了，我和许多孩子们一道去抽开了他的腰带，或是用杆子从后面掀掉了他的没有边沿的草帽。我们嘲笑他和嘲笑院心的大白狗一样。

秋末，我们寂寞了一个长久的时间。

那些空房子里充满了冷风和黑暗；长在空场上的蒿草，干败了而倒了下来；房后菜园上的各种秧棵完全挂满了白霜；老榆树在墙根边仍旧随风摇摆它那还没有落完的叶子；天空是发灰色的，云彩也失去了形状，有时带来了雨点，有时又带来了细雪。

我为着一种疲倦，也为着一点新的发现，我登着箱子和柜子，爬上了装旧东西的屋子的棚顶。

那上面，黑暗，有一种不可知的感觉，我摸到了一个小木箱，手捧着它，来到棚顶洞口的地方，借着洞口的光亮，看到木箱是锁着一个发光的小铁锁，我把它在耳边摇了摇，又用手掌拍一拍……那里面咚啷咚啷地响着。

我很失望，因为我打不开这箱子，我又把它送了回去。于是我又往更深和更黑的角落处去探爬。因为我不能站起来走，这黑洞洞的地方一点也不规则，走在上面时时有跌倒的可能。所以在爬着的当儿，手指所触到的东西，可以随时把它们摸一摸。当我摸到了一个小琉璃罐，我又回到了亮光的地方……我该多么高兴，那里面完全是黑枣，我一点也没有再迟疑，就抱着这宝物下来了，脚尖刚接触到那箱子的盖顶，我又和小蛇一样把自己落下去的身子缩了回来，我又在棚顶蹲了好些时候。

我看着有二伯打开了就是我上来的时候登着的那个箱子。我看着他开了很多时候，他用牙齿咬着他手里的那块小东西……他歪着头，咬得咯啦啦地发响，咬了之后放在手里扭着它，而后又把它触到箱子上去试一试。而最后一次那箱子的铜锁发着弹响的时候，我才知道他扭着的是一段铁丝。他把帽子脱下来，把那块盘卷的小东西就压在帽顶里面。

他把箱子翻了好几次：红色的椅垫子，蓝色粗布的绣花围裙……女人的绣花鞋子……还有一团滚乱的花色的线，在箱子底上还躺着一只湛黄的铜酒壶。

后来他伸出那布满了筋络的两臂，震撼着那箱子。

我想他可不是把这箱子搬开！搬开我可怎么下去？

他抱起好几次，又放下好几回，我几乎要招呼住他。

等一会，他从身上解下腰带来了，他弯下腰去，把腰带横在地上，一张一张的把椅垫子堆起来，压到腰带上去，而后打着结，椅垫子被束起来了。他喘着呼喘，试着去提一提。

他怎么还不快点出去呢？我想到了哑巴，也想到了别人，好像他们就在我的眼前吃着这东西似的使我得意。

"啊哈……这些……这些都是油乌乌的黑枣……"

我要向他们说的话都已想好了。

同时这些枣在我的眼睛里闪光,并且很滑,又好像已经在我的喉咙里上下地跳着。

他并没有把箱子搬开,他是开始锁着它。他把铜酒壶立在箱子的盖上,而后他出去了。

我把身子用力去拖长,使两个脚掌完全牢牢实实地踏到了箱子,因为过于用力抱着那琉璃罐,胸脯感到了发疼。

有二伯又走来了,他先提起门旁的椅垫子,而后又来拿箱盖上的铜酒壶,等他把铜酒壶压在肚子上面,他才看到墙角站着的是我。

他立刻就笑了,我还从来没有看到过他笑得这样过分,把牙齿完全露在外面,嘴唇像是缺少了一个边。

"你不说么?"他的头顶站着无数很大的汗珠。

"说什么……"

"不说,好孩子……"他拍着我的头顶。

"那么,你让我把这个琉璃罐拿出去?"

"拿吧!"

他一点也没有拦挡我,我另外又在门旁的筐子里抓了五个馒头跑,等母亲说丢了东西的那天我也站到她的旁边去。

我说:"那我也不知道。"

"这可怪啦……明明是锁着……可哪儿来的钥匙呢?"母亲的尖尖的下颏是向着家里的别的人说的。后来那歪脖的年青的厨夫也说:

"哼!这是谁呢?"

我又说:"那我也不知道。"

可是我脑子上走着的，是有二伯怎样用腰带捆了那些椅垫子，怎样把铜酒壶压在肚子上，并且那酒壶就贴着肉的。并且有二伯好像在我的身体里边咬着那铁丝咯嘟嘟地响着似的。我的耳朵一阵阵地发烧，我把眼睛闭了一会。可是一睁开眼睛，我就向着那敞开的箱子又说：

"那我也不知道。"

后来我竟说出了："那我可没看见。"

等母亲找来一条铁丝，试着怎样可以做成钥匙，她扭了一些时候，那铁丝并没有扭弯。

"不对的……要用牙咬，就这样……咬……再一扭……再一咬……"很危险，舌头若一滑转的时候，就要说了出来。我看见我的手已经在作着式子。

我开始把嘴唇咬得很紧，把手臂放在背后在看着他们。

"这可怪啦……这东西，又不是小东西……怎么能从院子走得出？除非是晚上……可是晚上就是来贼也偷不出去的……母亲很尖的下颏使我害怕，她说的时候，用手推了推旁边的那张窗子：

"是啊！这东西是从前门走的，你们看……这窗子一夏就没有打开过……你们看……这还是去年秋天糊的窗缝子。"

"别绊脚！过去……"她用手推着我。

她又把这屋子的四边都看了看。

"不信……这东西去路也没有几条……我也能摸到一点边……不信……看着吧……这也不行啦。春天丢了一个铜火锅……说是放忘了地方啦……说是慢慢找，又是……也许借出去啦！哪有那么一回事……早还了输赢账啦……当他家里人看待……还说不拿他当家里人看待，好哇……慢慢把房梁也拆走啦……"

"啊……啊！"那厨夫抓住了自己的围裙，擦着嘴角。那歪了的脖子和一根蜡签似的，好像就要折断下来。

母亲和别人完全走完了时，他还站在那个地方。晚饭的桌上，厨夫问着有二伯：

"都说你不吃羊肉，那么羊肠你吃不吃呢？"

"羊肠也是不能吃。"他看着他自己的饭碗说。

"我说，有二爷，这炒辣椒里边，可就有一段羊肠，我可告诉你！"

"怎么早不说，这……这……这……"他把筷子放下来，他运动着又要红起来的脖颈，把头掉转过去，转得很慢，看起来就和用手去转动一只瓦盆那样迟滞。

"有二是个粗人，一辈子……什么都吃……就……是……不吃……这……羊……身上……的……不戴……羊……皮帽……子……不穿……羊……皮……衣裳……"他一个字一个字平板地说下去：

"下回……"他说，"杨安……你炒什么……不管菜汤里头……若有那羊身上的呀……先告诉我一声……有二不是那嘴馋的人！吃不吃不要紧……就是吃口咸菜……我也不吃那……羊……身……上……的……"

"可是有二爷，我问你一件事……你喝酒用什么酒壶喝呢？非用铜酒壶不可？"杨厨子的下巴举得很高。

"什么酒壶……还不一样……"他又放下了筷子，把旁边的锡酒壶格格地蹲了两下："这不是吗？……锡酒壶……喝的是酒……酒好……就不在壶上……哼！也不……年轻的时候，就总爱……这个……锡酒壶……把它擦得闪光湛亮……"

"我说有二爷……铜酒壶好不好呢？"

"怎么不好……一擦比什么都亮堂……"

"对了，还是铜酒壶好喔……哈……哈哈……"厨子笑了起来。他笑得在给我装饭的时候，几乎是抢掉了我的饭碗。

母亲把下唇拉长着，她的舌头往外边吹一点风，有几颗饭粒落在我的手上。

"哼！杨安……你笑我……不吃……羊肉，那真是吃不得：比方，我三个月就……没有了娘……羊奶把我长大的……若不是……还活了六十多岁……"

杨安拍着膝盖："你真算是个有良心的人，为人没作过昧良心的事？是不是？我说，有二爷……"

"你们年轻人，不信这话……这都不好……人要知道自家的来路……不好反回头去倒咬一口……人要知恩报恩……说书讲古上都说……比方羊……就是我的娘……不是……不是……我可活六十多岁？"他挺直了背脊，把那盘羊肠炒辣椒用筷子推开了一点。

吃完了饭，他退了出去，手里拿着那没有边沿的草帽。沿着砖路，他走下去了，那泥污的，好像两块腐木头似的……他的脚后跟随着那挂在脚尖上的鞋片在砖路上拖拖着，而那头顶就完全像个小锅似的冒着气。

母亲跟那厨夫在起着高笑。

"铜酒壶……啊哈……还有椅垫子呢……问问他……他知道不知道？"杨厨夫，他的脖子上的那块疤痕，我看也大了一些。

我有点害怕母亲，她的完全露着骨节的手指，把一条很肥的鸡腿，送到嘴上去，撕着，并且还露着牙齿。

又是一回母亲打我，我又跑到树上去，因为树枝完全没有了叶子，母亲向我飞来的小石子差不多每颗都像小钻子似的刺痛着我的全身。

"你再往上爬……再往上爬……拿杆子把你绞下来。"

母亲说着的时候,我觉得抱在胸前的那树干有些颤了,因为我已经爬到了顶梢,差不多就要爬到枝子上去了。

"你这小贴树皮,你这小妖精……我可真就算治不了你……"她就在树下徘徊着……许多工夫没有向我打着石子。

许多天,我没有上树,这感觉很新奇,我向四面望着,觉得只有我才比一切高了一点,街道上走着的人,车,附近的房子都在我的下面,就连后街上卖豆芽菜的那家的幌杆,我也和它一般高了。

"小死鬼……你滚下来不滚下来呀……"母亲说着"小死鬼"的时候,就好像叫着我的名字那般平常。

"啊!怎样的?"只要她没有牢牢实实地抓到我,我总不十分怕她。

她一没有留心,我就从树干跑到墙头上去:"啊哈……看我站在什么地方?"

"好孩子啊……要站到老爷庙的旗杆上去啦……"回答着我的,不是母亲,是站在墙外的一个人。

"快下来……墙头不都是踏堆了吗?我去叫你妈来打你。"是有二伯。

"我下不来啦,你看,这不是吗?我妈在树根下等着我……"

"等你干什么?"他从墙下的板门走了进来。

"等着打我!"

"为啥打你?"

"尿了裤子。"

"还说呢……还有脸?七八岁的姑娘……尿裤子……滚下来?墙头踏坏啦!"他好像一只猪在叫唤着。

"把她抓下来……今天我让她认识认识我!"

母亲说着的时候，有二伯就开始卷着裤脚。

我想这是做什么呢？

"好！小花子，你看着……这还无法无天啦呢……你可等着……"

等我看见他真的爬上了那最低级的树叉，我开始要流出眼泪来，喉管感到特别发胀。

"我要……我要说……我要说……"

母亲好像没有听懂我的话，可是有二伯没有再进一步，他就蹲在那很粗的树叉上：

"下来……好孩子……不碍事的，你妈打不着你，快下来，明天吃完早饭二伯领你上公园……省得在家里她们打你……"

他抱着我，从墙头上把我抱到树上，又从树上把我抱下来。

我一边抹着眼泪一边听着他说：

"好孩子……明天咱们上公园。"

第二天早晨，我就等在大门洞里边，可是等到他走过我的时候，他也并不向我说一声："走吧！"我从身后赶了上去，我拉住他的腰带：

"你不说今天领我上公园吗？"

"上什么公园……去玩去吧！去吧……"只看着前面的道路，他并不看着我。昨天说的话好像不是他。

后来我就挂在他的腰带上，他摇着身子，他好像摆着贴在他身上的虫子似的摆脱着我。

"那我要说，我说铜酒壶……"

他向四边看了看，好像是叹着气：

"走吧？绊脚星……"

一路上他也不看我，不管我怎样看中了那商店窗子里摆着的小橡皮人，我也不能多看一会，因为一转眼……他就走远了。等走在公园门外的板桥上，我就跑在他的前面。

"到了！到了啊……"我张开了两只胳臂，几乎自己要飞起来那么轻快。

没有叶子的树，公园里面的凉亭，都在我的前面招呼着我。一走进公园去，那跑马戏的锣鼓的声音，就震着我的耳朵，几乎把耳朵震聋了的样子，我有点不辨方向了。我拉着有二伯烟荷包上的小圆葫芦向前走。经过白色布棚的时候，我听到里面喊着：

"怕不怕？"

"不怕。"

"敢不敢？"

"敢哪……"

不知道有二伯要走到什么地方去？

棚棚戏，西洋景……耍猴的……耍熊瞎子的……唱木偶戏的。这一些我们都走过来了，再往那边去，就什么也看不见了。并且地上的落叶也厚了起来。树叶子完全盖着我们在走着的路径。

"有二伯！我们不看跑马戏的？"

我把烟荷包上的小圆葫芦放开，我和他距离开一点，我看着他的脸色：

"那里头有老虎……老虎我看过。我还没有看过大象。人家说这伙马戏班子是有三匹象：一匹大的两匹小的，大的……大的……人家说，那鼻子，就只一根鼻子比咱家烧火的叉子还长……"

他的脸色完全没有变动。我从他的左边跑到他的右边，又从右边跑到左边：

"是不是呢？有二伯，你说是不是……你也没看见过？"

因为我是倒退着走，被一条露在地面上的树根绊倒了。

"好好走!"他也并没有拉我。

我自己起来了。

公园的末角上,有一座茶亭,我想他到这个地方来,他是渴了!但他没有走进茶亭去,在茶亭后边,有和房子差不多,是席子搭起来的小房。

他把我领进去了,那里边黑洞洞的,最里边站着一个人,比画着,还打着什么竹板。有二伯一进门,就靠边坐在长板凳上,我就站在他的膝前,我的腿站得麻木了的时候,我也不能懂得那人是在干什么?他还和姑娘似的带着一条辫子,他把腿伸开了一只,像打拳的样子,又缩了回来,又把一只手往外推着……就这样走了一圈,接着又"叭"打了一下竹板。唱戏不像唱戏,耍猴不像耍猴,好像卖膏药的,可是我也看不见有人买膏药。

后来我就不向前边看,而向四面看,一个小孩也没有。前面的板凳一空下来,有二伯就带着我升到前面去,我也坐下来,但我坐不住,我总想看那大象。

"有二伯,咱们看大象去吧,不看这个。"

他说:"别闹,别闹,好好听……"

"听什么,那是什么?"

"他说的是关公斩蔡阳……"

"什么关公哇?"

"关老爷,你没去过关老爷庙吗?"

我想起来了,关老爷庙里,关老爷骑着红色的马。

"对吧!关老爷骑着红色……"

"你听着……"他把我的话截断了。

我听了一会还是不懂,于是我转过身来,面向后坐着,还有一个瞎子,他的每一个眼球上盖着一个白泡。还有一个一条腿的人,手里还拿着木杖。坐在我旁边的人,那人的手包了起来,用一条布带挂到脖子上去。

等我听到"叭叭叭"的响了一阵竹板之后，有二伯还流了几颗眼泪。

我是一定要看大象的，回来的时候再经过白布棚我就站着不动了。

"要看，吃完晌饭再来看……"有二伯离开我慢慢地走着："回去，回去吃完晌饭再来看。"

"不吗！饭我不吃，我不饿，看了再回去。"我拉住他的烟荷包。

"人家不让进，要买'票'的，你没看见……那不是把门的人吗？"

"那咱们不好也买'票'！"

"哪来的钱……买'票'两个人要好几十吊钱。"

"我看见啦，你有钱，刚才在那棚子里你不是还给那个人钱来吗？"我贴到他的身上去。

"那才给几个铜钱！多啦没有，你二伯多啦没有。"

"我不信，我看有一大堆！"我跷着脚尖！掀开了他的衣襟，把手探进他的衣兜里去。

"是吧！多啦没有吧！你二伯多啦没有，没有进财的道……也就是个月七成的看个小牌，赢两吊……可是输的时候也不少。哼哼。"他看着拿在我手里的五六个铜元。

"信了吧！孩子，你二伯多啦没有……不能有……"一边走下了木桥，他一边说着。

那马戏班子的喊声还是那么热烈的在我们的背后反复着。

有二伯在木桥下那围着一群孩子，抽签子的地方也替我抛上两个铜元去。

我一伸手就在铁丝上拉下一张纸条来，纸条在水碗里面立刻变出一个通红的"五"字。

"是个几？"

"那不明明是个五吗?"我用肘部击撞着他。

"我哪认得呀!你二伯一个字也不识,一天书也没念过。"

回来的路上,我就不断地吃着这五个糖球。

第二次,我看到有二伯偷东西,好像是第二年的夏天,因为那马蛇菜的花,开得过于鲜红,院心空场上的蒿草,长得比我的年龄还快,它超过我了,那草场上的蜂子,蜻蜓,还来了一些不知名的小虫,也来了一些特殊的草种,它们还会开着花,淡紫色的,一串一串的,站在草场中,它们还特别的高,所以那花穗和小旗子一样动荡在草场上。

吃完了午饭,我是什么也不做,专等着小朋友们来,可是他们一个也不来。于是我就跑到粮食房子去,因为母亲在清早端了一个方盘走进去过。我想那方盘中……哼……一定是有点什么东西?

母亲把方盘藏得很巧妙,也不把它放在米柜上,也不放在粮食仓子上,她把它用绳子吊在房梁上了。我正在看着那奇怪的方盘的时候,我听到板仓里好像有耗子,也或者墙里面有耗子……总之,我是听到了一点响动……过了一会竟有了喘气的声音,我想不会是黄鼠狼子?我有点害怕,就故意用手拍着板仓,拍了两下,听听就什么也没有了……可是很快又有什么东西在喘气……咝咝的……好像肺管里面起着泡沫。

这次我有点暴躁:

"去!什么东西……"

有二伯的胸部和他红色的脖子从板仓伸出来一段……当时,我疑心我也许是在看着木偶戏!但那顶窗透进来的太阳证明给我,被那金红色液体的东西染着的正是有二伯尖长的突出的鼻子……他的胸膛在白色的单衫下面不能够再压制住,好像小波浪似的在雨点里面任意跳着。

他一点声音也没有作,只是站着,站着……他完全和一只受惊的公羊那般愚傻！

　　我和小朋友们，捉着甲虫，捕着蜻蜓，我们做这种事情，永不会厌倦。野草，野花，野的虫子，它们完全经营在我们的手里，从早晨到黄昏。

　　假若是个晴好的夜，我就单独留在草丛里边，那里有闪光的甲虫，有虫子低微的吟鸣，有蒿草摇着的夜影。

　　有时我竟压倒了蒿草，躺在上面，我爱那天空，我爱那星子……听人说过的海洋，我想也就和这天空差不多了。

　　晚饭的时候，我抱着一些装满了虫子的盒子，从草丛回来，经过粮食房子的旁边，使我惊奇的是有二伯还站在那里，破了的窗洞口露着他发青的嘴角和灰白的眼圈。

　　"院子里没有人吗？"好像是生病的人喑哑的喉咙。

　　"有！我妈在台阶上抽烟。"

　　"去吧！"

　　他完全没有笑容，他苍白，那头发好像墙头上跑着的野猫的毛皮。

　　饭桌上，有二伯的位置，那木凳上蹲着一匹小花狗。它戏耍着的时候，那卷尾巴和那铜铃完全引人可爱。

　　母亲投了一块肉给它。歪脖的厨子从汤锅里取出一块很大的骨头来……花狗跳到地上去，追了那骨头发了狂，那铜铃暴躁起来……

　　小妹妹笑得用筷子打着碗边，厨夫拉起围裙来擦着眼睛，母亲却把汤碗倒翻在桌子上了。

　　"快拿……快拿抹布来，快……流下来啦……"她用手按着嘴，可是总有些饭粒喷出来。

　　厨夫收拾桌子的时候，就点起煤油灯来，我面向着菜园坐在门槛上，从门道流出来的黄色的灯光当中，砌着我圆圆的头部和肩膀，我时时举动着手，揩着额头的汗水，每揩了一下，那影子也学着我揩了一下。透过我单衫的晚风,像是青蓝色的河水似的清凉……后街,粮米店的胡琴的声音也响了起来,幽远的回音,东边也在叫着,西边也在叫着……日里黄色的花变成白色的了;红色的花,变成黑色的了。

火一样红的马蛇菜的花也变成黑色的了。同时,那盘结着墙根的野马蛇菜的小花,就完全不见了。

有二伯也许就踏着那些小花走去的,因为他太接近了墙根,我看着他……看着他……他走出了菜园的板门。

他一点也不知道,我从后面跟了上去。因为我觉得奇怪。他偷这东西做什么呢?也不好吃,也不好玩。

我追到了板门,他已经过了桥,奔向着东边的高冈。高冈上的去路,宽宏而明亮。两边排着的门楼在月亮下面,我把它们当成庙堂一般想象。

有二伯的背上那圆圆的小袋子我还看得见的时候,远处,在他的前方,就起着狗叫了。

第三次我看见他偷东西,也许是第四次……但这也就是最后的一次。

他捐了大澡盆从菜园的边上横穿了过去,一些龙头花被他撞掉下来。这次好像他一点也不害怕,那白洋铁的澡盆哐郎哐郎地埋没着他的头部在呻叫。

并且好像大块的白银似的,那闪光照耀得我很害怕,我靠到墙根上去,我几乎是发呆地站着。

我想:母亲抓到了他,是不是会打他呢?同时我又起了一种佩服他的心情:"我将来也敢和他这样偷东西吗?"

但我又想:我是不偷这东西的,偷这东西干什么呢?这样大,放到哪里母亲也会捉到的。

但有二伯却顶着它像是故事里银色的大蛇似的走去了。

以后,我就没有看到他再偷过。但我又看到了别样的事情,那更危险，而且又常常发生，比方我在蒿草中正捏住了蜻蜓的尾巴……鼓冬……板墙上有一块大石头似的抛了过来，蜻蜓无疑地是飞了。比方夜里我就不敢再沿着那道板墙去捉蟋蟀，因为不知什么时候有二伯会从墙顶落下来。

丢了澡盆之后，母亲把三道门都下了锁。

所以小朋友们之中，我的蟋蟀捉得最少。因此我就怨恨有二伯：

"你总是跳墙，跳墙……人家蟋蟀都不能捉了！"

"不跳墙……说得好，有谁给开门呢？"他的脖子挺得很直。

"杨厨子开吧……"

"杨……厨子……哼……你们是家里人……支使得动他……你二伯……"

"你不会喊！叫他……叫他听不着，你就不会打门……"我的两只手，向两边摆着。

"哼……打门……"他的眼睛用力往低处看去。

"打门再听不着，你不会用脚踢……"

"踢……锁上啦……踢他干什么！"

"那你就非跳墙不可，是不是？跳也不轻轻跳，跳得那样吓人？"

"怎么轻轻的？"

"像我跳墙的时候，谁也听不着，落下来的时候，是蹲着……两只膀子张开……"我平地就跳了一下给他看。

"小的时候是行啊……老了，不行啦！骨头都硬啦！你二伯比你大六十岁，哪儿还比得了？"

他嘴角流下来一点点的笑来，右手拿抓着烟荷包，左手摸着站在旁边的大白狗的耳朵……狗的舌头舐着他。

可是我总也不相信，怎么骨头还会硬与不硬？骨头不就是骨头吗？猪骨头我也咬不动，羊骨头我也咬不动，怎么我的骨头就和有二伯的骨头不一样?

所以,以后我拾到了骨头,就常常彼此把它们磕一磕。遇到同伴比我大几岁的,或是小一岁的,我都要和他们试试,怎样试呢?撞一撞拳头的骨节,倒是软多少硬多少?但总也觉不出来。若用力些就撞得很痛,第一次来撞的是哑巴——管事的女儿。起先她不肯,我就告诉她:

"你比我小一岁,来试试,人小骨头是软的,看看你软不软?"

当时,她的骨节就红了,我想:她一定比我软。可是,看看自己的也红了。

有一次,有二伯从板墙上掉下来。他摔破了鼻子。

"哼!没加小心……一只腿下来……一只腿挂在墙上……哼!闹个大头朝下……"

他好像在嘲笑着他自己,并不用衣襟或是什么揩去那血,看起来,在流血的似乎不是他自己的鼻子,他挺着很直的背脊走向厢房去,血条一面走着一面更多地画着他的前襟。已经染了血的手是垂着,而不去按住鼻子。

厨夫歪着脖子站在院心,他说:

"有二爷,你这血真新鲜……我看你多摔两下也不要紧……"

"哼,小伙子,谁也从年轻过过!就不用挖苦……慢慢就有你的啦……"他的嘴还在血条里面笑着。

过一会,有二伯裸着胸脯和肩头,站在厢房门口,鼻子孔塞着两块小东西,他喊着:

"老杨……杨安……有单裤子借给穿穿……明天这件干啦!就把你的脱下来……我那件掉啦膀子。夹的送去做,还没倒出工夫去拿……"他手里抖着那件洗过的衣裳。

"你说什么?"杨安几乎是喊着:"你送去做的夹衣裳还没倒出工夫去拿?有二爷真是忙人!衣服做都做好啦……拿一趟就没

有工夫去拿……有二爷真是二爷,将来要用个跟班的啦……"

我爬着梯子,上了厢房的房顶,听着街上是有打架的,上去看看。房顶上的风很大,我打着颤子下来了。有二伯还赤着臂膀站在檐下。那件湿的衣裳在绳子上拍拍的被风吹着。

点灯的时候,我进屋去加了件衣裳,很例外我看到有二伯单独地坐在屋里的饭桌前喝酒,并且更奇怪的是杨厨子给他盛着汤。

"我各自盛吧!你去歇歇吧……"有二伯和杨安争夺着汤盆里的勺子。

我走去看看,酒壶旁边的小碟子里还有两片肉。

有二伯穿着杨安的小黑马褂,腰带几乎是束到胸脯上去。他从来不穿这样小的衣裳,我看他不像个有二伯,像谁呢?也说不出来?他嘴在嚼着东西,鼻子上的小塞还会动着。

本来只有父亲晚上回来的时候,才单独地坐在洋灯下吃饭。在有二伯,就很新奇,所以我站着看了一会。

杨安像个弯腰的瘦甲虫,他跑到客室的门口去……

"快看看……"他歪着脖子:"都说他不吃羊肉……不吃羊肉……肚子太小,怕是胀破了……三大碗羊汤喝完啦……完啦……哈哈哈……"他小声地笑着;做着手势,放下了门帘。

又一次,完全不是羊肉汤……而是牛肉汤……可是当有二伯拿起了勺子,杨安就说:

"羊肉汤……"

他就把勺子放下了,用筷子夹着盘子里的炒茄子,杨安又告诉他:

"羊肝炒茄子。"

他把筷子去洗了洗,他自己到碗橱去拿出了一碟酱咸菜,他还没有拿到桌子上,杨安又说:

"羊……"他说不下去了。

"羊什么呢……"有二伯看着他：

"羊……羊……唔……是咸菜呀……嗯！咸菜里边说干净也不干净……"

"怎么不干净？"

"用切羊肉的刀切的咸菜。"

"我说杨安，你可不能这样……"有二伯离着桌子很远，就把碟子摔了上去，桌面过于光滑，小碟在上面呱呱地跑着，撞在另一个盘子上才停住。

"你杨安……可不用欺生……姓姜的家里没有你……你和我也是一样，是个外稞秧！年轻人好好学……怪模怪样的……将来还是有个后成……"

"呃呀呀！后成！就算绝后一辈子吧……不吃羊肠……麻花铺子炸面鱼，假腥气……不吃羊肠，可吃羊肉……别装扮着啦……"杨安的脖子因为生气直了一点。

"兔羔子……你他妈……阳气什么？"有二伯站起来向前走去。

"有二爷，不要动那样大的气……气大伤身不养家……我说，咱爷俩都是跑腿子……说个笑话……开个心……"厨子嗷嗷地笑着，"哪里有羊肠呢……说着玩……你看你就不得了啦……"

好像站在公园里的石人似的，有二伯站在地心。

"……别的我不生气……闹笑话，也不怕闹……可是我就忌讳这手……这不是好闹笑话的……前年我不知道吃过一回……后来知道啦，病啦半个多月……后来这脖上生了一块疮算是好啦……吃一回羊肉倒不算什么……就是心里头放不下，就好像背了自己的良心……背良心的事不做……做了那后悔是受不住的，有二不吃羊肉也就是为的这个……"喝了一口冷水之后他还是抽烟。

别人一个一个地开始离开了桌子……

从此有二伯的鼻子常常塞着小塞,后来又说腰痛,后来又说腿痛。他走过院心不像从前那么挺直,有时身子向一边歪着,有时用手拉住自己的腰带……大白狗跟着他前后地跳着的时候,他躲闪着它:

"去吧……去吧!"他把手梢缩在袖子里面,用袖口向后扫摆着。

但,他开始诅骂更小的东西,比方一块砖头打在他的脚上,他就坐下来,用手按住那砖头,好像他疑心那砖头会自己走到他脚上来的一样。若当鸟雀们飞着时,有什么脏污的东西落在他的袖子或是什么地方,他就一面抖掉它,一面对着那已经飞过去的小东西讲着话:

"这东西……啊哈!会找地方,往袖子上掉……你也是个瞎眼睛,掉,就往那个穿绸穿缎的身上掉!往我这掉也是白……穷跑腿子……"

他擦净了袖子,又向他头顶上那块天空看了一会,才重新走路。

板墙下的蟋蟀没有了,有二伯也好像不再跳板墙了。早晨厨子挑水的时候,他就跟着水桶通过板门去,而后向着井沿走,就坐在井沿旁的空着的碾盘上。差不多每天我拿了钥匙放小朋友们进来时,他总是在碾盘上招呼着:

"花子……等一等你二伯……"我看他像鸭子在走路似的。"你二伯真是不行了……眼看着……眼看着孩子们往这面来,可是你二伯就追不上……"

他一进了板门,又坐在门边的木樽上。他的一只脚穿着袜子,另一只的脚趾捆了一段麻绳,他把麻绳抖开,在小布片下面,那肿胀的脚趾上还腐了一小块。好像茄子似的脚趾,他又把它包扎起来。

"今年的运气十分不好……小毛病紧着添……"他取下来咬在嘴上的麻绳。

以后当我放小朋友进来的时候,不是有二伯招呼着我,而是我招呼着他。因为关了门,他再走到门口,给他开门的人也还是我。

在碾盘上不但坐着,他后来就常常睡觉,他睡得就像完全没有了感觉似的,有一个花鸭子伸着脖颈啄着他的脚心,可是他没有醒,他还是把脚伸在原来的地方。碾盘在太阳下闪着光,他像是睡在圆镜子上边。

我们这些孩子们抛着石子和飞着沙土,我们从板门冲出来,跑到井沿上去,因为井沿上有更多的石子。我把我的衣袋装满了它们,我就蹲在碾盘后和他们作战,石子在碾盘上"叭","叭",好像还冒着一道烟。

有二伯闭着眼睛忽然抓了他的烟袋:

"王八蛋,干什么……还敢来……还敢上……"

他打着他的左边和右边,等我们都集拢来看他的时候,他才坐起来。

"……妈的……做了一个梦……那条道上的狗真多……连小狗崽也上来啦……让我几烟袋锅子就全敲打了回去……"他揉一揉手骨节,嘴角上流下笑来:"妈的……真是那么个滋味……做梦狗咬啦呢……醒啦还有点疼……"明明是我们打来的石子,他说是小狗崽,我们都为这事吃惊而得意,跑开了,好像散开的鸡群,吵叫着,展着翅膀。

他打着呵欠:"呵……呵呵……"在我们背后像小驴子似的叫着。

我们回头看他,他和要吞食什么一样,向着太阳张着嘴。

那下着毛毛雨的早晨,有二伯就坐到碾盘上去了。杨安担着水桶从板门来来往往地走了好几回……杨安锁着板门的时候,他就说：

"有二爷子这几天可真变样……那神气，我看几天就得进庙啦……"

我从板缝往西边看看，看不清是有二伯，好像小草堆似的，在雨里边浇着。

"有二伯……吃饭了！"我试着喊了一声。

回答我的，只是我自己的回响："呜呜"的在我的背后传来。

"有二伯，吃饭啦！"这次把嘴唇对准了板缝。

可是回答我的又是"呜呜"。

下雨的天气永远和夜晚一样，到处好像空瓶子似的，随时被吹着随时发着响。

"不用理他……"母亲在开窗子："他是找死……你爸爸这几天就想收拾他呢……"

我知道这"收拾"是什么意思：打孩子们叫"打"，打大人就叫"收拾"。

我看到一次，因为看纸牌的事情，有二伯被管事的"收拾"了一回。可是父亲，我还没有看见过，母亲向杨厨子说：

"这几年来，他爸爸不屑理他……总也没在他身上动过手……可是他的骄毛越长越长……贱骨头，非得收拾不可……若不然……他就不自在。"

母亲越说"收拾"我就越有点害怕，在什么地方"收拾"呢？在院心，管事的那回可不是在院心，是在厢房的炕上。那么这回也要在厢房里！是不是要拿着烧火的叉子？那回管事的可是拿着。我又想起来小哑巴，小哑巴让他们踏了一脚，手指差一点没有踏断。直到现在那小手指还不是弯着吗？

有二伯一面敲着门一面说着：

"大白……大白……你是没心肝的……你早晚！……"等大白狗从板墙跳出去，他又说："去！……去！……"

"开门!没有人吗?"

我要跑去的时候,母亲按住了我的头顶:"不用你显勤快!让他站一会吧,不是吃他饭长的……"

那声音越来越大了,真是好像用脚踢着。

"没有人吗?"每个字的声音完全喊得一平。

"人倒是有,倒不是侍候你的……你这份老爷子不中用……"母亲的说话,不知有二伯听到没有听到?

但那板门暴乱起来:

"死绝了吗?人都死绝啦……"

"你可不用假装疯魔!……有二,你骂谁呀……对不住你吗?"母亲在厨房里叫着:"你的后半辈吃谁的饭来的……你想想,睡不着觉思量思量……有骨头,别吃人家的饭?讨饭吃,还嫌酸……"

并没有回答的声音,板墙隆隆地响着,等我们看到他,他已经是站在墙这边了。

"我……我说……四妹子……你二哥说的是杨安,家里人……我是不说的……你二哥,没能耐不是假的,可是吃这碗饭,你可也不用委曲……"我奇怪要打架的时候,他还笑着:"有四兄弟在……算账咱们和四兄弟算……"

"四兄弟……四兄弟屑得跟你算……"母亲向后推着我。

"不屑得跟你二哥算……哼!哪天咱们就算算看……哪天四兄弟不上学堂……咱们就算算看……"他哼哼的,好像水洗过的小瓦盆似的;没有边沿的草帽切着他的前额。

他走过的院心上,一个一个的留下了泥窝。

"这死鬼……也不死……脚烂啦!还一样会跳墙……"母亲像是故意让他听到。

"我说四妹子……你们说的是你二哥……哼哼……你们能说出口来?我死……人不好那样,谁都是爹娘养的,吃饭长的……"他拉开了厢房的门扇,就和拉着一片石头似的那样用力,但他并不走进去,"你二哥,在你家住了三十多年……哪一点对不住你们;拍拍良心……一根草棍也没给你们糟踏过……唉……四妹子……这年头……没处说去……没处说去……人心看不见……"

我拿着满手的柿子,在院心笑着跳着跑到厢房去。有二伯在烤着一个温暖的火堆,他坐得那么刚直,和门旁那只空着的大坛子一样。

"滚……鬼头鬼脑的……干什么事?你们家里头尽是些耗子。"我站在门口还没有进去,他就这样的骂着我。

我想:可真是,不怪杨厨子说,有二伯真有点变了。他骂人也骂得那么奇怪,尽是些我不懂的话,"耗子","耗子"与我有什么关系!说它干什么?

我还是站在门边,他又说:

"王八羔子……兔羔子……穷命……狗命……不是人……在人里头缺点什么……"他说的是一套一套的,我一点也记不住。

我也学着他,把鞋脱下来,两个鞋底相对起来,坐在下面。

"这你孩子……人家什么样,你也什么样!看着葫芦就画瓢……那好的……新新的鞋子就坐……"他的眼睛就像坛子上没有烧好的小坑似的向着我。

"那你怎么坐呢!"我把手伸到火上去。

"你二伯坐……你看看你二伯这鞋……坐不坐都是一样,不能要啦!穿啦已二年整。"把鞋从身下抽出来,向着火看了许多工夫。他忽然又生起气来……

"你们……这都是天堂的呀……你二伯像你那大……没穿过鞋……哪来的鞋呢?放猪去,拿着个小鞭子就走……一天跟着太阳出去……又跟着太阳回来……带着两个饭团就算是晌饭……你看看你们……馒头干粮,满院子滚!我若一扫院子就准能捡着几个……你二伯小时候连馒头边都……都摸不着哇！如今……连大白狗都不去吃啦……"

他的这些话若不去打断他，他就会永久说下去：从幼小说到长大，再说到锅台上的瓦盆……再从瓦盆回到他幼年吃过的那个饭团上去。我知道他又是这一套，很使我起反感，我讨厌他，我就把红柿子放在火上去烧着，看一看烧熟是个什么样？

"去去……哪有你这样的孩子呢？人家烘点火暖暖……你也必得弄灭它……去，上一边去烧去……"他看着火堆喊着。

我穿上鞋就跑了，房门是开着，所以那骂的声音很大：

"鬼头鬼脑的，干些什么事？你们家里……尽是些耗子……"

有二伯和后园里的老茄子一样，是灰白了，然而老茄子一天比一天静默下去，好像完全任凭了命运。可是有二伯从东墙骂到西墙，从扫地的扫帚骂到水桶……而后他骂着他自己的草帽……

"……王八蛋……这是什么东西……去你的吧……没有人心！夏不遮凉冬不抗寒……"

后来他还是把草帽戴上，跟着杨厨子的水桶走到井沿上去，他并不坐到石碾上，跟着水桶又回来了。

"王八蛋……你还算个牲口……你黑心粒……"他看看墙根的猪说。

他一转身又看到了一群鸭子：

"哪天都杀了你们……一天到晚呱呱的……他妈的若是个人，也是个闲人。都杀了你们……别享福……吃得溜溜胖……溜溜肥……"

后园里的葵花子，完全成熟了，那过重的头柄几乎折断了它自己的身子。玉米有的只带了叶子站在那里，有的还挂着稀少的玉米棒。黄瓜老在架上了，赫黄色的，麻裂了皮，有的束上了红色的带子，母亲规定了它们：来年作为种子。葵花子也是一样，在它们的颈间也有的是挂了红布条。只有已经发了灰白的老茄子还都自由地吊在枝棵上,因为它们的里面,完全是黑色的子粒,孩子们既然不吃它,厨子也总不采它。

只有红柿子,红得更快,一个跟着一个,一堆跟着一堆。好像捣衣裳的声音,从四面八方传来了一样。

有二伯在一个清凉的早晨,和那捣衣裳的声音一道倒在院心了。

我们这些孩子们围绕着他,邻人们也围绕着他。但当他爬起来的时候,邻人们又都向他让开了路。

他跑过去,又倒下来了。父亲好像什么也没做,只在有二伯的头上拍了一下。

照这样做了好几次,有二伯只是和一条卷虫似的滚着。

父亲却和一部机器似的那么灵巧。他读书看报时的眼镜也还戴着,他叉着腿,有二伯来了的时候,我看见他的白绸衫的襟角很和谐地抖了一下。

"有二……你这小子混蛋……一天到晚,你骂什么……有吃有喝,你还要挣命……你个祖宗的!"

有二伯什么声音也没有。倒了的时候,他想法子爬起来,爬起来他就向前走着,走到父亲的地方他又倒了下来。

等他再倒了下来的时候,邻人们也不去围绕着他。母亲始终是站在台阶上。杨安在柴堆旁边,胸前立着竹帚……邻家的老祖母在板门外被风吹着她头上的蓝色的花。还有管事的……还有小哑巴……还有我不认识的人,他们都靠到墙根上去。

到后来有二伯枕着他自己的血,不再起来了,脚趾上扎着的那块麻绳脱落在旁边,烟荷包上的小圆葫芦,只留了一些片沫在他的左近。鸡叫着,但是跑得那么远……只有鸭子来啄食那地上的血液。

我看到一个绿头顶的鸭子和一个花脖子的。

冬天一来了的时候,那榆树的叶子,连一棵也不能够存在,因为是一棵孤树,所有从四面来的风,都摇得到它。所以每夜听着火炉盖上茶壶咝咝的声音的时候,我就从后窗看着那棵大树,白的,穿起了鹅毛似的……连那顶小的枝子也胖了一些。太阳来了的时候,榆树也会闪光,和闪光的房顶,闪光的地面一样。

起初,我们是玩着堆雪人,后来就厌倦了,改为拖狗爬犁了,大白狗的脖子上每天束着绳子,杨安给我们做起来的爬犁。起初,大白狗完全不走正路,它往狗窝里面跑,往厨房里面跑。我们打着它,终于使它习惯下来,但也常兜着圈子,把我们全数扣在雪地上。它每这样做了一次,我们就一天不许它吃东西,嘴上给他挂了笼头。

但这它又受不惯,总是闹着,叫着……用腿抓着雪地,所以我们把它束到马桩子上。

不知为什么?有二伯把它解了下来,他的手又颤颤得那么厉害。

而后他把狗牵到厢房里去,好像牵着一匹小马一样……

过了一会出来了,白狗的背上压着不少东西:草帽顶,铜水壶,豆油灯碗,方枕头,团蒲扇……小圆筐……好像一辆搬家的小车。

有二伯则挟着他的棉被。

"二伯!你要回家吗?"

他总常说"走走"。我想"走"就是回家的意思。

"你二伯……嗯……"那被子流下来的棉花一块一块地沾污了雪地,黑灰似的在雪地上滚着。

还没走到板门,白狗就停下了,并且打着,他有些牵不住它了。

"你不走吗?你……大白……"

我取来钥匙给他开了门。

在井沿的地方,狗背上的东西,就全都弄翻了。在石碾上摆着小圆筐和铜水壶这一切。

"有二伯……你回家吗?"若是不回家为什么带着这些东西呢!

"嗯……你二伯……"

白狗跑得很远的了。

"这儿不是你二伯的家,你二伯别处也没有家。"

"来……"他招呼着大白狗:"不让你背东西……就来吧……"

他好像要去抱那狗似的张开了两臂。

"我要等到开春……就不行……"他拿起了铜水壶和别的一切。

我想他是一定要走了。

我看着远处白雪里边的大门。

但他转回身去,又向着板门走了回去,他走动的时候,好像肩上担着水桶的人一样,东边摇着,西边摇着。

"二伯,你是忘下了什么东西?"

但回答着我的只有水壶盖上的铜环……咯铃铃咯铃铃……

他是去牵大白狗吧?对这件事我很感到趣味,所以我抛弃了小朋友们,跟在有二伯的背后。

走到厢房门口,他就进去了,戴着笼头的白狗,他像没有看见它。

他是忘下了什么东西?

但他什么也不去拿,坐在炕沿上,那所有的全套的零碎完全照样在背上和胸上压着他。

他开始说话的时候,连自己也不能知道我是已经向着他的旁边走去。"花子!你关上门……来……"他按着从身上退下来的东西……"你来看看!"

我看到的是些什么呢?

掀起席子来，他抓了一把：

"就是这个……"而后他把谷粒抛到地上："这不明明是往外撵我吗……腰疼……腿疼没有人看见……这炕暖倒记住啦！说是没有米吃，这谷子又潮湿……垫在这席下炀几天……十几天啦……一寸多厚……烧点火还能热上来……暖！……想是等到开春……这衣裳不抗风……"

他拿起扫帚来，扫着窗棂上的霜雪，又扫着墙壁：

"这是些什么？吃糖可就不用花钱？"

随后他烧起火来，柴草就着在灶口外边，他的胡子上小白冰溜变成了水，而我的眼睛流着泪……那烟遮没了他和我。

他说他七岁上被狼咬了一口，八岁上被驴子踢掉一个脚趾……我问他：

"老虎，真的，山上的你看见过吗？"

他说："那倒没有。"

我又问他："大象你看见过吗？"

而他就不说到这上面来。他说他放牛放了几年，放猪放了几年……

"你二伯三个月没有娘……六个月没有爹……在叔叔家里住到整整七岁，就像你这么大……"

"像我这么大怎么的呢？"他不说到狼和虎我就不愿意听。

"像你那么大就给人家放猪去啦吧……"

"狼咬你就是像我那大咬的？咬完啦，你还敢再上山不敢啦……"

"不敢，哼……在自家里是孩子……在别人就当大人看……不敢……不敢……回家去……你二伯也是怕呀……为此哭过一些……好打也挨过一些……"

我再问他："狼就咬过一回？"

他就不说狼，而说一些别的：又是那年他给人家当过喂马的……又是我爷爷怎么把他领到家里来的……又是什么五月里樱桃开花啦……又是:"你二伯前些年也想给你娶个二大娘……"

我知道他又是从前那一套,我冲开了门站在院心去了。被烟所伤痛的眼睛什么也不能看了,只是流着泪……

但有二伯摊在火堆旁边,幽幽地起着哭声……

我走向上房去了,太阳晒着我,还有别的白色的闪光,它们都来包围了我;或是在前面迎接着,或是从后面追赶着我站在台阶上,向四面看看,那么多纯白而闪光的房顶!那么多闪光的树枝!它们好像白石雕成的珊瑚树似的站在一些房子中间。

有二伯的哭声更高了的时候,我就对着这眼前的一切更爱:它们多么接近,比方雪地是踏在我的脚下,那些房顶和树枝就是我的邻家,太阳虽然远一点,然而也来照在我的头上。

春天,我进了附近的小学校。

有二伯从此也就不见了。

红的果园

五月一开头这果园就完全变成了深绿。在寂寞的市梢上，游人也渐渐增多了起来。那河流的声音，好像喑哑了去，交织着的是树声，虫声和人语的声音。

园前切着一条细长的闪光的河水，园后，那白色楼房的中学里边，常常有钢琴的声音，在夜晚散布到这未熟的果子们的中间。

从五月到六月，到七月，甚至于到八月，这园子才荒凉下来。那些树，有的在三月里开花，有的在四月里开花。但，一到五月，这整个的园子就完全是绿色的了，所有的果子就在这期间肥大了起来。后来，果子开始变红，后来全红，再后来——七月里——果子们就被看园人完全摘掉了。再后来，就是看园人开始扫着那些从树上自己落下的黄叶的时候。

园子在风声里面又收拾起来了。

但那没有和果子一起成熟的恋爱，继续到九月也是可能的。

园后那学校的教员室里的男子的恋爱，虽然没有完结，也就算完结了。

他在教员休息室里也看到这园子，在教室里站在黑板前面也看到这园子，因此他就想到那可怕的白色的冬天。他希望刚走去了的冬天接着再来，但那是不可能。

果园一天一天地在他的旁边成熟，他嗅到果子的气味就像坐在园里的一样。他看见果子从青色变成红色，就像拿在手里看得那么清楚。同时园门上插着的那张旗子，也好像更鲜明了起来。那黄黄的颜色使他对着那旗子起着一种生疏、反感和没有习惯的那种感觉。所以还不等果子红起来，他就把他的窗子换上了一张蓝色的窗围。

他怕那果子会一个一个地透进他的房里来，因此他怕感到什么不安。

果园终于全红起来了，一个礼拜，两个礼拜，差不多三个礼拜，园子还是红的。

他想去问问那看园子的人，果子究竟要红到什么时候。但他一走上那去果园的小路，他就心跳，好像园子在眼前也要颤抖起来。于是他背向着那红色的园子擦擦眼睛，又顺着小路回来了。

在他走上楼梯时，他的胸膛被幻想猛烈地攻击了一阵：他看见她就站在那小道上，蝴蝶在她旁边的青草上飞来飞去。"我在这里……"他好像听到她的喊声似的那么震动。他又看到她等在小夹树道的木凳上。他还回想着，他是跑了过去的，把她牵住了，于是声音和人影一起消失到树丛里去了。他又想到通夜在园子里走着的景况和人影一起消失到树丛里去了。他又想到通夜在园子里走着的景况……有时热情来了的时候，他们和虫子似的就靠着那树丛接吻了。朝阳还没有来到之前，他们的头发和衣裳就被夜露完全打湿了。

他在桌上翻开了学生作文的卷子，但那上面写着些什么呢？

"皇帝登极，万民安乐……"

他又看看另一本，每本开头都有这么一段……他细看时，那并不是学生们写的，是用铅字已经替学生们印好了的。他翻开了所有

红的果园

的卷子,但铅字是完全一样。

他走过去,把蓝色的窗围放下来,他看到那已经熟悉了的看园人在他的窗口下面扫着园地。

看园人说:"先生!不常过来园里走走?总也看不见先生呢?"

"嗯!"他点着头,"怎么样?市价还好?"

"不行啦。先生,你看……这不是吗?"那人用竹帚的把柄指着太阳快要落下来的方向,那面飘着一些女人的花花的好像口袋一样大的袖子。

"这年头,不行了啊!不是年头……都让他们……让那些东西们摘了去啦……"他又用竹帚的把柄指打着树枝:"先生……看这里……真的难以栽培,折的折,掉枝的掉枝……招呼她们不听,又哪敢招呼呢?人家是日本二大爷……"他又问,"女先生,那位,怎么今年也好像总也没有看见?"

他想告诉他:"女先生当××军去了。"但他没有说。他听到了园门上旗子的响声,他向着旗子的方向看了看,也许是什么假日,园门口换了一张大的旗……黄色的……好像完全黄色的。

看园子的人已经走远了,他的指甲还在敲着窗上的玻璃。他看着,他听着,他对着这"园子"和"旗"起着兴奋的情感。于是被敲着的玻璃更响了,假若游园的人经过他的窗下,也能够听到他的声音。

王四的故事

　　红眼睛的、走路时总爱把下巴抬得很高的王四，只要人一走进院门来，那沿路的草茎或是孩子们丢下来的玩物，就塞满了他的两只手。有时他把拾到了的铜元塞到耳洞里：

　　"他妈的……是谁的呀？快来拿去！若不快些来，它就要钻到我的耳朵不出来啦……"他一面摇着那尖顶的草帽一边蹲下来。

　　孩子们抢着铜元的时候，撕痛了他的耳朵。

　　"啊哈！这些小东西们，他妈的，不拾起来，谁也不要，看成一块烂泥土，拾起来，就都来啦！你也要，他也要……好像一块金宝啦……"

　　他仍把下巴抬得很高，走进厨房去。他住在主人家里，十年或者也超出了。但在他的感觉上，他一走进这厨房就好像走进他自己的家里那么一种感觉，也好像这厨房在他管理之下不止十年或二十年，已经觉察不出这厨房是被他管理的意思，已经是他的所有了！这厨房，就好像从主人的手里割给了他似的。

　　……碗橱的二层格上扣着几只碗和几只盘子，三层格上就完全是蓝花的大海碗了。至于最下一层，那些瓦盆，哪一个破了一个边，哪一个盆底出了一道纹，他都记得清清楚楚。

　　有时候吃完晚饭在他洗碗的时候，他就把灯灭掉，他说是可以省下一些灯油。别人若问他：

"不能把家具碰碎啦？"

他就说：

"也不就是一个碗橱吗？好大一件事情……碗橱里哪个角落爬着个蟑螂，伸手就摸到……那是有方向的，有尺寸的……耳朵一听吗，就知道多远了。"

他的生活就和溪水上的波浪一样：安然，平静，有规律。主人好像在几年前已经不叫他"王四"了，叫他"四先生"。从这以后，他就把自己看成和主人家的人差不多了。

但，在吃饭的时候，总是最末他一个人吃；支取工钱的时候，总是必须拿着手折。有一次他对少主人说：

"我看手折……也用不着了吧！这些年……还用画什么押？都是一家人一样，谁还信不着谁……"

他的提议并没有被人接受。再支工钱时，仍是拿着手折。

"唉……这东西，放放倒不占地方，就是……哼……就是这东西不同别的，是银钱上的……挂心是真的"

他展开了行李，他看看四面有没有人，他的样子简直像在偷东西。

"哼！好啦"他自己说，一面用手压住褥子的一角，虽然手折还没有完全放好，但他的习惯是这样。到夜深，再取出来，把它换个地方，常常是塞在枕头里边。十几年他都是这样保护着他的手折。手折也换过了两三个，因为都是画满了押，盖满了图章。

另外一次，他又去支取工钱，少主人说：

"王老四……真是上了年纪……眼睛也花了，你看，你把这押画在什么地方去了呢？画到线外去啦！画到上次支钱的地方去啦……"

王四拿起手折来，一看到那已经歪到一边去的押号，他就哈哈地张着嘴："他妈……"他刚想要说，可是想到这是和少主人说话，于是停住了。他站在少主人的一边，想了一些时候，把视线经过了鼻子之后，四面扫了一下，难以确定他是在看什么："'王老四'……不是多少年就'四先生'了吗？怎么又'王老四'……不是多少年就'四先生'了吗？怎么又'王老四'呢？"

他走进厨房去，坐在长桌的一头，一面喝着烧酒，一面想着："这可不对……"他随手把青辣椒在酱碗里触了触："他妈的……"好像他骂着的时候顺便就把辣椒吃下去了。

多吃了几盅烧酒的缘故，他觉得碗橱也好像换了地方，米缸……水桶……甚至连房梁上终年挂着的那块腊肉也像变小一些。他说："不好……少主人也怕变了心肠……今年一定有变。"于是又看了看手折：

"若把手折丢了，我看事情可就不好办！没有支过来的……那些前几年就没有支清的工钱就要……我看就要算不清。"这次，他没有把手折塞进枕头去，就放在腰带上的荷包里去了。

王四好像真的老了，院子里的细草，他不看见；下雨时，就在院心孩子们的车子他也不管了。夜里很早他就睡下，早晨又起得很晚。牵牛花的影子，被太阳一个一个地印在纸窗上。他想得远，他想到了十多年在山上伐木头的时候……他就像又看到那白杨倒下来一样……哗哗的……他好像听到了锯齿的声音。他又想到在渔船上当水手的时候：那桅杆……那桅杆上挂着的大鱼……真是银鱼一样，"他妈的……"他伸手去摸，只是手背在眼前划了一下，什么也没摸到。他又接着想：十五岁离开家的那年……在半路上遇到了野狗的那回事……他摸一摸小腿："他妈的，这疤……"他确实的感觉到手下的疤了。

他常常检点着自己的东西，应该不要的，就把它丢掉……破毯子和一双破毡鞋，他向换破东西的人换了几块糖球来分给孩子们吃了。

他在扫院子时候,遇到了棍棒之类,他就拿在手里试一试结实不结实……有时他竟把棍子扛在肩上,试一试挑着行李可够长短?若遇到绳子之类,也总把它挂在腰带上。

他一看那厨房里的东西,总不像原来的位置,他就不愿意再看下去似的。所以闲下来他就坐在井台旁边去,一边结起那些拾得的绳头,就一边计算着手折上面的还存着的工钱的数目。

秋天的晚上,他听到天空的一阵阵的乌鸦的叫声,他想:"鸟也是飞来飞去的……人也总是要移动的……"于是他的下巴抬得很高,视线经过了鼻子之后,看到墙角上去了,正好他的眼睛看到墙角上挂的一张香烟牌子的大画,他把它取下来,压在行李的下面。

王四的眼睛更红了,抬起来的下巴,比从前抬得更高了一些。后来他就总是想着:"到渔船上去还是到山上去?到山上去,怕是老伙伴还有呢?渔船,一时恐怕找不到熟人,可不知道人家要不要……张帆……要快……"他站在席子上面,作着张帆的样子,全身痉挛一般的振摇着:

"还行吗?"他自己问着自己。

河上涨水的那天,王四好像又感觉自己是变成和主人家的人一样了。

他扛着主人家的包袱,扛着主人家的孩子,把他们送到高岗上去。

"老四先生……真是个力气人……"他恍恍惚惚地听着人们说的就是他,后来他留一留意,那是真的……不只是"四先生"还说"老四先生"呢!他想:"这是多么被人尊敬啊!"于是他更快地跑着,直到那水涨得比腰还深的时候,他还是在水里面走着。一个下午他也没有停下来。主人们说:

"四先生,那些零碎东西不必着急去拿它;要拿,明天慢慢地拿……"

他说：

"那怎么行！一夜不是让人偷光了吗？"他又不停地来回地跑着。

他的手折，不知在什么时候离开了他的荷包，沉到水底去了。

他发现了自己的空荷包，他就想："这算完了。"他就把头顶也淹在水里，那手折是红色的，可是他总也看不到那红色的东西。

他说："这算完了。"他站起来，向着高岗走过来。水湿的衣服冰凉地粘住了皮肤。他抖擞着，他感到了异样的寒冷，他看不清那站在高岗上屋前的人们。只听到从那些人们传来的笑声：

"王四摸鱼回来啦。"

"王四摸鱼回来啦。"

后花园

后花园五月里就开花的,六月里就结果子,黄瓜、茄子、玉蜀黍、大芸豆、冬瓜、西瓜、西红柿,还有爬着蔓子的倭瓜。这倭瓜蔓往往会爬到墙头上去,而后从墙头它出去了,出到院子外边去了。就向着大街,这倭瓜蔓上开了一朵大黄花。

正临着这热闹闹的后花园,有一座冷清清的黑洞洞的磨房,磨房的后窗子就向着花园。刚巧沿着窗外的一排种的是黄瓜。这黄瓜虽然不是倭瓜,但同样会爬蔓子的,于是就在磨房的窗棂上开了花,而且巧妙地结了果子。

在朝露里,那样嫩弱的须蔓的梢头,好像淡绿色的玻璃抽成的,不敢去触,一触非断不可的样子。同时一边结着果,一边攀着窗棂往高处伸张,好像它们彼此学着样,一个跟一个都爬上窗子来了。到六月,窗子就被封满了,而且就在窗棂上挂着滴滴嘟嘟的大黄瓜、小黄瓜;瘦黄瓜、胖黄瓜,还有最小的小黄瓜妞儿,头顶上还正在顶着一朵黄花还没有落呢。

于是随着磨房里打着铜筛罗的震抖,而这些黄瓜也就在窗子上摇摆起来了。铜罗在磨夫脚下,东踏一下它就"咚",西踏一下它就"咚";这些黄瓜也就在窗子上滴滴嘟嘟地跟着东边"咚",西边"咚"。

六月里，后花园更热闹起来了，蝴蝶飞，蜻蜓飞，螳螂跳，蚂蚱跳。大红的外国柿子都红了，茄子青的青、紫的紫，溜明湛亮，又肥又胖，每一棵茄秧上结着三四个、四五个。玉蜀黍的缨子刚刚才出缨，就各色不同，好比女人绣花的丝线夹子打开了，红的绿的，深的浅的，干净得过分，简直不知道它为什么那样干净，不知怎样它才那样干净的，不知怎样才做到那样的，或者说它是刚刚用水洗过，或者说它是用膏油涂过。但是又都不像，那简直是干净得连手都没有上过。

然而这样漂亮的缨子并不发出什么香气，所以蜂子、蝴蝶永久不在它上边搔一搔，或是吮一吮。

却是那些蝴蝶乱纷纷地在那些正开着的花上闹着。

后花园沿着主人住房的一方面，种着一大片花草，因为这园主并非怎样精细的人，而是一位厚敦敦的老头，所以他的花园多半变成菜园了。其做种花的部分，也没有什么好花，比如马蛇菜、爬山虎、胭粉豆、小龙豆……这都是些草本植物，没有什么高贵的。到冬天就都埋在大雪里边，它们都死去了。春天打扫干净了这个地盘，再重种起来。有的甚或不用下种，它就自己出来了，好比大菽茨，那就是每年也不用种，它就自己出来的。

它自己的种子，今年落在地上没有人去拾它，明年它就出来了；明年落了子，又没有人去采它，它就又自己出来了。

这样年年代代，这花园无处不长着花。墙根上，花架边，人行道的两旁，有的竟长在倭瓜或黄瓜一块去了。那讨厌的倭瓜的丝蔓竟缠绕在它的身上，缠得多了，把它拉倒了。

可是它就倒在地上仍旧开着花。

铲地的人一遇到它，总是把它拔了，可是越拔它越生得快，那第一班开过的花子落下，落在地上，不久它就生出新的来。所以铲也铲不尽，拔也拔不尽，简直成了一种讨厌的东西了。还有那些被

后花园

倭瓜缠住了的，若想拔它，把倭瓜也拔掉了，所以只得让它横躺竖卧地在地上，也不能不开花。

长得非常之高，五六尺高，和玉蜀黍差不多一般高，比人还高了一点，红辣辣地开满了一片。

人们并不把它当做花看待，要折就折，要断就断，要连根拔也都随便。到这园子里来玩的孩子随便折了一堆去；女人折了插满了一头。

这花园从园主一直到来游园的人，没有一个人是爱护这花的。这些花从来不浇水，任着风吹，任着太阳晒，可是却越开越红，越开越旺盛，把园子煊耀得闪眼，把六月夸奖得和水滚着那么热。

胭粉豆、金荷叶、马蛇菜都开得像火一般。

其中尤其是马蛇菜，红得鲜明晃眼，红得它自己随时要破裂流下红色汁液来。

从磨房看这园子，这园子更不知鲜明了多少倍，简直是金属的了，简直像在火里边烧着那么热烈。

可是磨房里的磨倌是寂寞的。

他终天没有朋友来访他，他也不去访别人，他记忆中的那些生活也模糊下去了，新的一样也没有。他三十多岁了，尚未结过婚，可是他的头发白了许多，牙齿脱落了好几个，看起来像是个青年的老头。阴天下雨，他不晓得；春夏秋冬，在他都是一样。和他同院的住些什么人，他不去留心；他的邻居和他住得很久了，他没有记得；住的是什么人，他没有记得。

他什么都忘了，他什么都记不得，因为他觉得没有一件事情是新鲜了。人间在他是全呆板的了。他只知道他自己是个磨倌，磨倌就是拉磨，拉磨之外的事情都与他毫无关系。

所以邻家的女儿，他好像没有见过；见过是见过的，因为他没有印象，就像没有见过差不多。

磨房里,一匹小驴子围着一盘青白的圆石转着。磨道下面,被驴子经年地踢踏,已经陷下去一圈小洼槽。小驴的眼睛是戴了眼罩的,所以它什么也看不见,只是绕着圈瞎走。嘴上也给戴上了笼头,怕它偷吃磨盘上的麦子。

小驴知道,一上了磨道就该开始转了,所以走起来一声不响,两个耳朵尖尖地竖得笔直。

磨倌坐在罗架上,身子有点向前探着。他的面前竖了一个木架,架上横着一个用木做成的乐器,那乐器的名字叫"梆子。"

每一个磨倌都用一个,也就是每一个磨房都有一个。旧的磨倌走了,新的磨倌来了,仍然打着原来的梆子。梆子渐渐变成个元宝的形状,两端高而中间陷下,所发出来的音响也就不好听了,不响亮,不脆快,而且"踏踏"的沉闷的调子。

冯二成的梆子正是已经旧了的。他自己说:

"这梆子有什么用?打在这梆子上就像打在老牛身上一样。"

他尽管如此说,梆子他仍旧是打了。

磨眼上的麦子没有了,他去添一添。从磨漏下来的麦粉满了一磨盘,他过去扫了扫。小驴的眼罩松了,他替它紧一紧。若是麦粉磨得太多了,应该上风车子了,他就把风车添满,摇着风车的大手轮,吹了起来,把麦皮都从风车的后部吹了出去。那风车是很大的,好像大象那么大。尤其是当那手轮摇起来的时候,呼呼地作响,麦皮混着冷风从洞口喷出来。这风车摇起来是很好看的,同时很好听。可是风车并不常吹,一天或两天才吹一次。

除了这一点点工作,冯二成子多半是站在罗架上,身子向前探着,他的左脚踏一下,右脚踏一下,罗底盖着罗床,那力量是很大的,连地皮都抖动了,和盖新房子时打地基的工夫差不多的,又沉重,又闷气,使人听了要睡觉的样子。

所有磨房里的设备都说过了,只不过还有一件东西没有说,那

后花园

就是冯二成子的小炕了。那小炕没有什么好记载的。总之这磨房是简单、寂静、呆板。看那小驴竖着两个尖尖的耳朵,好像也不吃草也不喝水,只晓得拉磨的样子。冯二成子一看就看到小驴那两个直竖竖的耳朵,再看就看到墙下跑出的耗子,那滴溜溜亮的眼睛好像两盏小油灯似的。再看也看不见别的,仍旧是小驴的耳朵。

所以他不能不打梆子,从午间打起,一打打个通宵。

花儿和鸟儿睡着了,太阳回去了。大地变得清凉了好些。从后花园透进来的热气,凉爽爽的,风也不吹了,树也不摇了。

窗外虫子的鸣叫,远处狗的夜吠,和冯二成子的梆子混在一起,好像三种乐器似的。

磨房的小油灯忽闪闪地燃着(那油灯是在墙壁中间的,好像古墓里边站的长明灯似的),像有风吹着它似的。这磨房只有一扇窗子,还被挂满了黄瓜,把窗子遮得风雨不透。可是从哪里来的风?小驴也在响着鼻子抖擞着毛,好像小驴也着了寒了。

每天是如此:东方快启明的时候,朝露就先下来了,伴随着朝露而来的,是一种阴森森的冷气,这冷气冒着白烟似的沉重重地压到地面上来了。

落到屋瓦上,屋瓦从浅灰变到深灰色,落到茅屋上,那本来是浅黄的草,就变成黄的了。因为露珠把它们打湿了,它们吸收了露珠的缘故。

惟有落到花上、草上、叶子上,那露珠是原形不变,并且由小聚大。大叶子上聚着大露珠,小叶子上聚着小露珠。

玉蜀黍的缨穗挂上了霜似的,毛绒绒的。

倭瓜花的中心抱着一颗大水晶球。

剑形草是又细又长的一种野草,这野草顶不住太大的露珠,所以它的周身都是一点点的小粒。

等到太阳一出来时,那亮晶晶的后花园无异于昨天洒了水了。

冯二成子看一看墙上的灯碗，在灯芯上结了一个红橙橙的大灯花。他又伸手去摸一摸那生长在窗棂上的黄瓜，黄瓜跟水洗的一样。

他知道天快亮了，露水已经下来了。

这时候，正是人们睡得正熟的时候，而冯二成子就像更焕发了起来。他的梆子就更响了，他拼命地打，他用了全身力量，使那梆子响得爆豆似的。不但如此，那磨房唱了起来了，他大声急呼的。好像他是照着民间所流传的，他是招了鬼了。他有意要把远近的人家都惊动起来，他竟乱打起来，他不把梆子打断了，他不甘心停止似的。

有一天下雨了。

雨下得很大，青蛙跳进磨房来好几个。有些蛾子就不断地往小油灯上扑，扑了几下之后，被烧坏了翅膀就掉在油碗里溺死了，而且不久蛾子就把油灯碗给掉满了，所以油灯渐渐地不亮下去，几乎连小驴的耳朵都看不清楚。

冯二成子想要添些灯油，但是灯油在上房里，在主人的屋里。

他推开门一看，雨真是大得不得了，瓢泼的一样，而且上房里也怕是睡下了，灯光不很大，只是影影绰绰的。也许是因为下雨上了风窗的关系，才那样黑混混的。

"十步八步跑过去，拿了灯油就跑回来。"冯二成子想。

但也是太大了，衣裳非都湿了不可；湿了衣裳不要紧，湿了鞋子可得什么时候干。

他推开房门看了好几次，也都是把房门关上，没有跑过去。

可是墙上的灯又一闪一闪地要灭了，小驴的耳朵简直看不见了。他又打开门向上房看看，上房灭了灯了，院子里什么也看不见，只有隔壁赵老太太那屋还亮通通的，窗里还有咯咯的笑声。

那笑的是赵老太太的女儿。冯二成子不知为什么心里好不平静,他赶快关了门,赶快去拨灯碗,赶快走到磨架上,开始很慌张地打动着筛罗。可是无论如何那窗里的笑声好像还在那儿笑。

冯二成子打起梆子来,打了不几下,很自然地就会停住,又好像很愿意再听到那笑声似的。

"这可奇怪了,怎么像第一天那边住着人。"他自己想。

第二天早晨,雨过天晴了。

冯二成子在院子里晒他的那双湿得透透的鞋子时,偶一抬头看见了赵老太太的女儿,跟他站了个对面。冯二成子从来没和女人接近过,他赶快低下头去。

那邻家女儿是从井边来,提了满满的一桶水,走得非常慢。等她完全走过去了,冯二成子才抬起头来。

她那向日葵花似的大眼睛,似笑非笑的样子,冯二成子一想起来就无缘无故地心跳。

有一天,冯二成子用一个大盆在院子里洗他自己的衣裳,洗着洗着,一不小心,大盆从木凳滑落而打碎了。

赵老太太也在窗下缝着针线,连忙就喊她的女儿,把自家的大盆搬出来,借给他用。

冯二成子接过那大盆时,他连看都没看赵姑娘一眼,连抬头都没敢抬头,但是赵姑娘的眼睛像向日葵花那么大,在想象之中他比看见来得清晰。于是他的手好像抖着似的把大盆接过来了。他又重新打了点水,没有打很多的水,只打了一大盆底。

恍恍惚惚的衣裳也没有洗干净,他就晒起来了。

从那之后,他也并不常见赵姑娘,但他觉得好像天天见面的一样。尤其是到深夜,他常常听到隔壁的笑声。

有一天,他打了一夜梆子。天亮了,他的全身都酸了,他把小驴子解下来,拉到下过朝露的潮湿的院子里,看着那小驴打了几个滚,而后把小驴拴到槽子上去吃草。他也该是睡觉的时候了。

他刚躺下，就听到隔壁女孩的笑声，他赶快抓住被边把耳朵掩盖起来。

但那笑声仍旧在笑。

他翻了一个身，把背脊向着墙壁，可是仍旧不能睡。

他和那女孩相邻地住了两年多了，好像他听到她的笑还是最近的事情。他自己也奇怪起来。

那边虽是笑声停止了，但是又有别的声音了：刷锅，劈柴烧火的声音，件件样样都听得清清晰晰。而后，吃早饭的声音他都感觉到了。

这一天，他实在睡不着，他躺在那里心中十分悲哀，他把这两年来的生活都回想了一遍……

刚来的那年，母亲来看过他一次。从乡下给他带来一筐子黄米豆包。母亲临走的时候还流了眼泪说："孩儿，你在外边好好给东家做事，东家错待不了你的……你老娘这两年身子不大硬实。一旦有个一口气上不来，只让你哥把老娘埋起来就算了事。人死如灯灭，你就是跑到家又能怎样！……可千万要听娘的话，人家拉磨，一天拉好多麦子，是一定的，耽误不得，可要记住老娘的话……"

那时，冯二成子已经三十六岁了，他仍很小似的，听了那话就哭了。他抬起头看看母亲，母亲确是瘦得厉害，而且也咳嗽得厉害。

"不要这样傻气，你老娘说是这样说，哪就真会离开了你们的。你和你哥哥都是三十多岁了，还没成家，你老娘还要看到你们……"

冯二成子想到"成家"两个字，脸红了一阵。

母亲回到乡下去，不久就死了。

他没有照着母亲的话做，他回去了，他和哥哥亲自送的葬。

是八月里辣椒红了的时候，送葬回来，沿路还摘了许多红辣椒,炒着吃了。

以后再想一想,就想不起什么来了。拉磨的小驴子仍旧是原来的小驴子。磨房也一点没有改变,风车也是和他刚来时一样,黑洞洞地站在那里,连个方向也没改换。筛罗子一踏起来它就"咚咚"响。他向筛罗子看了一眼,宛如他不踏它,它也在响的样子。

一切都习惯了,一切都照着老样子。他想来想去什么也没有变,什么也没有多,什么也没有少,这两年是怎样生活的呢?他自己也不知道,好像他没有活过的一样。他伸出自己的手来,看看也没有什么变化,捏一捏手指的骨节,骨节也是原来的样子,尖锐而突出。

他又回想到他更远的幼小的时候去,在沙滩上煎着小鱼,在河里脱光了衣裳洗澡;冬天堆了雪人,用绿豆给雪人做了眼睛,用红豆做了嘴唇;下雨的天气,妈妈打来了,就往水洼中跑……妈妈因此而打不着他。

再想又想不起什么来,这时候他昏昏沉沉地要睡了去。

刚要睡着,他又被惊醒了,好几次都是这样。也许是炕下的耗子,也许是院子里什么人说话。

但他每次睁开眼睛,都觉得是邻家女儿惊动了他。他在梦中羞怯怯地红了好几次脸。

从这以后,他早晨睡觉时,他先站在地中心听一听,邻家是否有了声音。若是有了声音,他就到院子里拿着一把马刷子刷那小驴。

但是巧得很,那女孩子一清早就到院子来走动,一会出来拿一捆柴,一会出来泼一瓢水。总之,他与她从这以后,好像天天相见。

这一天八月十五,冯二成子穿了崭新的衣裳,刚刚理过头发回来,上房就嚷着:

"喝酒了，喝酒啦……"

因为过节是和东家同桌吃的饭，什么腊肉，什么松花蛋，样样皆有。其中下酒最好的要算凉拌粉皮，粉皮里外加着一束黄瓜丝，还有辣椒油洒在上面。

冯二成子喝足了酒，退出来了，连饭也没有吃，他打算到磨房去睡一觉。常年也不喝酒，喝了酒头有些昏。他从上房走出来，走到院子里碰到了赵老太太，她手里拿着一包月饼，正要到亲戚家去。她一见了冯二成子，她连忙喊着女儿说：

"你快拿月饼给老冯吃。过节了，在外边的跑腿人，不要客气。"

说完了，赵老太太就走了。

冯二成子接过月饼在手里，他看那姑娘满身都穿了新衣裳，脸上涂着胭脂和香粉。因为他怕难为情，他想说一声谢谢也没说出来，回身就进了磨房。

磨房比平日更冷清了，小驴也没有拉磨，磨盘上供着一块黄色的牌位，上面写着"白虎神之位"，燃了两根红蜡烛，烧着三炷香。

冯二成子迷迷昏昏地吃完月饼，靠着罗架站着，眼睛望着窗外的花园。他一无所思地往外看着，正这时又有了女人的笑声，并且这笑声是熟悉的，但不知这笑声是从哪方面来的，后花园还是隔壁？

他一回身，就看见了邻家的女儿站在大开着的门口。她的嘴是红的，她的眼睛是黑的，她的周身发着光辉，带着吸力。

他怕了，低了头不敢再看。

那姑娘自言自语地说：

"这儿还供着白虎神呢！"

说完，她的一个小同伴招呼着她就跑了。

冯二成子几乎要昏倒了，他坚持着自己，他睁大了眼睛，看一看自己的周遭，看一看是否在做梦。

这哪里是在做梦，小驴站在院子里吃草，上房还没有喝完酒的划拳的吵闹声仍还没有完结。他站到磨房外边，向着远处都看了一遍。远处的人家，有的在树林中，有的在白云中露着屋角，而附近的人家，就是同院子住着的也都恬静地在节日里边升腾着一种看不见的欢喜，流荡着一种听不见的笑声。

但冯二成子看着什么都是空虚的。寂寞的秋空的游丝，飞了他满脸，挂住了他的鼻子，绕住了他的头发。他用手把游丝揉擦断了，他还是往前看去。

他的眼睛充满了亮晶晶的眼泪，他的心中起了一阵莫名其妙的悲哀。

他羡慕在他左右跳着的活泼的麻雀，他炉恨房脊上咕咕叫的悠闲的鸽子。

他的感情软弱得像要瘫了的蜡烛似的。他心里想：鸽子你为什么叫？叫得人心慌！你不能不叫吗？游丝你为什么绕了我满脸？你多可恨！

恍恍惚惚他又听到那女孩子的笑声。

而且和闪电一般，那女孩子来到他的面前了，从他面前跑过去了，一转眼跑得无影无踪的。

冯二成子仿佛被卷在旋风里似的，迷迷离离地被卷了半天，而后旋风把他丢弃了。旋风自己跑去了，他仍旧是站在磨房外边。

从这以后，可怜的冯二成子害了相思病，脸色灰白，眼圈发紫，茶也不想吃，饭也咽不下，他一心一意地想着那邻家的姑娘。

读者们，你们读到这里，一定以为那磨房里的磨倌必得要和邻家女儿发生一点关系。其实不然的。后来是另外的一位寡妇。

世界上竟有这样谦卑的人，他爱了她，他又怕自己的身份太低，怕毁坏了她。他偷着对她寄托一种心思，好像他在信仰一种宗教一样。邻家女儿根本不晓得有这么一回事。

不久,邻家女儿来了说媒的,不久那女儿就出嫁了。

婆家来娶新媳妇的那天,抬着花轿子,打着锣鼓,吹着喇叭,就在磨房的窗外,连吹带打地热闹了起来。

冯二成子伏在梆子上,他闭了眼睛,他一动也不动。

那边姑娘穿了大红的衣裳,搽了胭脂粉,满手抓着铜钱,被人抱上了轿子。放了一阵炮仗,敲了一阵铜锣,抬起轿子来走了。

走得很远很远了,走出了街去,那打锣声只能咚咚啦啦听到一点。

冯二成子仍旧没有把头抬起,一直到那轿子走出几里路之外,就连被娶亲惊醒了的狗叫也都平静下去时,他才抬起头来。

那小驴蒙着眼罩静静地一圈一圈地在拉着空磨。

他看一看磨眼上一点麦子也没有了,白花花的麦粉流了满地。

那女儿出嫁以后,冯二成子常常和老太太攀谈,有的时候还到老太太的房里坐一坐。他不知为什么总把那老太太当做一位近亲来看待,早晚相见时,总是彼此笑笑。

这样也就算了,他觉得那女儿出嫁了反而随便了些。

可是这样过了没多久,赵老太太也要搬家了,搬到女儿家去。

冯二成子帮着去收拾东西。在他收拾着东西时,他看见针线篓里有一个细小的白骨顶针。他想:这可不是她的?那姑娘又活跃跃地来到他的眼前。他看见了好几样东西,都是那姑娘的。刺花的围裙卷放在小柜门里,一团扎过了的红头绳子洗得干干净净的,用一块纸包着。他在许多乱东西里拾到这纸包,他打开一看,他问赵老太太,这头绳要放在哪里?老太太说:

"放在小梳头匣子里吧,我好给她带去。"

冯二成子打开了小梳头匣,他看见几根扣发针和一个假烧翡翠的戒指仍放在里边。他嗅到一种梳头油的香气,他想这一定是那姑娘的,他把梳头匣关了。

他帮着老太太把东西收拾好,装上了车,还牵着拉车的大黑骡子上前去送了一程。

送到郊外,迎面的菜花都开了,满野飘着香气。老太太催他回来,他说他再送一程。他好像对着旷野要高歌的样子,他的胸怀像飞鸟似地张着,他面向着前面,放着大步,好像他一去就不回来的样子。

可是冯二成子回来的时候,太阳还正晌午。虽然是秋天了,没有夏天那么鲜艳,但是到处飘着香气。高粱成熟了,大豆黄了秧子,野地上仍旧是红的红,绿的绿。冯二成子沿着原路往回走。走了一程,他还转回身去,向着赵老太太走去的远方望一望。但是连一点影子也看不见了。

蓝天凝结得那么严酷,连一些皱折也没有,简直像是用蓝色纸剪成的。他用了他所有的目力,探究着蓝色的天边外,是否还存在着一点点黑点,若是还有一个黑点,那就是赵老太太的车子了。可是连一个黑点也没有,实在是没有的,只有一条白亮亮的大路,向着蓝天那边爬去,爬到蓝天的尽头,这大路只剩了窄狭的一条。

赵老太太这一去什么时候再能够见到,没有和她约定时间,也没有和她约定地方。他想顺着大路跑去,跑到赵老太太的车子前面,拉住大黑骡子,他要向她说:

"不要忘记了你的邻居,上城里来的时候可来看我一次。"

但是车子一点影也没有了,追也追不上了。

他转回身来,仍走他的归途,他觉得这回来的路,比去的时候不知远了多少倍。

他不知为什么这次送赵老太太,比送他自己的亲娘更难过。他想:人活着为什么要分别?既然永远分别,当初又何必认识!人与人之间又是谁给造了这个机会?既然造了机会,又是谁把机会给取消了!

　　他越走他的脚越沉重,他的心越空虚,就在一个有树阴的地方坐下来。他往四方左右望一望,他望到的,都是在劳动着的,都是在活着,赶车的赶车,拉马的拉马,割高粱的人,满头流着大汗。还有的手被高粱杆扎破了,或是脚被扎破了,还浸浸地沁着血,而仍是不停地在割。他看了一看,他不能明白,这都是在做什么;他不明白,这都是为着什么。他想:你们那些手拿着的,脚踏着的,到了终归,你们是什么也没有的。你们没有了母亲,你们的父亲早早死了,你们该娶的时候,娶不到你们所想的;你们到老的时候,看不到你们的子女成人,你们就先累死了。

　　冯二成子看一看自己的鞋子掉底了,于是脱下鞋子用手提鞋子,站起来光着脚走,他越走越奇怪,本来是往回走,可是心越走越往远处飞。究竟飞到哪里去了,他自己也把捉不定。总之,他越往回走,他就越觉得空虚。路上他遇上一些推手车的,挑担的,他都用了奇怪的眼光看了他们一下:

　　你们什么也不知道,你们只知道为你们的老婆孩子当一辈子牛马,你们都白活了,你们自己还不知道。你们要吃的吃不到嘴,要穿的穿不上身,你们为了什么活着,活得那么起劲!

　　他看见个卖豆腐脑的,搭着白布篷,篷下站着好几个人在吃。有的争着要多加点酱油,而那卖豆腐脑的偏偏给他加上几粒盐。卖豆腐脑的说酱油太贵,多加要赔本的。于是为着点酱油争吵了起来。冯二成子老远地就听他们在嚷嚷。他用斜眼看了那卖豆腐脑的:

　　"你这个小气人,你为什么那么苛刻,你都是为了老婆孩子!你要白白活这一辈子,你省吃俭用,到头你还不是个穷鬼!"

　　冯二成子这一路上所看到的几乎完全是这一类人。

　　他用各种眼光批评了他们。

后花园

  他走了一会，转回身去看看远方，并且站着等了一会，好像远方会有什么东西自动向他飞来，又好像远方有谁在招呼着他。他几次三番地这样停下来，好像他侧着耳朵细听。但只有雀子的叫声从他头上飞过，其余没有别的了。

  他又转身向回走，但走得非常迟缓，像走在荆蓁的草中。仿佛他走一步，被那荆蓁拉住过一次。

  终于他全然没有了气力，全身和头脑。他找到一片小树林，他在那里伏在地上哭了一袋烟的工夫。他的眼泪落了一满树根。

  他回想着那姑娘束了花围裙的样子，那走路的全身愉快的样子。他再想那姑娘是什么时候搬来的，他连一点印象也没有记住，他后悔他为什么不早点发现她，她的眼睛看过他两三次，他虽不敢直视过去，但他感觉得到，那眼睛是深黑的，含着无限情意的。他想到了那天早晨他与她站了个对面，那眼睛是多么大！那眼光是直逼他而来的。他一想到这里，他恨不得站起来扑过去。但是现在都完了，都去得无声无息地那么远了，也一点痕迹没有留下，也永久不会重来了。

  这样广茫茫的人间，让他走到哪方面去呢？是谁让人如此，把人生下来，并不领给他一条路子，就不管他了。

  黄昏的时候，他从地面上抓了两把泥土，他昏昏沉沉地站起来，仍旧得走着他的归路。

  他好像失了魂魄的样子，回到了磨房。

  看一看罗架好好地在那儿站着，磨盘好好地在那儿放着，一切都没有变动。吹来的风依旧是凉爽的。从风车吹出来的麦皮仍旧在大篓子里盛着，他抓起一把放在手心上擦了擦，这都是昨天磨的麦子，昨天和今天是一点也没有变。他拿了刷子刷了一下磨盘，残余的麦粉冒了一阵白烟。这一切都和昨天一样，什么也没有变。耗子的眼睛仍旧是很亮很亮地跑来跑去。后花园静静的和往日里一样的没有声音。上房里，东家的太太抱着孙儿和邻居讲话，讲得仍旧和往常一样热闹。担水的往来在井边，有谈有笑地放着大步往来地跑，绞着井绳的转车喀啦喀啦的大大方方地响着。一切都是快乐的，有意思的。就连站在槽子那里的小驴，一看冯二成子回来了，也表示欢迎似的张开大嘴来叫了几声。冯二成子走上前去，摸一摸小驴的耳朵，而后从草包取一点草散在槽子里，而后又领着那小驴到井边去饮水。

他打算再工作起来，把小驴仍旧架到磨上，而他自己还是愿意鼓动着勇气打起梆子来。但是未能做到，他好像丢了什么似的，好像是被人家抢去了什么似的。

他没有拉磨，他走到街上来荡了半夜，二更之后，街上的人稀疏了，都回家去睡觉去了。

他经过靠着缝衣裳来过活的老王那里，看她的灯还未灭，他想进去歇一歇脚也是好的。

老王是一个三十多岁的寡妇，因为生活的忧心，头发白了一半了。

她听了是冯二成子来叫门，就放下了手里的针线来给他开门了。还没等他坐下，她就把缝好的冯二成子的蓝单衫取出来了，并且说着：

"我这两天就想要给你送去，为着这两天活计多，多做一件，多赚几个，还让你自家来拿……"

她抬头一看冯二成子的脸色是那么冷落，她忙着问：

"你是从街上来的吗？是从哪儿来的？"

一边说着一边就让冯二成子坐下。

他不肯坐下，打算立刻就要走，可是老王说：

"有什么不痛快的？跑腿子在外的人，要舒心坦意。"

冯二成子还是没有响。

后花园

　　老王跑出去给冯二成子买了些烧饼来，那烧饼还是又脆又热的，还买了酱肉。老王手里有钱时，常常自己喝一点酒，今天也买了酒来。

　　酒喝到三更，王寡妇说：

　　"人活着就是这么的，有孩子的为孩子忙，有老婆的为老婆忙，反正做一辈子牛马。年轻的时候，谁还不是像一棵小树似的，盼着自己往大了长，好像有多少黄金在前边等着。可是没有几年，体力也消耗完了，头发黑的黑，白的白……"

　　她给他再斟一盅酒。

　　她斟酒时，冯二成子看她满手都是筋络，苍老得好像大麻的叶子一样。

　　但是她说的话，他觉得那是对的，于是他把那盅酒举起来就喝了。

　　冯二成子把近日的心情告诉了她。他说他对什么都是烦躁的，对什么都没有耐性了。他所说的，她都理解得很好，接着他的话，她所发的议论也和他的一样。

　　喝过三更以后，冯二成子也该回去了。他站起来，抖擞一下他的前襟，他的感情宁静多了，他也清晰得多了，和落过雨后又复见了太阳似的，他还拿起老王在缝着的衣裳看看，问她一件夹袄的手工多少钱。

　　老王说："那好说，那好说，有夹袄尽管拿来做吧。"

　　说着，她就拿起一个烧饼，把剩下的酱肉通通夹在烧饼里，让冯二成子带着：

　　"过了半夜，酒要往上返的，吃下去压一压酒。"

　　冯二成子百般地没有要，开了门，出来了，满天都是星光；中秋以后的风，也有些凉了。

　　"是个月黑头夜，可怎么走！我这儿也没有灯笼……"

冯二成子说:"不要,不要!"就走出来了。

在这时,有一条狗往屋里钻,老王骂着那狗:

"还没有到冬天,你就怕冷了,你就往屋里钻!"

因为是夜深了的缘故,这声音很响。

冯二成子看一看附近的人家都睡了。王寡妇也在他的背后闩上了门,适才从门口流出来的那道灯光,在闩门的声音里边,又被收了回去。

冯二成子一边看着天空的北斗星,一边来到小土坡前。那小土坡上长着不少野草,脚踏在上边,绒绒乎乎的。于是他蹲了双腿,试着用指尖搔一搔,是否这地方可以坐一下。

他坐在那里非常宁静,前前后后的事情,他都忘得干干净净,他心里边没有什么骚扰,什么也没有想,好像什么也想不起来了。晌午他送赵老太太走的那回事,似乎是多少年前的事情。现在他觉得人间并没有许多人,所以彼此没有什么妨害,他的心境自由得多了,也宽舒得多了,任着夜风吹着他的衣襟和裤脚。

他看一看远近的人家,差不多都睡觉了,尤其是老王的那一排房子,通通睡了,只有王寡妇的窗子还透着灯光。他看了一会,他又把眼睛转到另外的方向去,有的透着灯光的窗子,眼睛看着看着,窗子忽然就黑了一个,忽然又黑了一个,屋子灭掉了灯,竟好像沉到深渊里边去的样子,立刻消灭了。

而老王的窗子仍旧是亮的,她的四周都黑了,都不存在了,那就更显得她单独地停在那里。

"她还没有睡呢?"他想。

她怎么还不睡?他似乎这样想了一下。是否他还要回到她那边去,他心里很犹疑。

等他不自觉地又回老王的窗下时,他终于敲了她的门。里边应着的声音并没有惊奇,开了门让他进去。

后花园

这夜，冯二成子就在王寡妇家里结了婚了。

他并不像世界上所有的人结婚那样：也不跳舞。也不招待宾客，也不到礼拜堂去，而也并不像邻家姑娘那样打着铜锣，敲着大鼓。但是他们庄严得很，因为百感交集，彼此哭了一遍。

第二年夏天，后花园里的花草又是那么热闹，倭瓜淘气地爬上了树了，向日葵开了大花，惹得蜂子成群地闹着，大菽茨、爬山虎、马蛇菜、胭粉豆，样样都开了花。耀眼的耀眼，散着香气的散着香气。年年爬到磨房窗棂上来的黄瓜，今年又照样地爬上来了；年年结果子的，今年又照样地结了果子。

惟有墙上的狗尾草比去年更为茂盛，因为今年雨水多而风少。园子里虽然是花草鲜艳，而很少有人到园子里来，是依然如故。

偶然园主的小孙女跑进来折一朵大菽茨花，听到屋里有人喊着：

"小春，小春……"

她转身就跑回屋去，而后把门又轻轻地闩上了。

算起来就要一年了，赵老太太的女儿就是从这靠着花园的厢房出嫁的。在街上，冯二成子碰到那出嫁的女儿一次，她的怀里抱着一个小孩。

可是冯二成子也有了小孩了。磨房里拉起了一张白布帘子来，帘子后边就藏着出生不久的婴孩和孩子的妈妈。

又过了两年，孩子的妈妈死了。

冯二成子坐在罗架上打筛罗时，就把孩子骑在梆子上。夏昼十分热了，冯二成子把头垂在孩子的腿上，打着瞌睡。

不久，那孩子也死了。

后花园经过了几度繁华，经过了几次凋零，但那大菽茨花它好像世世代代要存在下去的样子，经冬复历春，年年照样地在园子里边开着。

园主人把后花园里的房子都翻了新了，只有这磨房连动也没动，说是磨房用不着好房子的，好房子也让筛罗"咚咚"地震坏了。

所以磨房的屋瓦，为着风吹，为着雨淋，一排一排地都脱了节。每刮一次大风，屋瓦就要随着风在半天空里飞走了几块。

夏昼，冯二成子伏在梆子上，每每要打瞌睡。他瞌睡醒来时，昏昏庸庸的他看见眼前跳跃着无数条光线，他揉一揉眼睛，再仔细看一看，原来是房顶露了天了。

以后两年三年，不知多少年，他仍旧在那磨房里平平静静地活着。

后花园的园主也老死了，后花园也拍卖了。这拍卖只不过给冯二成子换了个主人。这个主人并不是个老头，而是个年轻的、爱漂亮、爱说话的，常常穿了很干净的衣裳来磨房的窗外，看那磨倌怎样打他的筛罗，怎样摇他的风车。

北中国

一

一早晨起来就落着清雪。在一个灰色的大门洞里,有两个戴着大皮帽子的人,在那里响着大锯。

"扔,扔,扔,扔……"好像唱着歌似的,那白亮亮的大锯唱了一早晨了。

大门洞子里,架着一个木架,木架上边横着一个圆滚滚的大木头。那大木头有一尺多粗,五尺多长。两个人就把大锯放在这木头的身上,不一会工夫,这木头就被锯断了。先是从腰上锯开分做两段,再把那两段从中再锯一道,好像小圆凳似的,有的在地上站着,有的在地上躺着。而后那木架上又被抬上来一条五尺多长的来,不一会工夫,就被分做两段,而后是被分做四段,从那木架上被推下去了。

同时离住宅不远,那里也有人在拉着大锯……城门外不远的地方就有一段树林,树林不是一片,而是一段树道,沿着大道的两旁长着。往年这夹树道的榆树,若有穷人偷剥了树皮,主人定要捉拿他,用绳子捆起来,用打马的鞭子打。活活的树,一剥就被剥死了。说是养了一百来年的大树，从祖宗那里继承下来的，哪好让它一旦死了呢！将来还要传给第二代、第三代儿孙，最好是永远留传下去，好来证明这门第的久远和光荣。

可是，今年却是这树林的主人自己发的号令，用大锯锯着。

那树因为年限久了，树根扎到土地里去特别深。伐树容易，拔根难。树被锯倒了，根只好留待明年春天再拔。

树上的喜鹊窝，新的旧的有许多。树一被伐倒，喀喀喀地响着，发出一种强烈的不能控制的响声；被北风冻干的树皮，触到地上立刻碎了，断了。喜鹊窝也就跟着附到地上了，有的跌破了，有的则整个地滚下来，滚到雪地里去，就坐在那亮晶晶的雪上。

是凡跌碎了的，都是隔年的，或是好几年的；而有些新的，也许就是喜鹊在夏天自己建筑的，为着冬天来居住。这种新的窝是非常结实，虽然是已经跟着大树躺在地上了，但依旧是完好的，仍旧是呆在树丫上。那窝里的鸟毛还很温暖的样子，被风忽忽地吹着。

二

往日这树林里，是禁止打鸟的，说是打鸟是杀生，是不应该的，也禁止孩子们破坏鸟窝，说是破坏鸟窝，是不道德的事，使那鸟将没有家了。

但是现在连大树都倒下了。

这趟夹树道在城外站了不知多少年，好像有这地方就有这树似的，人们一出城门，就先看见这夹道，已经看了不知多少年了。在感情上好像这地方必须就有这夹树道似的，现在一旦被砍伐了去，觉得一出城门，前边非常的荒凉，似乎总有一点东西不见了，总少了一点什么。虽然还没有完全砍完，那所剩的也没有几棵了。

一百多棵榆树，现在没有几棵了，看着也就全完了。所剩的只是些个木桩子，远看看不出来是些个什么。总之，树是全没有了。只有十几棵，现在还在伐着，也就是一早一晚就要完的事了。

那在门洞子里两个拉锯的大皮帽子，一个说："依你看，大少爷还能回来不能？"

另一个说："我看哪……人说不定有没有了呢……"

其中的一个把大皮帽子摘下，拍打着帽耳朵上的白霜。另一个从腰上解下小烟袋来，准备要休息一刻了。

正这时候，上房的门喀喀地响着就开了，老管事的手里拿着一个上面贴有红绶的信封，从台阶上下来，怀怀疑疑，把嘴唇咬着。

那两个拉锯的，刚要点起火来抽烟，一看这情景就知道大先生又在那里边闹了。于是连忙把烟袋从嘴上拿下来，一个说，另一个听着："你说大少爷可真的去打日本去了吗？……"

正在说着，老管事的就走上前来了，走进大门洞，坐在木架上，把信封拿给他们两个细看。他们两个都不识字，老管事的也不识字。不过老管事的闭着眼睛也可以背得出来，因为这样的信，他的主人自从生了病的那天就写，一天或是两封三封，或是三封五封。他已经写了三个月了，因为他已经病了三个月了。

写得连家中的小孩子也都认识了。

所以老管事的把那信封头朝下，脚朝上的倒念着：

中华民国黑龙江省讷河县六合镇耿家大院耿振华吾儿亲启

老管事的全念对了，只是中间写在红绶上的那一行，他只念了"耿振华收"，而丢掉了"吾儿"两个字。其中一个拉锯的，一听就听出来那是他念错了，连忙补添着说："耿振华吾儿收。"

他们三个都仔细地往那信封上看着，但都看不出"吾儿"两个字写在什么地方，因为他们都不识字。反正背也都背熟的了，于是大家丢开这封信不谈，就都谈着"大先生"，就是他们的主人的病，到底是个什么来历。中医说肝火太盛，由气而得；西医说受了过度的刺激，神经衰弱。而那会算命的本地最有名的黄半仙，却从门帘的缝中看出了耿大先生是前生注定的骨肉分离。

因为耿大先生在民国元年的时候，就出外留学，从本地的县城，留学到了省城，差一点就要到北京去的，去进北京大学堂。虽是没有去成，思想总算是革命的了。他的书箱子里密藏着孙中山先生的照片，等到民国七八年的时候，他才取拿出来给大家看，说是从前若发现了有这照片是要被杀头的。

因此他的思想是维新的多了，他不迷信，他不信中医。他的儿子，从小他就不让他进私学馆，自从初级小学堂一开办，他就把他的女儿和儿子都送进小学堂去读书。

他的母亲活着的时候，很是迷信，跳神赶鬼，但是早已经死去了。现在他就是一家之主，他说怎么样就是怎么样。他的夫人，五十多岁了，读过私学馆，前清时代她的父亲进过北京去赶过考，考是没有考中的，但是学问很好，所以他的女儿《金刚经》、《灶王经》都念得通熟，每到夜深人静，还常烧香打坐，还常拜斗参禅。虽然五十多岁了，其间也受了不少的丈夫的阻挠，但她善心不改，也还是常常偷着在灶王爷那里烧香。

耿大先生就完全不信什么灶王爷了，他自己不加小心撞了灶王爷板，他硬说灶王爷板撞了他。于是很开心地拿着烧火的叉子把灶王爷打了一顿。

他说什么是神，人就是神。自从有了科学以来，看得见的就是有，看不见的就没有。

所以那黄半仙刚一探头，耿大先生唔唠一声，就把他吓回去了，只在门帘的缝中观了观形色，好在他自承认他的工夫是很深的，只这么一看，也就看出个所以然来。他说这是他命里注定的前世的孽缘，是财不散，是子不离。"是财不散，是儿不死。"民间本是有这句俗话的。但是"是子不离"这可没有，是他给编上去的，因为耿大少爷到底是死是活，谁也不知道，于是就只好将就着用了这么一个含糊其词的"离"字。

假若从此音信皆无，真的死了，不就是真的"离"了吗？假若不死，有一天回来了，那就是人生的悲、欢、离、合，有离就有聚，有聚就有离的"离"。

黄半仙这一套理论，不能发扬而光大之，因为大先生虽然病得很沉重，但是他还时时地清醒过来，若让他晓得了，全家上下都将不得安宁，他将要挨着个儿骂，从他夫人骂起，一直骂到那烧火洗碗的小打。所以在他这生病的期中，只得请医生，而不能够看巫医，所以像黄半仙那样的，只能到下房里向夫人讨一点零钱就去了，是没有工夫给他研究学理的。

现在那两个大皮帽子各自拿了小烟袋，点了火，彼此地咳嗽着，正想着大大地发一套议论，讨论一下关于大少爷的一去无消息。有管事的在旁，一定有什么更丰富的见解。

老管事的用手把胡子来回地抹着，因为不一会工夫，他的胡子就挂满了白霜。他说：

"人还不知有没有了呢？看这样子跑了一个还要搭一个。"

那拉木头的就问：

"大先生的病好了一点没有？"

老管事的坐在木架上，东望望，西望望，好像无可无不可的神情,似乎并不关心,而又像他心里早有了主意,好像事情的原委他早已观察清楚了,一步一步地必要向那一方面发展,而必要发展到怎样一个地步,他都完全看透彻了似的。他随手抓起一把锯末子来,用嘴唇吹着,把那锯末子吹了满身,而后又用手拍着,把那锯末子都拍落下去。而后,他弯下腰去,从地上搬起一个圆木墩子来,把那木墩子放在木架上,而后拍着,并且用手揪着那树皮,撕下一小片来,把那绿盈盈的一层掀下来,放在嘴里,一边咬着一边说:

"还甜丝丝的呢,活了一百年的树,到今天算是完了。"

而后他一脚把那木墩子踢开。他说:

"我活了六十多年了,我没有见过这年月,让你一,你不敢二,让你说三,你不敢讲四。完了,完了……"

那两个拉锯的把眼睛呆呆的不转眼珠。

老管事的把烟袋锅子磕着自己的毡鞋底:

"跑毛子的时候,那俄大鼻子也杀也砍的,可是就只那么一阵,过去也就完了。没有像这个的,油、盐、酱、醋、吃米、烧柴,没有他管不着的;你说一句话吧,他也要听听;你写一个字吧,他也要看看。大先生为了有这场病的,虽说是为着儿子的啦,可也不尽然,而是为着小……小□□。"

正说到这里,大门外边有两个说着"咯大内、咯大内"的话的绿色的带着短刀的人走过。老管事的他那掉在地上的写着"大中华民国"字样的信封,伸出脚去就用大毡鞋底踩住了,同时变毛变色地说:

"今年冬天的雪不小,来春的青苗错不了呵!……"

那两个人"咯大内、咯大内"地讲着些个什么走过去了。

"说鬼就有鬼,说鬼鬼就到。"

老管事的站起来就走了,把那写着"大中华民国"的信封,一边走着一边撕着,撕得一条一条的,而后放在嘴里咬着,随咬随吐在地上。他径直走上正房的台阶上去了,在那台阶上还听得到他说:

"活见鬼,活见鬼,他妈的,活见鬼……"

而后那房门喀喀地一响,人就进去了,不见了。

清雪还是照旧的下着,那两个拉锯的,又在那里唰唰地工作起来。

这大锯的响声本来是"扔扔"的,好像是唱歌似的,但那是离得远一点才可以听到的,而那拉锯的人自己就只听到"唰唰唰"。

锯末子往下飞散,同时也有一种清香的气味发散出来。那气味甜丝丝的,松香不是松香,杨花的香味也不是的,而是甜的,幽远的,好像是记忆上已经记不得那么一种气味的了。久久被忘记了的一回事,一旦来到了,觉得特别的新鲜。因为那拉锯的人真是伸手抓起一把锯末子来放到嘴里吞下去。就是不吞下这锯末子,也必得撕下一片那绿盈盈的贴身的树皮来,放到嘴里去咬着,是那么清香,不咬一咬这树皮,嘴里不能够有口味。刚一开始,他们就是那样咬着的。现在虽然不至再亲切得去咬那树皮了,但是那圆滚滚的一个一个的锯好了的木墩子,也是非常惹人爱的。他们时或用手拍着,用脚尖触着。他们每锯好一段,从那木架子推下去的时候,他们就说:

"去吧,上一边呆着去吧。"

他们心里想,这么大的木头,若做成桌子,做成椅子,修房子的时候,做成窗框该多好,这样好的木头哪里去找去!

但是现在锯了,毁了,劈了烧火了,眼看着一块材料不成用了。好像他们自己的命运一样,他们看了未免有几分悲哀。

清雪好像菲薄菲薄的玻璃片似的,把人的脸,把人的衣服都给闪着光,人在清雪里边,就像在一张大的纱帐子里似的。而这纱帐子又都是些个玻璃末似的小东西组成的,它们会飞,会跑,会纷纷地下坠。

往那大门洞里一看,只影影绰绰地看得见人的轮廓,而看不清人的鼻子眼睛了。

可是拉锯的响声,在下雪的天气里,反而听得特别的清楚,也反而听得特别的远。因为在这样的天气里边,人们都走进屋子里去过生活了。街道上和邻家院子,都是静静的。人声非常的稀少,人影也不多见。只见远近处都是茫茫的一片白色。

尤其是在旷野上,远远的一望,白茫茫的,简直是一片白色的大化石。旷野上远处若有一个人走着,就像一个黑点在移动着似的;近处若有人走着,就好像一个影子在走着似的。

在这下雪的天气里是很奇怪的,远处都近,近的反而远了,比方旁边有人说话,那声音不如平时响亮。远处若有一点声音,那声音就好像在耳朵旁边似的。

所以那远处伐树的声音,当他们两个一休息下来的时候,他们就听见了。

因为太远了,那拉锯的"扔扔"的声音不很大,好像隔了不少的村庄,而听到那最后的音响似的,似有似无的。假若在记忆里边没有那伐树的事情,那就根本不知道那是伐树的声音了。或者根本就听不见。

"一百多棵树。"因为他们心里想着,那个地方原来有一百多棵树。

在晴天里往那边是看得见那片树的,在下雪的天里就有些看不见了,只听得不知道什么地方"扔、扔、扔、扔"。他们一想,就定是那伐树的声音了。

他们听了一会,他们说:

"百多棵树,烟消火灭了,耿大先生想儿子想疯了。"

"一年不如一年，完了，完了。"

樱桃树不结樱桃了，玫瑰树不开花了。泥大墙倒了，把樱桃树给轧断了，把玫瑰树给埋了。樱桃轧断了，还留着一些枝杈，玫瑰竟埋得连影都看不见了。

耿大先生从前问小孩子们：

"长大做什么？"

小孩子们就说："长大当官。"

现在老早就不这么说了。

他对小孩子们说：

"有吃有喝就行了，荣华富贵咱们不求那个。"

从前那客厅里挂着画，威尔逊，拿破仑，现在都已经摘下去了，尤其是那拿破仑，英雄威武得实在可以，戴着大帽子，身上佩着剑。

耿大先生每早晨吃完了饭，往客厅里一坐，第一个拿破仑，第二个威尔逊，还有林肯，华盛顿……挨着排讲究一遍。讲完了，大的孩子让他照样地背一遍，小的孩子就让他用手指指出哪个是威尔逊，哪个是拿破仑。

他说人要英雄威武，男子汉，大丈夫，不做威尔逊，也做拿破仑。

可是现在没有了，那些画都从墙上摘下去了，另换上一个老孔，宽衣大袖，安详端正，很大的耳朵，很红的嘴唇，一看上去就是仁义道德。但是自从挂了这画之后，只是白白地挂着，并没有讲。

他不再问孩子们长大做什么了。孩子们偶而问到了他，他就说："只求足衣足食，不求别的。"

这都是日本人来了之后，才改变了的思想。

再不然就说：

"人生百年，三万六千日，不如僧家半日闲。"

这还都是大少爷在家里时的思想。大少爷一走了，开初耿大先生不表示什么意见，心里暗恨生气，只觉得这孩子太不知好歹。但他想过了一些时候，就会回来了，年轻的人，听说哪方面热闹，就往哪方面跑。他又想到他自己年轻的时候，也是那样。孙中山先生革命的时候，还偷偷地加入了革命党呢。现在还不是，青年人，血气盛，听说是要打日本，自然是眼红，现在让他去吧，过了一些时候，他就晓得了。他以为到了中国就不再是"满洲国"了。说打日本是可以的了。其实不然，中国也不让说打日本这个话的。

本地县中学里的学生跑了两三个。听说到了上海就被抓起来了。听说犯了抗日遗害民国的罪。这些或者不是事实，耿大先生也没有见过，不过一听说，他就有点相信。因为他爱子心切，所以是凡听了不好的消息他就相信。他想儿子既然走了，是没有法子叫他回来的，只希望他在外边碰了钉子就回来了。

看着吧，到了上海，没有几天，也是回来的。年轻人就是这样，听了什么一个好名声，就跟着去了，过了几天也就回来了。

耿大先生把这件事不十分放在心上。

儿子的母亲，一哭哭了三四天，说在儿子走的三四天前，她就看出来那孩子有点不对。那孩子的眼池是红的，一定是不忍心走，哭过了的，还有他问过他母亲一句话，他说：

"妈，弟弟他们每天应该给他们两个钟头念中国书，尽念日本书，将来连中国字都不认识了；等一天咱们中国把日本人打跑了的时候，还满口日本话，那该多么耻辱。"

妈就说：

"什么时候会打跑日本的？"

儿子说：

"我就要去打日本去了……"

这不明明跟母亲露一个话风吗？可惜当时她不明白，现在她越想越后悔。假如看出来了，就看住他，使他走不了。假如看出来了，他怎么也是走不了的。母亲越想越后悔，这一下子怕是不能回来了。

母亲觉得虽然打日本是未必的，但总觉得儿子走了，怕是不能回来了，这个阴影不知道从什么地方来的。也许本地县中学里的那两个学生到了上海就音信皆无，给了她很大的恐怖。总之有一个可怕的阴影，不知怎么的，似乎是儿子就要一去不回来。

但是这话她不能说出来，同时她也不愿意这样地说，但是她越想怕是儿子就越回不来了。所以当她到儿子的房里去检点衣物的时候，她看见了儿子出去打猎戴的那大帽子，她也哭。她看见了儿子的皮手套，她也哭。哭得像个泪人似的。

儿子的书桌上的书一本一本地好好地放着，毛笔站在笔架上，铅笔横在小木盒里。那儿子喝的茶杯里还剩了半杯茶呢！儿子走了吗？这实在不能够相信。那书架上站着的大圆马蹄表还在咔咔咔地一秒一秒地走着。那还是儿子亲手上的表呢。

母亲摸摸这个，动动那个。似乎是什么也没有少，一切都照原样，屋子里还温热热的，一切都像等待着晚上儿子回来照常睡在这房里，一点也不像主人就一去也不回来了。

三

儿子一去就是三年，只是到了上海的时候，有过两封信。以后就音信皆无了，传说倒是很多。正因为传说太多了，不知道相信哪一条好。卢沟桥，"八一三"，儿子走了不到半年中国就打日本了。但是儿子可在什么地方，音信皆无。

传说就在上海张发奎的部队里，当了兵，又传说没有当兵，而做了政治工作人员。后来，他的一个同学又说他早就不在上海了，在陕西八路军里边工作。过了几个月说都不对，是在山西的一个小学堂里教书。还有更奇妙的，说是儿子生活无着，沦落街头，无法还在一个瓷器公司里边做了一段小工。

对于这做小工的事情，把母亲可怜得不得了。母亲到处去探听，亲戚，朋友，只要平常对于她儿子一有来往的地方，她就没有不探听遍了的。尤其儿子的同学，她总想，他们是年轻人，哪能够不通信。等人家告诉她实实在在不知道的时候，她就说：

"你们瞒着我，你们哪能不通信的。"

她打算给儿子寄些钱去，可是往哪里寄呢？没有通信地址。她常常以为有人一定晓得她儿子的通信处，不过不敢告诉她罢了；她常以为尤其是儿子的同学一定知道他在哪里，不过不肯说，说了出来，怕她去找回来。所以她常对儿子的同学说：

"你们若知道，你们告诉我，我决不去找他的。"

有时竟或说：

"他在外边见见世面，倒也好的，不然像咱们这个地方东三省，有谁到过上海。他也二十多岁了，他愿意在外边呆着，他就在外边呆着去吧，我才不去找他的。"

对方的回答很简单：

"我们不知道，我们不知道。"

有时她这样用心可怜地说了一大套，对方也难为情起来了。说：

"老伯母，我们实在不知道。我们若知道，我们就说了。"

每次都是毫无下文，无结果而止。她自己也觉得非常的空虚，她想下回不问了，无论谁也不问了，事不关己，谁愿意听呢？人都是自私的，人家不告诉她，她心里竟或恨了别人，她想再也不必问了。

但是过些日子她又忘了,她还是照旧地问。

怎么能够沦为小工呢?耿家自祖上就没有给人家做工的,真是笑话,有些不十分相信,有些不可能。

但是自从离了家,家里一个铜板也没有寄去过,上海又没有亲戚,恐怕做小工也是真的了。

母亲爱子心切,一想到这里,有些不好过,有些心酸,眼泪就来到眼边上。她想这孩子自幼又娇又惯地长大,吃、穿都是别人扶持着,现在给人做小工,可怎么做呢?可怜了我这孩子了!母亲一想到这里,每逢吃饭,就要放下饭碗,吃不下去。每逢睡觉,就会忽然地醒来,而后翻转着,无论怎样也再睡不着。若遇到刮风的夜,她就想刮了这样的大风,若是一个人在外边,夜里睡不着,想起家来,那该多么难受。

因为她想儿子,所以她想到了儿子要想家的。

下雨的夜里,她睡得好好的,忽然一个雷把她惊醒了,她就再也睡不着了。她想,沦落在外的人,手中若没有钱,这样连风加雨的夜,怎样能够睡着?背井离乡,要亲戚没有亲戚,要朋友没有朋友,又风雨交加。其实儿子离她不知几千里了,怎么她这里下雨,儿子那里也会下雨的?因为她想她这里下雨了,儿子那里也是下雨的。

儿子到底当了小工,还是当了兵,这些都是传闻,究竟没有证实过。所以做母亲的迷离恍惚地过了两三年,好像走了迷路似的,不知道东西南北了。

母亲在这三年中,会说东忘西的,说南忘北的,听人家唱鼓词,听着听着就哭了;给小孩子们讲瞎话,讲着讲着眼泪就流下来了。一说街上有个叫花子,三天没有吃饭饿死了,她就说:"怎么没有人给他点剩饭呢?"说完了,她眼睛上就像是来了眼泪,她说人们真狠心得很……

母亲不知为什么，变得眼泪特别多，她无所因由似的，说哭就哭，看见别人家娶媳妇她也哭，听说谁家的少爷今年定了亲了，她也哭。

四

可是耿大先生则不然，他一声不响，关于儿子，他一字不提。他不哭，也不说话，只是夜里不睡觉，静静地坐着，往往一坐坐个通宵。他的面前站着一棵蜡烛，他的身边放着一本书。那书他从来没有看过，只是在那烛光里边一夜一夜地陪着他。

儿子刚走的时候，他想他不久就回来了，用不着挂心的。他一看儿子的母亲在哭，他就说："妇人女子眼泪忒多。"所以当儿子来信要钱的时候，他不但没有给寄钱去，反而写信告诉他说，要回来，就回来，不回来，必是自有主张，此后也就不要给家来信了，关里关外地通信，若给人家晓得了，有关身家性命。父亲是用这种方法要挟儿子，使他早点回来。谁知儿子看了这信，就从此不往家里写信了。

无音无信地过了三年，虽然这之中的传闻他也都听到了，但是越听越坏，还不如不听的好。不听倒还死心塌地，就像未曾有过这样的一个儿子似的。可是偏听得见的，只能听见，又不能证实，就如隐约欲断的琴音，往往更耐人追索……

耿大先生为了忘却这件事情，他已经养成了一个习惯，就是夜里不愿意睡觉，愿意坐着。

他夜里坐了三年，竟把头发坐白了。

开初有的亲戚朋友来，还问他大少爷有信没有，到后来竟问也没有人敢问了。人一问他，他就说：

"他们的事情，少管为妙。"

人家也就晓得耿大先生避免着再提到儿子。家里的人更没有人敢提到大少爷。大少爷住过的那房子的门锁着,那里边鸦雀无声,灰尘都已经满了。太阳晃在窗子的玻璃上,那玻璃都可以照人了,好像水银镜子似的。因为玻璃的背后已经挂了一层灰秃秃的尘土。把脸贴在玻璃上往里边看,才能看到里边的那些东西,床、书架、书桌等类,但也看不十分清楚。因为玻璃上尘土的关系,也都变得影影绰绰的。

这个窗没有人敢往里看,也就是老管事的记性很不好,挨了不知多少次的耿大先生的瞪眼,他有时一早一晚还偷偷摸摸地往里看。

因为在老管事的感觉里,这大少爷的走掉,总觉得是风去楼空,或者是凄凉的家败人亡的感觉。

眼看着大少爷一走,全家都散心了。到吃饭的时候,桌子摆着碗筷,空空地摆着,没有人来吃饭。到睡觉的时候,不睡觉,通夜通夜地上房里点着灯。家里油盐酱醋没有人检点,老厨子偷油、偷盐,并且拿着小口袋从米缸里往外灌米。送柴的来了,没有人过数;送粮的来了,没有人点粮。柴来了就往大廪上一扔,粮来了,就往仓子里一倒,够数不够数,没有人晓得。

院墙倒了,用一排麦秆附上;房子漏了雨,拿一块砖头压上。一切都是往败坏的路上走。一切的光辉生气随着大少爷的出走失去了。

老管事的一看到这里,就觉得好像家败人亡了似的,默默地心中起着悲哀。

因为是上一代他也看见了,并且一点也没有忘记,那就是耿大先生的父亲在世的时候那种兢兢业业的,现在都哪里去了,现在好像是就要烟消云散了。

他越看越不像样,也就越要看,他觉得上屋里没人,他就跷着脚尖，把头盖顶在那大少爷的房子的玻璃窗上，往里看着。他自己也不知道他是要看什么，好像是在凭吊。

其余的家里的孩子，谁也不敢提到哥哥，谁要一提到哥哥，父亲就用眼睛瞪着他们。或者是正在吃饭，或者是正在玩着，若一提到哥哥，父亲就说：

"去吧，去一边玩去吧。"

耿大先生整天不大说话。他的眼睛是灰色的，他在屋子里坐着，他就直直地望着墙壁。他在院子里站着，他就把眼睛望着天边。他什么也不说，什么也不观察，把嘴再紧紧地闭着，好像他的嘴里边已经咬住了一种什么东西。

五

但是现在耿大先生早已经病了，有的时候清醒，有的时候则昏昏沉沉地睡着。

那就是今年阴历十二月里，他听到儿子大概是死了的消息。

这消息是本街上儿子的从前的一个同学那里传出来的。

正是这些时候，"满洲国"的报纸上大加宣传说是中国要内战了，不打日本了，说是某某军队竟把某某军队一伙给杀光了，说是连军人的家属连妇人带小孩都给杀光了。

这些宣传，日本一点也不出于好心。为什么知道他不是出于好心呢？因为下边紧接着就说，还是"满洲国"好，国泰民安，赶快地不要对你们的祖国怀着希望。

耿大先生一看，耿大先生就看出这又在造谣生事了。

耿大先生每天看报的，虽然他不相信，但也留心着，反正没有事做，就拿着报纸当消遣。有一天报上画着些小人，旁边注着字："自相残杀"。另外还有一张画，画的是日本人，手里拉着"满洲国"的人,向前大步地走去,旁边写着:"日满提携"。

耿大先生看完了报说:

"小日本是亡不了中国的,小日本无耻。"

有一天,耿大先生正在吃饭。客厅里边来了一个青年人在说话,说话的声音不大,说了一会就走了。他也绝没想到客厅中有人。

耿太太也正在吃饭,知道客厅里来了客人,过去就没有回来,饭也没有吃。

到了晚上,全家都知道了,就是瞒着耿大先生一个人不知道。大少爷在外边当兵打仗死了。

老管事的打着灯笼到庙上去烧香去了,回来把胡子都哭湿了,他说:"年轻轻的,那孩子不是那短命的,规矩礼法,温文尔雅……"

戴着大皮帽子的家里的长工,翻来复去地说:

"奇怪,奇怪。当兵是穷人当的,像大少爷这身分为啥去当兵的?"

另外一个长工就说:

"打日本罢啦!"

长工们是在伙房里讲着。伙房里的锅台上点起小煤油灯来,灯上没有灯罩,所以从火苗上往上升着黑烟。大锅里边煮着猪食,咕噜咕噜的,从锅沿边往上升着白汽,白汽升到房梁上,而后结成很大的水点滴下来。除了他们谈论大少爷的说话声之外,水点也在啪嗒啪嗒地落着。

耿太太在上屋自己的卧房里哭了好一阵,而后拿着三炷香到房檐头上去跪着念《金刚经》。当她走过来的时候,那香火在黑暗里一东一西地迈着步,而后在房檐头上那红红的小点停住了。

老管事的好像哨兵似的给耿太太守卫着,说大先生没有出来。

于是耿太太才喃喃地念起经来。一边念着经,一边哭着,哭了一会,忘记了把声音渐渐地放大起来,老管事的在一旁说:

"小心大先生听见,小点声吧。"

耿太太又勉强着把哭声收回去,以致那喉咙里边像有什么在横着似的,时时起着咯咯的响声。

把经念完了,耿太太昏迷迷地往屋里走,哪想到大先生就在玻璃窗里边站着。她想这事情的原委,已经被他看破,所以当他一问:"你在做什么?"她就把实况说了出来:

"咱们的孩子被中国人打死了。"

耿大先生说:

"胡说。"

于是,拿起这些日子所有的报纸来,看了半夜,满纸都是日本人的挑拨离间,却看不出中国人会打中国人来。

直到鸡叫天明,耿大先生伏在案上,枕着那些报纸,忽然做了一梦。

在梦中,他的儿子并没有死,而是做了抗日英雄,带着千军万马,从中国杀向"满洲国"来了。

六

耿大先生一梦醒来,从此就病了,就是那有时昏迷,有时清醒的病。

清醒的时候,他就指挥着伐树。他说:

"伐呀,不伐白不伐。"

把树木都锯成短段。他说:

"烧啊!不烧白不烧,留着也是小日本的。"

等他昏迷的时候,他就要笔要墨写信,那样的信不知写了多少了，只写信封，而不写内容的。

信封上总是写：

> 大中华民国抗日英雄
> 耿振华吾儿收
> 父字

这信不知道他要寄到什么地方去，只要客人来了，他就说：

"你等一等，给我带一封信去。"

老管事的提着酒瓶子到街上去装酒，从他窗前一经过，他就把他叫住：

"你等一等，我这儿有一封信给我带去。"

无管什么人上街，若让他看见，他就要带封信去。

医生来了，一进屋，皮包还没有放下，他就对医生说。

"请等一等，给我带一封信去！"

家里的人，觉得这是一种可怕的情形。若是来了日本客人，他也把那抗日英雄的信托日本人带去，可就糟了。

所以自从他一发了病，也就被幽禁起来，把他关在最末的一间房子的后间里，前边罩着窗帘，后边上着风窗。

晴天时，太阳在窗帘的外边，那屋子是昏黄的；阴天时，那屋子是发灰色的。那屋里什么也没有，只有一个高大的暖墙，在一边站着，那暖墙是用白净的凸花的瓷砖砌的。其余别的东西都已经搬出去了，只有这暖墙是无法可搬的，只好站在那里让耿大先生迟迟地看来看去。他好像不认识这东西，不知道这东西的性质，有的时候看,有的时候用手去抚摸。

家里的人看了这情形很是害怕,所以把所有的东西都搬开了,不然他就样样地细细地研究,灯台、茶碗、盘子、帽盒子,他都拿在手里观摩。

现在都搬走了,只剩了这暖墙不能搬了。他就细细地用手指摸着这暖墙上的花纹,他说:

"怕这也是日本货吧!"

耿大先生一天很无聊地过着日子。

窗帘整天地上着,风窗整天地上着,昏昏暗暗的,他的生活与世隔离了。

他的小屋虽然安静,但外边的声音也还是可以听得到的。外边狗咬,或是有脚步声,他就说:

"让我出去看看,有人来了。"

或是:

"有人来了,让他给我带一封信去。"

若有人阻止了他,他也就不动了;旁边若没有人,他会开门就经过耿太太的卧房,再经过客厅就出去的。

有一天日本东亚什么什么协进会的干事,一个日本人到家里了,要与耿大先生谈什么事情,因为他也是协进会的董事。

这一天,可把耿太太吓坏了:

"上街去了。"说完了,自己的脸色就变白了。

因为一时着急说错了,假若那日本人听说若是他病在家里不见,这不是被看破了实情,无疑也有弊了。

于是大家商量着,把耿大先生又给换了一个住处。这房间又小又冷,原来是个小偏房,是个使女住的。屋里没有壁炉,也没有暖墙,只生了一个炭火盆取暖。因为这房子在所有的房子的背后,或者更周密一些。

但是并不,有一天医生来到家里给耿大先生诊病。正在客厅里谈着,说耿大先生的病没有见什么好,可也没有见坏。

正这时候,掀开门帘,耿大先生进来了,手里拿了一封信说:

"我好了,我好了。请把这一封信给我带去。"

耿太太吓慌了,这假若是日本人在,便糟了。于是又把耿大先生换了一个地方。这回更荒凉了,把他放在花园的角上那凉亭子里去了。

那凉亭子的四角都像和尚庙似的挂着小钟,半夜里有风吹来,发出叮叮的响声。耿大先生清醒的时候就说:

"想不到出家当和尚了,真是笑话。"

等他昏迷的时候他就说:

"给我笔,我写信……"

那花园里素常没有人来,因为一到了冬天,满园子都是白雪。偶而一条狗从这园子里经过,那留下来一连串的脚印,把那完完整整的洁净得连触也不敢触的大雪地给踏破了,使人看了非常的可惜。假若下了第二次雪,那就会平了。假若第二次雪不来,那就会十天八天地留着。

平常人走在路上,没有人留心过脚印。猫跪在桌子上,没有留心过那踪迹。就像鸟雀从天空飞过,没有人留心过那影子的一样。但是这平平的雪地若展现在前边就不然了。若看到了那上边有一个坑一个点都要追寻它的来历。老鼠从上边跳过去的脚印,是一对一对的,好像一对尖尖的枣核打在那上边了。

鸡子从上边走过去,那脚印好像松树枝似的,一个个的。人看了这痕迹,就想要追寻,这是从哪里来的?到哪里去了呢?若是短短的只在雪上绕了一个弯就回来了的,那么一看就看清楚了,那东西在这雪上没有走了那么远。若是那脚印一长串地跑了出去,跑到大墙的那边,或是跑到大树的那边,或是跑到凉亭的那边,让人的眼睛看不见，最后究竟是跑到哪里去了？这一片小小的白雪地，四外有大墙围，本来是一个小小的世界，但经过几个脚印足痕的踩踏之后却显得这世界宽广了。因为一条狗从上边跑过了，那狗究竟是跳墙出去了呢，还是从什么地方回来的。再仔细查那脚印，那脚印只是单单的一行，有去路，而没有回路。

耿大先生自从搬到这凉亭里来，就整天地看着这满花园子的大雪，那雪若是刚下过了的，非常的平，连一点痕迹也没有的时候，他就更寂寞了。

那凉亭边生了一个炭火盆，他寂寞的时候，就往炭火盆上加炭。那炭火盆上冒着蓝烟，他就对着那蓝烟呆呆地坐着。

七

有一天，有两个亲戚来看他，怕是一见了面，又要惹动他的心事，他要写那"大中华民国抗日英雄耿振华吾儿"的信了。

于是没敢惊动，就围绕着凉亭，踏着雪，企图偷偷看了就走了。

看了一会，没有人影，又看了一会，连影子也没有。

耿太太着慌了，以为一定是什么时候跑出去了。心下想着，跑到什么地方去了呢？可不要闯了乱子。她急忙地走上台阶去，一看那吊在门上的锁，还是好好地锁着。那锁还是耿太太临出来的时候，她自己亲手锁的。

耿太太于是放了心，她想他是睡觉了，她让那两个客人站在门外，她先进去看看。若是他精神明白，就请两位客人进来。若不大明白，就不请他们进来了。免得一见面第二句话没有，又是写那"大中华民国"的信了。但是当她把耳朵贴在门框上去听的时候，她断定他是睡着了，于是她就说：

"他是睡着了，让他多睡一会吧。"

带着客人，一面说话一面回到正房去了。

厨子给老爷送饭的时候，一开门，那满屋子的蓝烟，就从门口跑了出来。往地上一看，耿大先生就在火盆旁边卧着，一只手按着自己的胸口，好像是在睡觉，又好像还有许多话没有说出来似的。

耿大先生被炭烟熏死了。

外边凉亭四角的铃子还在咯棱咯棱地响着。

因为今天起了一点小风，说不定一会工夫还要下清雪的。

看风筝

一

拖着鞋,头上没有帽子,鼻涕在胡须上结起网罗似的冰条来,纵横地网罗着胡须。在夜间,在冰雪闪着光芒的时候,老人依着街头电线杆,他的黑色影子缠住电杆。他在想着这样的事:

"穷人活着没有用,不如死了!"

老人的女儿三天前死了,死在工厂里。

老人希望得几个赡养费,他奔波了三天了!拖着鞋奔波,夜间也是奔波;他到工厂,从工厂又要到工厂主家去。他三天没有吃饭,实在不能再走了!他觉得冷,因为他整个的灵魂在缠住他的女儿,已死了的女儿。

半夜了!老人才一步一挨地把自己运到家门,这是一件多么不容易的事:胡须颤抖,他走起路来谁看着都要联想起被大风吹摇就要坍塌的土墙,或是房屋。眼望砖瓦四下分离地游动起来。老人在冰天雪地里,在夜间没人走的道路上筛着他的胡须,筛着全身在游离的筋肉。他走着,他的灵魂也像解了体的房屋一样,一面在走,一面坍落。

老人自己把身子再运到炕上，然后他喘着牛马似的呼吸，全身的肉体坍落尽了，为了他的女儿而坍落尽的，因为在他女儿的背后埋着这样的事：

"女儿死了！自己不能作工，赡养费没有，儿子出外三年不见回来。"

老人哭了！他想着他的女儿哭，但哭的却不是他的女儿，是哭着他女儿死了以后的事。

屋子里没有灯光，黑暗是一个大轮廓，没有线条，也没有颜色的大轮廓。老人的眼泪在他有皱纹的脸上爬，横顺地在黑暗里爬，他的眼泪变成了无数的爬虫了，个个从老人的内心出发。

外面的风在嚎叫，夹着冬天枯树的声音。风卷起地上的积雪，扑向窗纸打来，唰唰的响。

二

刘成在他父亲给人做雇农的时候，他在中学里读过书，不到毕业他就混进某个团体了！他到农村去过。不知他潜伏着什么作用，他也曾进过工厂。后来他没有踪影了，三年没有踪影。关于他妹妹的死，他不知道，关于他父亲的流浪，他不知道；同时他父亲也不知道他的流浪。

刘成下狱的第三个年头被释放出来，他依然是一个没有感情的人，他的脸色还是和从前一样：冷静、沉着。他内心从没有念及他父亲一次过。不是没念及，因为他有无数的父亲，一切受难者的父亲他都当作他的父亲，他一想到这些父亲，只有走向一条路，一条根本的路。

他明白他自己的感情，他有一个定义：热情一到用得着的时候，就非冷静不可，所以冷静是有用的热情。

这是他被释放的第三天了！看起来只是额际的皱纹算是入狱的痕迹，别的没有两样。当他在农村和农民们谈话的时候，比从前似乎更有力，更坚决，他的手高举起来又落下去，这大概是表示压榨的意思，也有时把手从低处用着猛力抬到高处，这大概是表示不受压迫的意思。

每个字从他的嘴里跳出来，就和石子一样坚实并且钢硬，这石子也一个一个投进农民的脑袋里，也是永久不化的石子。

坐在马棚旁边开着衣钮的老农妇，她发出从没有这样愉快的笑，她触了他的男人李福一下，用着例外的声音边说边笑：

"我做了一辈子牛马，哈哈！那时候可该做人了！我做牛马做够了！"

老农妇在说末尾这句话时，也许她是想起了生在农村最痛苦的事。她顿时脸色都跟着不笑了！冷落下去。

别的人都大笑一阵，带着奚落的意思大笑，妇人们借着机会似的向老农妇奚落去：

"老婆婆从来是规矩的，笑话我们年轻多嘴，老婆婆这是为了什么呢？"

过了一个时间，安静下去。刘成还是把手一举一落地说下去，马在马棚里吃草的声音，夹杂着鼻子声在响，其余都在安静里浸沉着。只有刘成的谈话，沉重的字眼连绵地从他齿间往外挤。不知什么话把农民们击打着了，男人们在抹眼睛，女人们却响着鼻子。和在马棚里吃草的马一样。

人们散去了，院子里的蚊虫四下地飞，结团地飞，天空有圆圆的月，这是一个夏天的夜，这是刘成出狱三天在乡村的第一夜。

三

刘成当夜是住在农妇王大婶的家里。王大婶的男人和刘成谈着话，桌上的油灯暗得昏黄，坐在炕沿他们说着，不绝地在说，直到王大婶的男人说出这样的话来，最后才停止：

"啊！刘成这个名字。东村住着孤独的老人，常提到这个名字，你可认识吗？"

刘成他不回答，也不问下去，只是眼光和不会转弯的箭一样，对准什么东西似的在放射，在一分钟内他的脸色变了又变！

王大婶抱着孩子，在考察刘成的脸色，她在下断语：

"一定是他爹爹，我听老人坐在树荫常提到这个名字，并且每当他提到的时候，他是伤着心。"

王大婶男人的袖子在摇振，院心蚊虫的群给他冲散了！圆月在天空随着他跑。他跑向一家房脊弯曲的草房去，在没有纸的窗棂上鼓打，急剧地鼓打。睡在月光里整个东村的夜被他惊醒了，睡在篱笆下的狗和鸡雀在吵叫。

老人睡在土炕的一端，自己的帽子包着破鞋当作枕头，身下铺着的是一条麻袋。满炕是干稻草，这就是老人的财产，其余什么都不属于他的。他照顾自己，保护自己。月光映满了窗棂，人的枕头上，胡须上……

睡在土炕的另一端也是一个老人，他俩是同一阶级，因为他也是枕着破鞋睡，他们在朦胧的月影中，直和两捆干草或是两个粪堆一样。他们睡着，在梦中他们的灵魂是彼此地看守着。窗棂上残破的窗纸在作响。

其中的一个老人的神经被鼓打醒了。他坐起来，抖擞着他满身的月光，抖擞着满身的窗棂格影，他不睁眼睛，把胡须抬得高高地盲目地问：

"什么勾当？"

"刘成不是你的儿吗？他今夜住在我家。"老人听了这话，他的胡须在蹀躞。三年前离家的儿子，在眼前飞转。他心里生了无数的蝴蝶，白色的，翻着金色闪着光的翅膀在空中飘飞着。此刻，凡是在他耳边的空气，都变成大的小的音波，他能看见这音波，又能听见这音波。平日不会动的村庄和草堆现在都在活动。沿着旁边的大树，他在梦中走着。向着王大婶的家里，向着他儿子的方向走。老人像一个要会见妈妈的小孩子一样，被一种感情追逐在大路上跑，但他不是孩子，他蹀躞着胡须，他的腿笨重，他有满脸的皱纹。

　　老人又联想到女儿死的事情，工厂怎样地不给抚恤金，他怎样地飘流到乡间，乡间更艰苦，他想到饿和冻的滋味。他需要躺在他妈妈怀里哭诉。可是他去会见儿子。

　　老人像拾得意外的东西，珍珠似的东西，一种极度的欣欢使他恐惧。他体验着惊险，走在去会见儿子的路上。

　　王大婶的男人在老人旁边走，看着自家的短墙处有个人的影像，模糊不清，走近一点，只见那里有人在摆手。再走近点：知道是王大婶在那里摆手。

　　老人追着他希望的梦，抬举他兴奋的腿，一心要去会见儿子；其余的什么，他不能觉察。王大婶的男人跑了几步，王大婶对他皱竖眼眉，低声慌张地说：

　　"那个人走了，抢着走了！"

　　老人还是追着他的梦向前走，向王大婶的篱笆走，老人带着一颗充血的心来会见他的儿子。

四

　　刘成抢着走了。还不待他父亲走来，他先跑了，他父亲充了血的心给他摔碎了！他是一个野兽，是一条狼，一条没有心肠的狼。

　　刘成不管他父亲，他怕他父亲，为的是把整个的心，整个的身体献给众人。他没有家，什么也没有，他为着农人、工人，为着这样的阶级而下过狱。

五

　　半年过后，大领袖被捕的消息传来了。也就是刘成被捕的消息传来了，乡间也传来了。那是一个初春正月的早晨，乡村里的土场上，小孩子们群集着，天空里飘起颜色鲜明的风筝来，三个，五个，近处飘着大的风筝，远处飘着小的风筝，孩子们在拍手，在笑。老人——刘成的父亲也在土场上依着拐杖同孩子们看风筝。就是这个时候消息传来了。

　　刘成被捕的消息传到老人的耳边了……

腿上的绷带

一

老齐站在操场腿上扎着绷带,这是个天空长起彩霞的傍晚,墙头的枫树动荡得恋恋爱人。老齐自己沉思着这次到河南去的失败,在河南工作的失败,他恼闷着。但最使他恼闷的是逸影方才对他谈话的表情,和她身体的渐瘦。她谈话的声音和面色都有些异样,虽是每句话照常的热情。老齐怀疑着,他不能决定逸影现在的热情是没有几分假造或是有别的背景,当逸影把大眼睛转送给他,身子却躲着他的时候,但他想到逸影的憔悴。他高兴了,他觉得这是一笔收入,他当作逸影为了思念他而憔悴的,在爱情上是一笔巨大的收入。可是仍然恼闷,他想为什么这次她不给我接吻就去了。

墙头的枫树悲哀的动荡,老齐望着地面,他沉思过一切。

校门口两个披绒巾子的女同学走来,披绿色绒巾的向老齐说:

"许多日不见了,到什么地方去来?"

别的披着青蓝色绒巾的跳跃着跟老齐握手并且问:

"受了伤么,腿上的绷带?"

捧不住自己的心,老齐以为这个带着青春的姑娘,是在向他输

腿上的绷带

送青春，他愉快地在笑。可是老齐一想到逸影，他又急忙地转变了，他又伤心地在笑。

女同学向着操场那边的树荫走去，影子给树荫淹没了，不见了。

老齐坐在墙角的小凳上，仍是沉思着方才沉思过的一切。墙头的枫树勉强摆着叶柯，因为是天晚了，空中挂起苍白的月亮，此月下枫树和老齐一样没有颜色，也像丢失了爱人似的，失意地徘徊着，在墙头上倦怠，幽怨徘徊着。

宿舍是临靠校园，荷池上面有柳枝从天空倒垂下来，长长短短的像麻丝相互牵联，若倒垂下来，荷叶到水面上……小的圆荷叶，风来了柳条在风中摇动，荷叶在池头浮走。

围住荷池的同学们，男人们抽缩着肩头笑，女人们拍着手笑。有的在池畔读小说，有的在吃青枣，也有的男人坐在女人的阳伞下，说着小声的话。宿舍的窗子都打开着，坐在窗沿的也有。

但，老齐的窗帘没有掀起，深长地垂着，带有阴郁气息的垂着。

达生听说老齐回来，去看他，顺便买了几个苹果。达生抱着苹果，在窗下绕起圈子来。他不敢打开老齐的窗子，因为他们是老友，老齐的一切他都知道，他怕是逸影又在房里。因为逸影若在老齐房里，窗帘什么时候都是放下的。达生的记忆使他不能打门，他坐在池畔自己吃苹果。别的同学来和达生说话，亲热说话，其实是他的苹果把同学引来的。结果每人一个，在倒垂的柳枝下，他们谈起关于女人的话，关于自己的话，最后他们说到老齐了。有的在叹气，有的表示自己说话的身份，似乎说一个字停两停。

就是……这样……事为……什么不……不苦恼呢？哼！

苹果吃完了，别的同学走开了，达生猜想着别的同学所说关于老齐的话，他以为老齐这次出去是受了什么打击了么？他站起来走到老齐的窗前去，他的手触到玻璃了，但没作响。他的记忆使他的手指没有作响。

二

达生向后院女生宿舍走去。每次都是这样，一看到老齐放下窗帘，他就走向女生宿舍去看一次，他觉得这是一条聪明的计划。他走着，他听着后院的蝉吵，女生宿舍摆在眼前了。

逸影的窗帘深深地垂下，和老齐一样，完全使达生不能明白，因为他从不遇见过这事。他心想："若是逸影在老齐的房里，为什么她的窗帘也放下？"

达生把持住自己的疑惑，又走回男生宿舍去，他的手指在玻璃窗上作响。里面没有回声，响声来得大些，也是没有回声。再去拉门，门闭得紧紧的，他用沉重而急躁的声音喊：

"老齐——老齐，老齐——"

宿舍里的伙计，拖拉着鞋，身上的背心被汗水湿透了，费力的半张开他的眼睛，显然是没听懂的神情，站在达生的面前说：

"齐先生吗？病了，大概还没起来。"

老齐没有睡，他醒着，他晓得是达生来了。他不回答友人的呼喊，同时一种爱人的情绪压倒友人的情绪，所以一直迟延着，不去开门。

腿上扎着绷带，脊背曲作弓形，头发蓬着，脸色真像一张秋天晒成的干菜，纠皱，面带绿色，衬衫的领子没有扣，并且在领子上扯一个大的裂口。最使达生奇怪的，看见老齐的眼睛红肿过。不管怎样难解决的事，老齐从没哭过，任凭哪一个同学也没看过他哭，虽是他坐过囚受过刑。

日光透过窗帘针般地刺在床的一角和半壁墙，墙上的照片少了几张。达生认识逸影的照片一张也没有了,凡是女人的照片一张都不见了。

蝉在树梢上吵闹,人们在树下坐着,荷池上的一切声音,送进老齐的窗间来,都是穿着忧悒不可思议的外套。老齐烦扰着。

老齐眼睛看住墙上的日光在玩弄自己的手。达生问了他几句关于这次到河南去的情况。老齐只很简单地回答了几句:

"很不好。"

"失败,大失败!"

达生几次不愿意这样默默地坐着,想问一问关于照片的事,就像有什么不可触的悲哀似的,每句老齐都是躲着这个,躲着这个要爆发的悲哀的炸弹。

全屋的空气,是个不可抵抗的梦境,在恼闷人。老齐把床头的一封信抛给达生,也坐在椅子上看:

"我处处给你做累,我是一个不中用的女子,我自己知道,大概我和你走的道路不一样,所以对你是不中用的。过去的一切,叫它过去,希望你以后更努力,找你所最心爱的人去,我在向你庆祝……"

达生他不晓得逸影的这封信为何如此浅淡,同时老齐眼睛红着,只是不流眼泪。他在玩弄着头发,他无意识,他痴呆,为了逸影,为了大众,他倦怠了。

三

达生方才读过的信是一早逸影遣人给老齐送来的,在读这封信的时候,老齐是用着希望和失望的感情,现在完全失望了。他把墙上女人的照片都撕掉了,他以为女人是生着有刺的玫瑰,或者不是终生被迷醉,而不能转醒过来,就是被毒刺伤了,早年死去。总之,现在女人在老齐心里,都是些不可推测的恶物,蓬头散发的一些妖魔。老齐把所有逸影的照片和旧信都撕掉了丢进垃圾箱去。

当逸影给他的信一封比一封有趣味,有感情,他在逸影的信里找到了他所希望的安慰。那时候他觉得一个美丽的想象快成事实了,美丽的事是近着他了。但这是一个短的梦,夭亡的梦,在梦中他的玫瑰落了,残落了。

老齐一个人倒在床上。北平的秋天,蝉吵得利害,他尽量地听蝉吵,腿上的绷带时时有淡红色的血沁出来,也正和他的心一样,他的心也正在流着血。

老齐的腿是受了枪伤。老齐的心是受了逸影的伤,不可分辨。

现在老齐是回来了,腿是受了枪伤了。可是逸影并没到车站去接他,在老齐这较比是颗有力的子弹,暗中投到他的怀里了。

当老齐在河南受了伤的那夜,草地上旷野的气味迷茫着他,远近还是枪声在响。老齐就在这个时候,他还拿出逸影的照片看。

现在老齐是回来了,他一人倒在床上看着自己腿上的绷带。

逸影的窗帘,一天,两天永久的下垂,她和新识爱人整天在窗帘里边。

老齐他以为自然自己的爱人分明是和自己走了分路,丢开不是非常有得价值吗?他在检查条箱,把所有逸影的痕迹都要扫除似的。小手帕撕碎了,他从前以为生命似的事物撕碎了。可是他一看到床上的被子,他未敢动手去撕,他感到寒冷。因为回忆,他的眼睛晕花了,这都是一些快意的事,在北海夜游,在西山看枫叶。最后一件宏大的事业使他兴奋了,就是那次在城外他和逸影被密探捕获的事,因为没有证据,第二天释放了。

床上这张被子就是那天逸影送给他的,做一个共同遇难的标记。老齐想到这里,他觉得逸影的伟大、可爱,她是一个时代的女性,她是一个时代最前线的女性。老齐摇着头骄傲地微笑着,这是一道烟雾，他的回想飘散了去。他还是在检查条箱。

地板上满落了日影，在日影的斜线里有细尘飞扬，屋里苦闷的蒸热。逸影的笑声在窗外震着过去了。

缓长的昼迟长的拖走，在午睡中，逸影变做了一只蝴蝶，重新落在老齐的心上。他梦着同逸影又到城外去，但处处都使他危险有密探和警察环绕着他们。逸影和从前也不一样，不像从前并着肩头走，只有疏远着。总之，他在梦中是将要窒息了。

荷池上柳树刮起清风在摆荡，蝉在满院的枣树上吵。达生穿过蝉的吵声，而向老齐的宿舍走去，别的同学们向他喊道：

"不要去打搅他呀！"

"老齐这次回来，不管谁去看他，他都是带着烦厌的心思向你讲话。"

他们说话的声音使老齐在梦中醒转来。达生坐在床沿，老齐的手在摸弄腿上的绷带。老齐的眼睛模糊，不明亮，神经质的，他的眉紧皱在一起和两条牵连的锁链一样。达生知道他是给悲哀在毁坏着。

他伴老齐去北海，坐在树荫里，老齐说着把腿上的绷带举给达生看：

"我受的伤很轻，连胫骨都没有穿折。"他有点骄傲的气概，"别的人，头颅粉碎的也有，折了臂的也有，什么样的都有，伤重的都是在草地上滚转，后来自己死了。"

老齐的脸为了愤恨的热情，遮上一层赤红的纱幕。他继续地说下去："这算不了什么，我计算着，我的头颅也献给他的，不然我们的血也是慢慢给对方吸吮了去。"

逸影从石桥边走过来，现在她是换上了红花纱衫，和一个男人。男人是老齐的同班，他们打了个招呼走过去了。

老齐勉强地把持住自己，他想接着方才的话说下去。但这是不可能。他忘了方才说的是什么,他把持不住自己了,他脸红着。后来还是达生提起方才的话来,老齐又接着说下去,所说的却是没有气力和错的句法。

他们开始在树荫里踱荡。达生说了一些这样那样的话,可是老齐一句不曾理会。他像一个发疟疾的人似的,血管觉得火热一阵,接着又寒冷下去,血液凝结似地寒冷下去。

一直到天色暗黑下去,老齐才回到宿舍。现在他全然明白了。他知道逸影就是为了纱衫才去恋爱那个同学。谁都知道那个同学的父亲是一个工厂的厂主。

老齐愿意把床上的被子撕掉,他觉得保存这些是没有意义。同时他一想到逸影给人做过丫环,他的眼泪流下来了。同时他又想到,被子是象征着两个受难者,老齐狂吻着被子哭,他又想到送被子的那天夜里,逸影的眼睛是有多么生动而悦人。老齐狂吻着被子,哭着,腿上的绷带有血沁了出来。

叶 子

园中开着艳艳的花,有蝴蝶儿飞,也有鸟儿叫。小姑娘——叶子,唱着歌,在打旋风舞。为了捕蝴蝶把裙子扯破。妈妈站在门口:

"叶子,你这样孩子。"

可是她什么都不听见,花枝一排一排地倒在脚下,把蝴蝶捉在手里。

太阳把雪照成水了,从房檐滴到了满阶。后来树枝发青,树叶成荫了。后园里又飞着去年的蝴蝶。五月来到,后园和去年一样,蝴蝶戏着小姑娘们玩,蝴蝶被捕着。可是叶子,她不捕蝴蝶了,尽坐在那儿幽思,望着天上多形的云,望着插向云中的树枝,一会用扇子遮住她幽思的眼。

妈妈站在门口。

"叶子,你为什么总坐在那儿想啊,脸儿怕瘦了?"

她常常在园里静思,暑假慢慢地来到,表哥——莺,回来了。以后花园里,又是旋风舞,捕蝴蝶。叶子的歌声天天在后园里鲜明着。莺哥和叶子坐在树下,树叶有时落在腿上,后来树叶绕着腿飞。

暑假过去,莺哥回学校了,园里飞发树叶。只因没有花儿,鸟雀回巢，蝴蝶飞过墙东不再回来，一切被莺哥带了去似的。叶子倒在床上有病，脸儿渐渐黄，爸妈着慌，医生来了一个又一个，药瓶摆在床头，脸儿更黄更瘦。

外面飘起白白的雪，妈妈问："为什么病呢？对妈妈说。"

叶子只是默默地等着寒假，常常翻着日历，十号，十一号……，十五号了，她想莺哥哥是近着她了，穿得干净的衣裳，坐在窗里望。真的有人在叫门，叶子心跳着。妈妈去开了门，穿着青制服，青呢帽，踏着雪响，莺哥微笑着。他问："叶子呢？"

说话时他看着叶子在窗里向他笑了笑。妈妈说着关于叶子的话走进客厅了。妈妈又说：

"叶子，半年是闹着病，只见黄瘦。"

莺哥慌忙着去见叶子，可是他走进内室了，衣上带着冷气。走近叶子的床，向她问：

"病了吗？很弱。"

她感到茫然了，眼睛无力地瞅着床，没有答话，把头低下。他没有再问，心痛着走进内室去。妈妈在客厅里说着叶子的病时，叶子在屋里听着哭了，面向着飞雪的窗外。

在东房莺哥常常发闷，有时整夜不灭灯，后来咳嗽，都说孩子大了应该定亲。他的叔叔来，说谁家的女子好，问他：

"你愿意不？我想你的学费都是舅家供给，又是住在舅家，不能信意吧？"他的叔叔又指着叶子的爸爸和妈妈说：

"并且舅父和舅母也同意。"

就是那夜，他整夜寻思着。第二天他的爸爸戴着没有耳朵的帽子背着包袱来了，没有进客厅，简直到东房去。唉，莺哥怎不难过呢。妈妈死了，爸爸上山去打柴，自己住在舅家。于是他哭了，爸爸也哭了。

叶子走进东房，火炉在地心，没生火窗上全是冰霜。她招呼别

叶　子

人,把炉子生火,又到自己房里拿了厚的被子给莺哥。妈妈骂了她:"什么事都用得着你!"

穷人没有亲戚。到晚间,他的爸爸又戴着没有耳朵的帽子走了,去经风霜。

叶子在莺哥的房里,可是莺哥一天比一天病重。叶子常常挨骂,可是莺哥的病只有沉重。

妈妈说:"不要以为你还是小孩子,你是十四五岁啦,莺哥都该娶媳妇了,不可以总在一块。"

妈妈又接着说:"自己该明白吧,他那样穷,并且亲已订妥。"

莺哥八天不能起床,可怜的莺哥,连叶子也不能多见。

在那间空洞的房里,只有爸爸陪着他。起先舅母拿钱给请医生,现在不给他请医生了。于是可怜的莺哥走在死路上。

每天夜里,别人都睡了的时候,那个管家——王四要给东房送书,这是叶子背着妈妈叫送的。

昨夜特别的,莺哥总是不睡,想说的话,又像不愿意说似的。肺痛得也像轻了些,但是他的眼睛想哭。

"爸爸,叶子怎么总不过来呢?我还拿她几本书,怎么还不来取呀?又病了吗?爸爸叫叶子来,呵,叶子一定要来。"他说时把眼泪滴到枕头上。

爸爸只得答应了去找叶子:

"好吧,不要难过,你再睡一会,亮了天我去叫她。"

天是大亮了,还不去叫叶子,让老头子怎样去找叶子呢?住在别人家里,自己的儿子有病。怎敢扰乱别人呢?

还不到中午,莺哥被装进棺材里。

送棺材的人们站到大门口,只有莺哥的爸爸和棺材往东下去。

蝶儿飞着,鸟儿叫着,又到五月了,叶子坐在后园冥想,莺哥的爸爸担着柴草经过后门了。

王阿嫂的死

一

草叶和菜叶都蒙盖上灰白色的霜,山上黄了叶子的树,在等候太阳。太阳出来了,又走进朝霞去。野甸上的花花草草,在飘送着秋天零落凄迷的香气。

雾气像云烟一样蒙蔽了野花、小河、草屋,蒙蔽了一切声息,蒙蔽了远近的山岗。

王阿嫂拉着小环,每天在太阳将出来的时候,到前村广场上给地主们流着汗;小环虽是七岁,她也学着给地主们流着小孩子的汗。现在春天过了,夏天过了……王阿嫂什么活计都做过,拔苗,插秧。秋天一来到,王阿嫂和别的村妇们都坐在茅檐下用麻绳把茄子穿成长串长串的,一直穿着。不管蚊虫把脸和手搔得怎样红肿,也不管孩子们在屋里喊妈妈吵断了喉咙。她只是穿着,穿啊,两只手像纺纱车一样,在旋转着穿……

第二天早晨,茄子就和紫色成串的铃当一样,挂满了王阿嫂家的前檐;就连用柳条编成的短墙上也挂满着紫色的铃当。别的村妇也和王阿嫂一样,檐前尽是茄子。

可是过不了几天,茄子晒成干菜了。家家都从房檐把茄子解下

王阿嫂的死

来,送到地主的收藏室去。王阿嫂到冬天只吃着地主用以喂猪的烂土豆,连一片干菜也不曾进过王阿嫂的嘴。

太阳在东边照射着劳工的眼睛。满山的雾气退出,男人和女人,在田庄上忙碌着。羊群和牛群在野甸子间,在山坡间,践踏并且寻食着秋天半憔悴的野花野草。

田庄上只是没有王阿嫂的影子,这却不知为了什么?竹三爷每天到广场上替张地主支配工人。现在竹三爷派一个正在拾土豆的小姑娘去找王阿嫂。

工人的头目,楞三抢着说:

"不如我去的好,我是男人走得快。"

得到竹三爷的允许,不到两分钟的工夫,楞三就跑到王阿嫂的窗前了。

"王阿嫂,为什么不去做工呢?"

里面接着就是回答声:

"叔叔来得正好,求你到前村把五妹子叫来,我头痛,今天不去做工。"

小环坐在王阿嫂的身边,她哭着,响着鼻子说:"不是呀!我妈妈扯谎,她的肚子太大了!不能做工,昨夜又是整夜的哭,不知是肚子痛还是想我的爸爸?"

王阿嫂的伤心处被小环击打着,猛烈地击打着,眼泪都从眼眶转到嗓子方面去。她只是用手拍打着小环,她急性的,意思是不叫小环再说下去。

李楞三是王阿嫂男人的表弟。听了小环的话,像动了亲属情感似的,跑到前村去了。

小环爬上窗台,用她不会梳头的小手,在给自己梳着毛蓬蓬的小辫。邻家的小猫跳上窗台,蹲踞在小环的腿上,猫像取暖似的迟缓地把眼睛睁开,又合拢来。

远处的山反映着种种样的朝霞的彩色。山坡上的羊群、牛群,就像小黑点似的，在云霞里爬走。

小环不管这些，只是在梳自己毛蓬蓬的小辫。

二

在村里，五妹子、楞三、竹三爷，这都是公共的名称。是凡佣工阶级都是这样简单而不变化的名字。这就是工人阶级一个天然的标识。

五妹子坐在王阿嫂的身边，炕里蹲着小环，三个人在寂寞着。后山上不知是什么虫子，一到中午，就吵叫出一种不可忍耐的幽默和凄怨情绪来。

小环虽是七岁，但是就和一个少女般的会忧愁，会思量。她听着秋虫吵叫的声音，只是用她的小嘴在学着大人叹气。这个孩子也许因为母亲死得太早的缘故？

小环的父亲是一个雇工，在她还没生下来的时候，她的父亲就死了。在她五岁的时候她的母亲又死了。她的母亲是被张地主的大儿子张胡琦强奸后气愤而死的。

五岁的小环，开始做个小流浪者了。从她贫苦的姑家，又转到更贫苦的姨家。结果因为贫苦，不能养育她，最后她在张地主家过了一年煎熬的生活。竹三爷看不惯小环被虐待的苦处。当一天王阿嫂到张家去取米，小环正被张家的孩子们将鼻子打破，满脸是血时，王阿嫂把米袋子丢落在院心，走近小环，给她擦着眼泪和血。小环哭着，王阿嫂也哭了。

由竹三爷做主，小环从那天起，就叫王阿嫂做妈妈了。那天小环是扯着王阿嫂的衣襟来到王阿嫂的家里。

后山的虫子，不间断的，不曾间断的在叫。王阿嫂拧着鼻涕，两腮抽动，若不是肚子突出，她简直瘦得像一条龙。她的手也正和爪子一样，因为拔苗割草而骨节突出。她的悲哀像沉淀了的淀粉似

王阿嫂的死

的,浓重并且不可分解。她在说着她自己的话:

"五妹子,你想我还能再活下去吗?昨天在田庄上张地主是踢了我一脚。那个野兽,踢得我简直发晕了,你猜他为什么踢我呢?早晨太阳一出就做工,好身子倒没妨碍,我只是再也带不动我的肚子了!又是个正午时候,我坐在地梢的一端喘两口气,他就来踢了我一脚。"

拧一拧鼻涕又说下去:

"眼看着他爸爸死了三个月了,那是刚过了五月节的时候,那时仅四个月,现在这个孩子快生下来了。咳!什么孩子,就是冤家,他爸爸的性命是丧在张地主的手里,我也非死在他们的手里不可,我想谁也逃不出地主们的手去!"

五妹子扶她一下,把身子翻动一下:

"哟,可难为你了!肚子这样你可怎么在田庄上爬走啊?"

王阿嫂的肩头抽动得加速起来。五妹子的心跳着,她在悔恨地跳着,她开始在悔恨:

"自己太不会说话,在人家最悲哀的时节,怎能用得着十分体贴的话语来激动人家悲哀的感情呢?"

五妹子又转过话头来:

"人一辈子就是这样,都是你忙我忙,结果谁也不是一个死吗?早死晚死不是一样吗?"

说着她用手巾给王阿嫂擦着眼泪,揩着她一生流不尽的眼泪:

"嫂子你别太想不开呀!身子这种样,一劲忧愁,并且你看着小环也该宽心。那个孩子太知好歹了。你忧愁,你哭,孩子也跟着忧愁,跟着哭。倒是让我做点饭给你吃,看外边的日影快晌午了。"

五妹子心里这样相信着:

"她的肚子被踢得胎儿活动了!危险……死……"

她打开米桶,米桶是空着。

五妹子打算到张地主家去取米,从桶盖上拿下个小盆。王阿嫂叹息着说：

"不要去呀！我不愿看他家那种脸色，叫小环到后山竹三爷家去借点吧！"

小环捧着瓦盆爬上坡，小辫在脖子上摔搭摔搭地走向山后去了。山上的虫子在憔悴的野花间，叫着憔悴的声音啊！

三

王大哥在三个月前给张地主赶着起粪的车，因为马腿给石头折断，张地主扣留他一年的工钱。王大哥气愤之极，整天醉酒，夜里不回家，睡在人家的草堆上。后来他简直是疯了。看着小孩子也打，狗也打，并且在田庄上乱跑，乱骂。张地主趁他睡在草堆的时候，遣人偷着把草堆点着了。王大哥在火焰里翻滚，在张地主的火焰里翻滚；他的舌头伸在嘴唇以外，他嚎叫出不是人的声音来。

有谁来救他呢？穷人连妻子都不是自己的。王阿嫂只是在前村田庄上拾土豆，她的男人却在后村给人家烧死了。

当王阿嫂奔到火堆旁边，王大哥的骨头已经烧断了！四肢脱落，脑壳竟和半个破葫芦一样，火虽熄灭，但王大哥的气味却在全村飘漾。

四围看热闹的人群们，有的擦着眼睛说：

"死得太可怜！"

也有的说：

"死了倒好，不然我们的孩子要被这个疯子打死呢！"

王阿嫂拾起王大哥的骨头来，裹在衣襟里，紧紧地抱着，发出嚎天的哭声来。她的凄惨泌血的声音，飘过草原，穿过树林的老树，直到远处的山间，发出回响来。

每个看热闹的女人，都被这个滴着血的声音诱惑得哭了。每个在哭的妇人都在生着错觉，就像自己的男人被烧死一样。

王阿嫂的死

别的女人把王阿嫂的怀里紧抱着的骨头,强迫地丢开,并且劝说着:

"王阿嫂你不要这样啊!你抱着骨头又有什么用呢?要想后事。"

王阿嫂不听别人的,她看不见别人,她只有自己。把骨头又抢着疯狂地包在衣襟下,她不知道这骨头没有灵魂,也没有肉体,一切她都不能辨明。她在王大哥死尸被烧的气味里打滚,她向不可解脱的悲痛用尽全力地哭啊!

满是眼泪的小环脸转向王阿嫂说:

"妈妈,你不要哭疯了啊!爸爸不是因为疯了才被人烧死的吗?"

王阿嫂,她听不到小环的话,鼓着肚子,涨开肺叶般的哭。她的手撕着衣裳,她的牙齿在咬着嘴唇。她和一匹吼叫的狮子一样。

后来张地主手提着蝇拂,和一只阴毒的老鹰一样,振动着翅膀,眼睛突出,鼻子向里勾曲着,调着他那有尺寸的阶级的步调从前村走来,用他压迫的口腔来劝说王阿嫂:

"天快黑了,还一劲哭什么?一个疯子死就死了吧,他的骨头有什么值钱!你回家做你以后的打算好了。现在我遣人把他埋到西岗子去。"

说着他向四周的男人们下个口令:

"这种气味……越快越好!"

妇人们的集团在低语:

"总是张老爷子,有多么慈心;什么事情,张老爷子都是帮忙的。"

王大哥是张老爷子烧死的,这事情妇人们不知道,一点不知道。田庄上的麦草打起流水样的波纹,烟筒里吐出来的炊烟,在人家的房顶上旋卷。

蝇拂子摆动着吸人血的姿势,张地主走回前村去。

穷汉们,和王大哥同类的穷汉们,摇煽着阔大的肩膀,王大哥的骨头被运到西岗上了。

四

三天过了,五天过了,田庄上不见王阿嫂的影子,拾土豆和割草的妇人们嘴里念道这样的话:

"她太艰苦了!肚子那么大,真是不能做工了!"

"那天张地主踢了她一脚,五天没到田庄上来。大概是孩子生了,我晚上去看看。"

"王大哥被烧死以后,我看王阿嫂就没心思过日子了。一天东哭一场,西哭一场的,最近更厉害了!哪天不是一面拾土豆,一面流着眼泪!"

又一个妇人皱起眉毛来说:

"真的,她流的眼泪比土豆还多。"

另一个又接着说:

"可不是吗?王阿嫂拾得的土豆,是用眼泪换得的。"

热情在激动着,一个抱着孩子拾土豆的妇人说:

"今天晚上我们都该到王阿嫂家去看看,她是我们的同类呀!"

田庄上十几个妇人用响亮的嗓子在表示赞同。

张地主走来了,她们都低下头去工作着。张地主走开,她们又都抬起头来;就像被风刮倒的麦草一样,风一过去,草梢又都伸立起来;她们说着方才的话:

"她怎能不伤心呢?王大哥死时,什么也没给她留下。眼看又来到冬天,我们虽是有男人,怕是棉衣也预备不齐。她又怎么办呢?小孩子若生下来她可怎么养活呢?我算知道,有钱人的儿女是儿女,穷人的儿女,分明就是孽障。"

"谁不说呢?听说王阿嫂有过三个孩子都死了!",

王阿嫂的死

其中有两个死去男人，一个是年轻的，一个是老太婆。她们在想起自己的事，老太婆想着自己男人被轧死的事，年轻的妇人想着自己的男人吐血而死的事，只有这俩妇人什么也不说。

张地主来了，她们的头就和向日葵似的在田庄上弯弯地垂下去。

小环的叫喊声在田庄上、在妇人们的头上响起来：

"快……快来呀！我妈妈不……不能，不会说话了！"

小环是一个被大风吹着的蝴蝶，不知方向，她惊恐的翅膀痉挛的在振动；她的眼泪在眼眶里急得和水银似的不定形地滚转；手在捉住自己的小辫，跺着脚，破着声音喊：

"我妈……妈怎么了……她不说话……不会呀！"

五

等到村妇挤进王阿嫂屋门的时候，王阿嫂自己已经在炕上发出她最后沉重的嚎声，她的身子早被自己的血浸染着，同时在血泊里也有一个小的、新的动物在挣扎。

王阿嫂的眼睛像一个大块的亮珠，虽然闪光而不能活动。她的嘴张得怕人，像猿猴一样，牙齿拼命地向外突出。

村妇们有的哭着，也有的躲到窗外去，屋子里散散乱乱，扫帚、水壶、破鞋，满地乱摆。邻家的小猫蹲缩在窗台上。小环低垂着头在墙角间站着，她哭，她是没有声音的在哭。

王阿嫂就这样的死了！新生下来的小孩，不到五分钟也死了！

六

月亮穿透树林的时节，棺材带着哭声向西岗子移动。村妇们都来相送，拖拖落落，穿着种种样样擦满油泥的衣服，这正表示和王阿嫂同一个阶级。

竹三爷手携着小环,走在前面。村狗在远处惊叫。小环并不哭,她依持别人,她的悲哀似乎分给大家担负似的,她只是随了竹三爷踏着贴在地上的树影走。

王阿嫂的棺材被抬到西岗子树林里。男人们在地面上掘坑。

小环,这个小幽灵,坐在树根下睡了。林间的月光细碎地飘落在小环的脸上。她两手扣在膝盖间,头搭在手上,小辫在脖子上给风吹动着,她是个天然的小流浪者。

棺材合着月光埋到土里了,像完成一件工作似的,人们扰攘着。

竹三爷走到树根下摸着小环的头发:

"醒醒吧,孩子,回家了!"

小环闭着眼睛说:

"妈妈,我冷呀!"

竹三爷说:

"回家吧!你哪里还有妈妈?可怜的孩子别说梦话!"

醒过来了,小环才明白妈妈今天是不再搂着她睡了。她在树林里,月光下,妈妈的坟前,打着滚哭啊……

"妈妈……你不要……我了!让我跟跟跟谁睡……睡觉呀?"

"我……还要回到……张……张张地主家去挨打吗?"她咬住嘴唇哭。

"妈妈,跟……跟我回……回家吧……"

远近处颤动这小姑娘的哭声,树叶和小环的哭声一样交接的在响,竹三爷同别的人一样在擦揉眼睛。

林中睡着王大哥和王阿嫂的坟墓。

村狗在远近的人家吠叫着断续的声音……

太太与西瓜

　　五小姐在街上转了三个圈子,想走进电影院去,可是这是最末的一张免票了,从手包中取出来看了又看,仍然是放进手包中。

　　现在她是回到家里,坐在门前的软椅上,幻想着她新制的那件衣服。

　　门栏外有个人影,还不真切,四小姐坐在一边的长椅上咕哝着:

　　"没有脸的,总来有什么事?"

　　一个大西瓜,淡绿色的,听差的抱着来到眼前了。四小姐假装不笑,其实早已笑了:

　　"为什么要买,这个,很贵呢!"

　　心里是想,为什么不买两个。

　　四小姐把瓜接过来,吩咐使女小红道:

　　"刀在厨房里磨一磨。"

　　淡绿色的西瓜抱进屋去,四小姐是照样的像抱着别人给送来的礼物那样笑着,满屋是烟火味。妈妈从一个小灯旁边支起身来摇了摇手,四小姐当然用不着想,把西瓜抱出房来。她像患着什么慢性病似的,身子瘦小得不能再瘦,被个大西瓜累得可怜,脸儿发红,嘴唇苍白。她又坐在门前的长椅上。

五小姐暂先把新制的衣裳停止了幻想，把那个同玩的男人送给的电影免票忘下，红宝石的戒指在西瓜上闪光：

"小红，把刀拿来呀！"

小红在那里喂猫，喂那个天生就是性情冷酷黑色的猫，她没有听见谁在呼喊她。

"你，你耳聋死……"

"不是呀，刘行长的三太太，男人被银行辞了职，那次来抽着烟就不起来，妈妈怕她吃了西瓜又要抽烟。"

四小姐忙说着，小红这次勉强算是没有挨骂。

西瓜想放在身后，四小姐为了慌张没有躲藏方便，那个女客人走出来看着西瓜了。妈妈说着：

"不要吃西瓜再走吗？"

小姐们也站起来，笑着把客人送走。

她们这回该集拢到厅堂分食西瓜来，第一声五小姐便嚷着：

"我不吃这样的东西，黄瓜也不如。"

抛到地板上，小红去拾。

太太下着命令叫小红去到冰箱里取那个更大的田科员送来的那个。

她们的架子是送来的礼物摆起来的！她们借着别人来养自己的脾气。做小姐非常容易，做太太也没有难处。

小红去取那个更大的去，已经拾到手的西瓜被叱呵，舍不得的又丢在地板上。

站在门栏处送来礼物的人也在苦恼着。

"为我找了十元一月薪金厨夫的职业，上手就消费了三元。"

但是他还没听见五小姐说的"黄瓜也不如"呢！

出　嫁

秋日，枯黄的秋日，在炕上我同菱姑吃着萝葡。小妹妹跑来了，偎着我，似乎是用眼睛说：

"姐姐，不要吃萝葡，厨房不是炸鱼吗？"

她打开门帘，厨房的鱼味和油香进来了！乡间的厨房，多是不很讲究，挨着住屋。这是吃饭时节，桌下饭碗蒸着汽。盆里黄色炸焦的鱼；这时候全家预备着晚餐，盘声，勺子声，厨房的柴堆上，小孩们坐着，咬着鱼。婶娘们说笑着，但是许多鱼不见了，她们一面说笑，嘴里却嚼着鱼；许多鱼被她们咽下。

三婶娘的孩子同五婶娘的孩子打起来了，从板凳推滚在柴堆中。大概是鼻子流了血，于是五婶娘在腋下夹着孩子，嘴突起着，走回自己的房里去吃。五婶娘是小脚，她一走道，地板总是有节律地咚咚。她又到厨房去拿鱼，她又到厨房去拿碗，于是地板不停歇地咚咚着。

我有点像客人，每天同祖母一桌吃饭，祖母是炕桌，为着我在炕桌，家中的姊妹们常常有些气愤：

"人家那是识字念书的人，咱们比不上。"

今天我又听见她们说我了。我又看见那种怪脸色了！在厨房我装满我的饭碗时，我想同她们吵一架，我非常生气。

当我望着长桌的时候，三婶娘也不在了。她一定也是回到自己房里去吃饭。常常是这样，孩子们吵架，母亲们也吵架。五婶娘又出来了，五婶娘有许多特征，不但走路咚咚的，并且头也颤歪，手也颤歪，她嘴里又说些不平的小话。可是无论怎样她总是不忘掉拿鱼。她拿鱼回自己的房去。

五婶娘又能吃鱼又能说小话。

孩子们吃鱼，把鱼骨留在嗓中啦！汤碗弄翻啦！哭啦！母亲们为着这个，不知道怎样咒了呢？厨房烟和气，哭和闹，好像六月里被太阳蒸发着的猪窝。

墙外吹喇叭了！菱姑偷着推我：

"走！快点上炮台，看娶媳妇的去。"

小妹妹——莲儿也跟在后面：

"姐姐，等一会我！"

我的妈妈叫："小莲不许你去！你快回来抱小弟弟，我吃饭。"

小莲终于跑上炮台了！从炮台眼看出去那好像看电影似的，原野，山坡，黄叶树，红缨的鞭子，束着红绳。

我问菱姑："新娘子，哪个是？"

"新娘子在被里包着哩！"

我以为菱姑取笑我。我不相信她，莲妹妹对我讲了，懂吗？新媳妇把眼睛都哭红啦？怕人笑话。

锣声响了！那种声音撼人心魂，红缨的鞭子驱着车走向黄叶林去了。

在下炮台时小妹妹频频说着：

"新媳妇怕老婆婆，她不愿意出门子！"

我戏说："你怕老婆婆不怕？你愿意出门子不愿意？"

小妹妹摇头，眯着眼睛跑进屋去。母亲在怒狠：

"你什么是小孩子了！七八岁了！一点不听话，以后也不叫你到前屋去念书,给我抱孩子!不听说就打你。"

母亲说这话,似乎是对我,小妹妹她怎样回答的,她怎样使母亲更生气?

"我跟我姐姐走,上南京!"

手

在我们的同学中,从来没有见过这样的手:蓝的,黑的,又好像紫的;从指甲一直变色到手腕以上。

她初来的几天,我们叫她"怪物"。下课以后大家在地板上跑着,也总是绕着她。关于她的手,但也没有一个人去问过。

教师在点名,使我们越忍越忍不住了,非笑不可了。

"李洁!"

"到。"

"张楚芳!"

"到。"

"徐桂真!"

"到。"

迅速而有规律性地站起来一个,又坐下去一个。但每次一喊到王亚明的地方,就要费一些时间了。

"王亚明,王亚明……叫到你啦!"别的同学有时要催促她,于是她才站起来,把两只青手垂得很直,肩头落下去,面向着棚顶说:

"到,到,到。"

不管同学们怎样笑她,她一点也不感到慌乱,仍旧弄着椅子响,庄严的,似乎费掉了几分钟才坐下去。

有一天上英文课的时候,英文教师笑得把眼镜脱下来在擦着眼睛:

"你下次不要再答'黑耳'了,就答'到'吧!"

全班的同学都在笑,把地板擦得很响。

第二天的英文课,又喊到王亚明时,我们又听到了"黑耳——黑——耳。"

"你从前学过英文没有?"英文教师把眼镜移动了一下。

"不就是那英国话吗?学是学过的,是个麻子脸先生教的……铅笔叫'喷丝儿',钢笔叫'盆'。可是没学过'黑耳'。"

"Here 就是'这里'的意思,你读:Here! Here!"

"喜儿,喜儿。"她又读起"喜儿"来了。这样的怪读法,全课堂都笑得颤栗起来。可是王亚明,她自己却安然地坐下去,青色的手开始翻着书页。并且低声读了起来:

"华提……贼死……阿儿……"

数学课上,她读起算题来也和读文章一样:

"$2X + Y = $……$X^2 = $……"

午餐的桌上,那青色的手已经抓到了馒头,她还想着"地理"课本:"墨西哥产白银……云南……唔,云南的大理石。"

夜里她躲在厕所里边读书,天将明的时候,她就坐在楼梯口。只要有一点光亮的地方,我常遇到过她。有一天落着大雪的早晨,窗外的树枝挂着白绒似的穗头,在宿舍的那边,长筒过道的尽头,窗台上似乎有人睡在那里了。

"谁呢?这地方多么凉!"我的皮鞋拍打着地板,发出一种空洞洞的嗡声,因为是星期天的早晨,全个学校出现在特有的安宁里。一部分的同学在化着妆;一部分的同学还睡在眠床上。

还没走到她的旁边,我看到那摊在膝头上的书页被风翻动着。

"这是谁呢？礼拜日还这样用功！"正要唤醒她，忽然看到那青色的手了。

"王亚明，哎……醒醒吧……"我还没有直接招呼过她的名字，感到生涩和直硬。

"喝喝……睡着啦！"她每逢说话总是开始钝重的笑笑。

"华提……贼死，右……爱……"她还没找到书上的字就读起来。

"华提……贼死，这英国话，真难……不像咱们中国字：什么字旁，什么字头……这个：委曲拐弯的，好像长虫爬在脑子里，越爬越糊涂，越爬越记不住。英文先生也说不难，不难，我看你们也不难。我的脑筋笨，乡下人的脑筋没有你们那样灵活。我的父亲还不如我，他说他年轻的时候，就记他这个'王'字，记了半顿饭的工夫还没记住。右……爱……右……阿儿……"说完一句话，在末尾不相干的她又读起单字来。

风车哗啦哗啦地响在壁上，通气窗时时有小的雪片飞进来，在窗台上结着些水珠。

她的眼睛完全爬满着红丝条；贪婪，把持，和那青色的手一样在争取她那不能满足的愿望。

在角落里，在只有一点灯光的地方我都看到过她，好像老鼠在啮嚼什么东西似的。

她的父亲第一次来看她的时候，说她胖了：

"妈的，吃胖了，这里吃的比自家吃的好，是不是？好好干吧！干下三年来，不成圣人吧，也总算明白明白人情大道理。"在课堂上，一个星期之内人们都是学着王亚明的父亲。第二次，她的父亲又来看他，她向父亲要一双手套。

"就把我这副给你吧！书，好好念书，要一副手套还没有吗？等一等，不用忙……要戴就先戴这副，开春！我又不常出什么门，明子，上冬咱再买，是不是？明子！"在"接见室"门口嚷嚷着，四周已经是围满着同学，于是他又喊着明子明子的又说了一些事情：

"三妹到二姨家去串门啦，去了两三天啦！小肥猪每天又多加了两把豆子，胖得那样，你没看见，耳朵都挣挣起来了，……姐姐又来家腌了两罐子咸葱……"

正讲得他流汗的时候，女校长穿着人群站到前面去：

"请到接见室里面坐吧——"

"不用了，不用了，耽搁工夫，我也是不行的，我还就要去赶火车……赶回去，家里一群孩子，放不下心……"他把皮帽子放在手上，向校长直点着头，头上冒着气，他就推开门出去了。好像校长把他赶走似的。可是他又转回身来，把手套脱下来。

"爹，你戴着吧，我戴手套本来是没用的。"

她的父亲也是青色的手，比王亚明的手更大更黑。

在阅报室里，王亚明问我：

"你说，是吗？到接见室去坐下谈话就要钱的吗？"

"哪里要钱！要的什么钱！"

"你小点声说，叫她们听见，她们又该笑话了。"她用手掌指点着我读着的报纸，"我父亲说的，他说接见室摆着茶壶和茶碗，若进去，怕是校役就给倒茶了，倒茶就要钱了。我说不要，他可是不信，他说连小店房进去喝一碗水也多少得赏点钱，何况学堂呢？你想学堂是多么大的地方！"

校长已说过她几次：

"你的手，就洗不干净了吗？多加点肥皂！好好洗洗，用热水烫一烫。早操的时候，在操场上竖起来的几百条手臂都是白的，就是你，特别呀！真特别。"女校长用她贫血的和化石一般透明的手指去触动王亚明的青色手，看那样子，她好像是害怕，好像微微有点抑止着呼吸,就如同让她去接触黑色的已经死掉的鸟类似的:"是褪得很多了,手心可以看到皮肤了。比你来的时候强得多,那时候,那简直是铁手……你的功课赶得上了吗?多用点功,以后,早操你就不用上,学校的墙很低,春天里散步的外国人又多,他们常常停在墙外看的。等你的手褪掉颜色再上早操吧!"校长告诉她,停止了她的早操。

"我已经向父亲要到了手套,戴起手套来不就看不见了吗?"打开了书箱,取出她父亲的手套来。

校长笑得发着咳嗽,那贫血的面孔立刻旋动着红的颜色:"不必了!既然是不整齐,戴手套也是不整齐。"

假山上面的雪消融了去,校役把铃子摇得似乎更响些。窗前的杨树抽着芽,操场好像冒着烟似的,被太阳蒸发着。上早操的时候,那指挥官的口笛鸣振得也远了,和窗外树丛中的人家起着回应。

我们在跑,在跳,和群鸟似的在噪杂。带着糖质的空气迷漫着我们,从树梢上面吹下来的风,混和着嫩芽的香味。被冬天枷锁了的灵魂和被束掩的棉花一样舒展开来。

正当早操刚收场的时候,忽然听到楼窗口有人在招呼什么,那声音被空气负载着向天空响去似的:

"好和暖的太阳!你们热了吧?你们……"在抽芽的杨树后面,那窗口站着王亚明。

等杨树已经长了绿叶,满院结成了荫影的时候,王亚明却渐渐变成了干缩,眼睛的边缘发着绿色,耳朵也似乎薄了一些,至于她的肩头一点也不再显出蛮野和强壮。当她偶然出现在树荫下,那开始陷下的胸部使我立刻从她想到了生肺病的人。

"我的功课,校长还说跟不上,倒也是跟不上,到年底若再跟不上,喝喝!真会留级的吗?"她讲话虽然仍和从前一样"喝喝"

的，但她的手却开始畏缩起来，左手背在背后，右手在衣襟下面突出个小丘。

我们从来没有看到她哭过，大风在窗外倒拔着杨树的那天，她背向着教室，也背向着我们，对着窗外的大风哭了。那是那些参观的人走了以后的事情了，她用那已经开始在褪着色的青手捧着眼泪。

"还哭！还哭什么？来了参观的人，还不躲开。你自己看看，谁像你这样特别！两只手还不说，你看看，你这件上衣，快变成灰色的了！别人都是蓝上衣，哪有你这样特别，太旧的衣裳颜色是不整齐的……不能因为你一个人而破坏了制服的规律性……"她一面嘴唇与嘴唇切合着，一面用她惨白的手指去撕着王亚明的领口："我是叫你下楼，等参观的走了再上来，谁叫你就站在过道呢？在过道，你想想：他们看不到你吗？你倒戴起了这样大的一副手套……"

说到"手套"的地方，校长的黑色漆皮鞋，那亮晶晶的鞋尖去踢了一下已经落到地板上的一只手套：

"你觉得你戴上了手套，站在这地方就十分好了吗？这叫什么玩艺？"她又在手套上踏了一下。她看到那和马车夫一样肥大的手套，抑止不住地笑出声来了。

王亚明哭了这一次，好像风声都停止了，她还没有停止。

暑假以后，她又来了。夏末简直和秋天一样凉爽，黄昏以前的太阳染在马路上，使那些铺路的石块都变成了朱红色。我们集着群在校门口里的山丁树下吃着山丁。就是这时候，王亚明坐着的马车从"喇嘛台"那边哗啦哗啦地跑来了。只要马车一停下，那就全然寂静下去，她的父亲搬着行李，她抱着面盆和一些零碎，走上台阶来了。我们并不立刻为她闪开，有的说着："来啦！""你来啦！"有的完全向她张着嘴。

等她父亲腰带上挂着的白毛巾一抖一抖地走上了台阶，就有人在说：

"怎么！在家住了一个暑假，她的手又黑了呢？那不是和铁一样了吗？"

秋季以后，宿舍搬家的那天，我才真正注意到这铁手。我似乎已经睡着了，但能听到隔壁在吵叫着：

"我不要她，我不和她并床……"

"我也不和她并床。"

我再细听了一些时候，就什么也听不清了，只听到嗡嗡的笑声和绞成一团的吵嚷。夜里我偶然起来到过道去喝了一次水。长椅上睡着一个人，立刻就被我认出来，那是王亚明。两只黑手遮着脸孔。被子一半脱落在地板上，一半挂在她的脚上。我想她一定又是借着过道的灯光在夜里读书，可是她的旁边也没有什么书本，并且她的包袱和一些零碎就在地板上围绕着她。

第二天的夜晚，校长走在王亚明的前面，一面走一面响着鼻子，她穿着床位，她用她的细手推动那一些连成排的铺平的白床单：

"这里，这里的一排七张床，只睡八个人，六张床还睡九个呢！"她翻着那被子，把它排开一点，让王亚明把被子就夹在这地方。

王亚明的被子展开了，为着高兴的缘故，她还一边铺着床铺，一边嘴里似乎打着哨子。我还从没听到过这个，在女学校里边，没有人用嘴打过哨子。

她已经铺好了，她坐在床上张着嘴，把下颚微微向前抬起一点，像是安然和舒畅在镇压着她似的。校长已经下楼了，或者已经离开了宿舍，回家去了。但，舍监这老太太，鞋子在地板上擦擦着，头发完全失掉了光泽，她跑来跑去：

"我说，这也不行……不讲卫生，身上生着虫类，什么人还不想躲开她呢？"她又向角落里走了几步，我看到她的白眼球好像对着我似的："看这被子吧！你们去嗅一嗅！隔着二尺远都有气味了……挨着她睡觉，滑稽不滑稽！谁知道……虫类不会爬了满身吗？去看看，那棉花都黑得什么样子啦！"

舍监常常讲她自己的事情，她的丈夫在日本留学的时候，她也在日本，也算是留学。同学们问她：

"学的什么呢？"

"不用专学什么！在日本说日本话，看看日本风俗，这不也是留学吗？"她说话总离不了"不卫生，滑稽不滑稽……肮脏"，她叫虱子特别要叫虫类。

"人肮脏，手也肮脏。"她的肩头很宽，说着肮脏，她把肩头故意抬高了一下，好像寒风忽然吹到她似的，她跑出去了。

"这样的学生，我看校长可真是……可真是多余要……"打过熄灯铃之后，舍监还在过道里和别的一些同学在讲话着。

第三天夜晚，王亚明又提着包袱，卷着行李，前面又是走着白脸的校长。

"我们不要，我们的人数够啦！"

校长的指甲还没接触到她们的被边时，她们就嚷了起来，并且换了一排床铺，也是嚷了起来：

"我们的人数也够啦！还多了呢！六张床，九个人，还能再加了吗？"

"一、二、三、四……"校长开始计算："不够，还可以再加一个，四张床，应该六个人，你们只有五人……来！王亚明！"

"不，那是留给我妹妹的，她明天就来……"那个同学跑过去，把被子用手按住。

最后，校长把她带到别的宿舍去了。

"她有虱子,我不挨着她……"

"我也不挨着她……"

"王亚明的被子没有被里,棉花贴着身子睡,不信,校长看!"

后来她们就开着玩笑,竟至于说出害怕王亚明的黑手而不敢接近她。

以后,这黑手人就睡在过道的长椅上。我起得早的时候,就遇到她在卷着行李,并且提着行李下楼去。我有时也在地下"储藏室"遇到她,那当然是夜晚,所以她和我谈话的时候,我都是看看墙上的影子,她搔着头发的手,那影子印在墙上也和头发一样颜色。

"惯了,椅子也一样睡,就是地板也一样,睡觉的地方,就是睡觉,管什么好歹!念书是要紧的……我的英文,不知在考试的时候,马先生能给我多少分数?不够六十分,年底要留级的吗?"

"不要紧,一门不能够留级。"我说。

"爹爹可是说啦!三年毕业,再多半年,他也不能供给我学费……这英国话,我的舌头可真转不过弯来。喝喝……"

全宿舍的人都在厌烦她,虽然她是住在过道里。因为她夜里总是咳嗽着……同时在宿舍里边,她开始用颜料染着袜子和上衣。

"衣裳旧了,染染差不多和新的一样。比方,夏季制服,染成灰色就可以当秋季制服穿……比方,买白袜子,把它染成黑色,这都可以……"

"为什么你不买黑袜子呢?"我问她。

"黑袜子,他们是用机器染的,矾太多……不结实,一穿就破的……还是咱们自己家染的好……一双袜子好几毛钱……破了就破了,还得了吗?"

礼拜六的晚上,同学们用小铁锅煮着鸡子。每个礼拜六差不多总是这样,她们要动手烧一点东西来吃。从小铁锅煮好的鸡子,我

也看到的,是黑的,我以为那是中了毒。那端着鸡子的同学,几乎把眼镜咆哮得掉落下来:

"谁干的好事!谁?这是谁?"

王亚明把面孔向着她们来到了厨房,她拥挤着别人,嘴里喝喝地:

"是我,我不知道这锅还有人用,我用它煮了两双袜子……喝喝……我去……"

"你去干什么?你去……"

"我去洗洗它!"

"染臭袜子的锅,还能煮鸡子吃!还要它?"铁锅就当着众人在地板上哐啷、哐啷地跳着,人咆哮着,戴眼镜的同学把黑色的鸡子好像抛着石头似的用力抛在地上。

人们都散开的时候,王亚明一边拾着地板上的鸡子,一边在自己说着话:

"哟!染了两双新袜,铁锅就不要了!新袜子怎么会臭呢?"

冬天,落雪的夜里,从学校出发到宿舍去,所经过的小街完全被雪片占据了。我们向前冲着,扑着,若遇到大风,我们就风雪中打着转,倒退着走,或者是横着走。清早,照例又要从宿舍出发,在十二月里,每个人的脚都冻木了,虽然是跑着,也要冻木的。所以我们咒诅和怨恨,甚至于有的同学已经在骂着,骂着校长是"混蛋",不应该把宿舍离开学校这样远,不应该在天还不亮就让学生们从宿舍出发。

有些天,在路上我单独的遇到王亚明。远处的天空和远处的雪都在闪着光,月亮使得我和她踏着影子前进。大街和小街都看不见行人。风吹着路旁的树枝在发响,也时时听到路旁的玻璃窗被雪扫着在呻吟。我和她谈话的声音,被零度以下的气温所反应也增加了硬度。等我们的嘴唇也和我们的腿部一样感到了不灵活,这时候,我们总是终止了谈话，只听着脚下踏着的雪，乍乍乍的响。

手在按着门铃，腿好像就要自己脱离开，膝盖向前时时要跪了下去似的。

我记不得哪一个早晨，腋下夹着还没有读过的小说，走出了宿舍。我转过身去，把栏栅门拉紧。但心上也总有些恐惧。越看远处模糊不清的房子，越听后面在扫着的风雪，就越害怕起来。星光是那样微小，月亮也许落下去了，也许被灰色的和土色的云彩所遮蔽。

走过一丈远，又像增加了一丈似的，希望有一个过路的人出现，但又害怕那过路人，因为在没有月亮的夜里，只能听到声音而看不见人，等一看见人影，那就像从地面突然长了起来似的。

我踏上了学校门前的石阶，心脏仍在发热，我在按铃的手，似乎已经失去了力量。突然，石阶又有一个人走下来了：

"谁？谁？"

"我！是我。"

"你就走在我的后面吗？"因为一路上我并没听到有另外的脚步声，这使我更害怕起来。

"不，我没走在你的后面，我来了好半天了。校役他是不给开门的，我招呼了不知道多大工夫了。"

"你没按过铃吗？"

"按铃没有用，喝喝，校役开了灯，来到门口，隔着玻璃向外看看……可是到底他不给开。"

里边的灯亮起来，一边骂着似的哐啷啷啷地把门给闪开了：

"半夜三更叫门……该考背榜不是一样考背榜吗？"

"干什么？你说什么？"我这话还没有说出来，校役就改变了态度：

"萧先生，您叫门叫了好半天了吧？"

手

我和王亚明一直走进了地下室,她咳嗽着,她的脸苍黄得几乎是打着皱纹似的,颤索了一些时候。被风吹得而挂下来的眼泪,还停留在脸上,她就打开了课本。

"校役为什么不给你开门?"我问。

"谁知道?他说来得太早,让我回去,后来他又说校长的命令。"

"你等了多少时候了?"

"不算多大工夫,等一会,就等一会,一顿饭这个样子。喝喝……"

她读书的样子,完全和刚来的时候不一样,那喉咙渐窄小了似的,只是喃喃着,并且那两边摇动的肩头,也显着紧缩和偏狭,背脊已经弓了起来,胸部却平了下去。

我读着小说,很小的声音读着,怕是搅扰了她,但,这是第一次,我不知道为什么这只是第一次?

她问我读的什么小说,读没读过《三国演义》?有时她也拿到手里看看书面,或是翻翻书页。"像你们多聪明!功课连看也不看,到考试的时候也一点不怕。我就不行,也想歇一会,看看别的书……可是,那就不成了……"

有一个星期日,宿舍里面空朗朗的,我就大声读着《屠场》上正是女工玛利亚昏倒在雪地上的那段。我一面看着窗外的雪地,一面读着,觉得很感动。王亚明站在我的背后,我一点也不知道。

"你有什么看过的书,也借给我一本,下雪天气,实在沉闷,本地又没有亲戚,上街又没有什么买的,又要花车钱……"

"你父亲很久不来看你了吗?"我以为她是想家了。

"哪能来!火车钱,一来回就是两元多……再说家里也没有人……"

我就把《屠场》放在她的手上,因为我已经读过了。

她笑着,"喝喝"着,她把床沿颤了两下,她开始研究着那书的封面。等她走出去时,我听在过道里她也学着我把那书开头的第一句读得很响。

以后,我又不记得是哪一天,也许又是什么假日,总之,宿舍是空朗朗的,一直到月亮已经照上窗子,全宿舍依然被剩在寂静中。我听到床头上有沙沙的声音,好像什么人在我的床头摸索着,我仰过头去,在月光下,我看到了是王亚明的黑手,并且把我借给她的那本书放在我的旁边。

我问她:"看得有趣吗?好吗?"

起初,她并不回答我,后来她把脸孔用手掩住,她的头发也像在抖着似的,她说:

"好。"

我听她的声音也像在抖着,于是我坐了起来。她却逃开了,用着那和头发一样颜色的手横在脸上。

过道的长廊空朗朗的,我看着沉在月光里的地板的花纹。

"玛利亚,真像有这个人一样,她倒在雪地上,我想她没有死吧!她不会死吧……那医生知道她是没有钱的人,就不给她看病……喝喝!"很高的声音,她笑了,借着笑的抖动眼泪才滚落下来:"我也去请过医生,我母亲生病的时候,你看那医生他来吗?他先向我要马车钱,我说钱在家里,先坐车来吧!人要不行了……你看他来吗?他站在院心问我:'你家是干什么的?你家开"染缸房"(染衣店)吗?'不知为什么,一告诉他是开'染缸房'的,他就拉开门进屋去了……我等他,他没有出来,我又去敲门,他在门里面说:'不能去看这病,你回去吧!'我回来了……"她又擦了擦眼睛才说下去,"从这时候我就照顾着两个弟弟和两个妹妹。爹爹染黑的和蓝的,姐姐染红的……姐姐定亲的那年,上冬的时候,她的婆婆从乡下来住在我们家里,一看到姐姐她就说:'唉呀!那杀人的手!'从这起,爹爹就说不许某个人专染红的,某个人专染蓝的。我的手是黑的,细看才带点紫色,那两个妹妹也都和我一样。"

"你的妹妹没有读书?"

"没有,我将来教她们,可是,我也不知道我读得好不好,读不好,连妹妹都对不起……染一匹布,多不过三毛钱……一个月能有几匹布来染呢?衣裳每件一毛钱,又不论大小,送来染的都是大衣裳居多……去掉火柴钱,去掉颜料钱……那不是吗!我的学费……把他们在家吃咸盐的钱都给我拿来啦……我哪能不用心念书,我哪能?"她又去摸触那书本。

我仍然看着地板上的花纹,我想她的眼泪比我的同情高贵得多。

还不到放寒假时,王亚明在一天的早晨,整理着手提箱和零碎,她的行李,已经束得很紧,立在墙根的地方。

并没有人和她去告别,也没有人和她说一声再见。我们从宿舍出发,一个一个地经过夜里王亚明睡觉的长椅,她向我们每个人笑着,同时也好像从窗口在望着远方。我们使过道起着沉重的骚音,我们下着楼梯,经过了院宇,在栅栏门口,王亚明也赶到了,并且呼喘,并且张着嘴:

"我的父亲还没有来,多学一点钟是一点钟……"她向着大家在说话一样。

这最后的每一点钟都使她流着汗。在英文课上,她忙着用小册子记下来黑板上所有的生字。同时读着,同时连教师随手写的已经是不必要的、读过的熟字,她也记了下来,在第二点钟地理课上,她又费着力气模仿着黑板上教师画的地图,她在小册子上也画了起来……好像所有这最末一天经过她的思想都重要起来,都必得留下一个痕迹。

在下课的时间,我看了她的小册子,那完全记错了:英文字母,有的脱落一个,有的她多加上一个……她的心情已经慌乱了。

夜里,她的父亲也没有来接她,她又在那长椅上展开了被褥。只有这一次,她睡得这样早,睡得超过平常以上的安然。头发接近着被边,肩头随着呼吸放宽了一些。今天,她的左右并不摆着书本。

早晨,太阳停在颤抖的挂着雪的树枝上面,鸟雀刚出巢的时候,她的父亲来了。停在楼梯口,他放下肩上背来的大毡靴,他用围着脖子的白毛巾拭去胡须上的冰溜:

"你落了榜吗?你……"冰溜在楼梯上融成小小的水珠。

"没有,还没考试,校长告诉我,说我不用考啦,不能及格的……"

她的父亲站在楼梯口,把脸向着墙壁,腰间挂着的白手巾动也不动。

行李拖到楼梯口了,王亚明又去提着手提箱,抱着面盆和一些零碎,她把大手套还给她的父亲。

"我不要,你戴吧!"她父亲的毡靴一移动,就在地板上压了几个泥圈圈。

因为是早晨,来围观的同学们很少。王亚明就在轻微的笑声里边戴起了手套。

"穿上毡靴吧!书没念好,别再冻掉了两只脚。"她的父亲把两只靴子相连的皮条解开。

靴子一直掩过了她的膝盖,她和一个赶马车的人一样,头部也用白色的绒布包起。

"再来,把书回家好好读读再来。喝……喝。"不知道她向谁在说着。当她又提起了手提箱,她问她的父亲:

"叫来的马车就在门外吗?"

"马车,什么马车,走着上站吧……我背着行李……"

王亚明的毡靴在楼梯上扑扑地拍着。父亲走在前面，变了颜色的手抓着行李的角落。

那被朝阳拖得苗长的影子，跳动着在人的前面先爬上了木栅门。从窗子看去，人也好像和影子一样轻浮，只能看到他们，而听不到关于他们的一点声音。

出了木栅门，他们就向着远方，向着迷漫着朝阳的方向走去。

雪地好像碎玻璃似的，越远那闪光就越刚强。我一直看到那远处的雪地刺痛了我的眼睛。

牛车上

金花菜在三月的末梢就开遍了溪边。我们的车子在朝阳里轧着山下的红绿颜色的小草,走出了外祖父的村梢。

车夫是远族上的舅父,他打着鞭子,但那不是打在牛的背上,只是鞭梢在空中绕来绕去。

"想睡了吗?车刚走出村子呢!喝点梅子汤吧!等过了前面的那道溪水再睡。"外祖父家的女佣人,是到城里去看她的儿子的。

"什么溪水,刚才不是过的吗?"从外祖父家带回来的黄猫,也好像要在我的膝头上睡觉了。

"后塘溪。"她说。

"什么后塘溪?"我并没有注意她,因为外祖父家留在我们的后面,什么也看不见了,只有村梢上庙堂前的红旗杆还露着两个金顶。

"喝一碗梅子汤吧,提一提精神。"她已经端了一杯深黄色的梅子汤在手里,一边又去盖着瓶口。

"我不提,提什么精神,你自己提吧!"

他们都笑了起来,车夫立刻把鞭子抽响了一下。

"你这姑娘……顽皮……巧舌头………我………我……"他从车辕转过身来,伸手要抓我的头发。

牛车上

我缩着肩头跑到车尾上去。村里的孩子没有不怕他的,说他当过兵,说他捏人的耳朵也很痛。

五云嫂下车去给我采了这样的花,又采了那样的花,旷野上的风吹得更强些,所以她的头巾好像是在飘着。因为乡村留给我尚没有忘却的记忆,我时时把她的头巾看成乌鸦或是鹊雀。她几乎是跳着,几乎和孩子一样。回到车上,她就唱着各种花朵的名字,我从来没看到过她像这样放肆一般的欢喜。

车夫也在前面哼着低粗的声音,但那分不清是什么词句。那短小的烟管顺着风时时送着烟氛,我们的路途刚一开始,希望和期待还离得很远。

我终于睡了,不知是过了后塘溪,或是什么地方,我醒过一次,模模糊糊的好像那管鸭的孩子仍和我打着招呼,也看到了坐在牛背上的小根和我告别的情景……也好像外祖父拉住我的手又在说:"回家告诉你爷爷,秋凉的时候让他来乡下走走……你就说你姥爷腌的鹌鹑和顶好的高粱酒,等着他来一块喝呢……你就说我动不了,若不然,这两年,我总也去……"

唤醒我的不是什么人,而是那空空响的车轮。我醒来,第一下我看到的是那黄牛自己走在大道上,车夫并不坐在车辕上。在我寻找的时候,他被我发现在车尾上,手上的鞭子被他的烟管代替着,左手不住地在擦着下颏,他的眼睛顺着地平线望着辽阔的远方。

我寻找黄猫的时候,黄猫坐到五云嫂的膝头上去了,并且她还抚摸猫的尾巴。我看着她的蓝布头巾已经盖过了眉头,鼻子上显明的皱纹因为挂了尘土,更显明起来。

他们并没有注意到我的醒转。

"到第三年,他就不来信啦!你们这当兵的人……"

我就问她:"你丈夫也是当兵的吗?"

赶车的舅舅,抓了我的辫发,把我向后拉了一下。

"那么以后……就总也没有信来?"他问她。

"你听我说呀!八月节刚过……可记不得哪一年啦,吃完了早饭,我就在门前喂猪,一边唠唠地敲着槽子,一边'嗝唠嗝唠'地叫着猪……哪里听得着呢?南村王家的二姑娘喊着:'五云嫂,五云嫂……'一边跑着一边喊着:'我娘说,许是五云哥给你捎来的信!'真是,在我眼前的真是一封信,等我把信拿到手哇!看看……我不知为什么就止不住心酸起来……他还活着吗!他……眼泪就掉在那红签条上,我就用手去擦,一擦,这红圈子就印到白的上面去。把猪食就丢在院心……进屋摸了件干净衣裳,我就赶紧跑。跑到南村的学房,见了学房的先生,我一面笑着,就一面流着眼泪……我说:'是外头人来的信,请先生看看……一年来的没来过一个字。'学房先生接到手里一看,就说不是我的。那信我就丢在学房里跑回来啦……猪也没有喂,鸡也没有上架,我就躺在炕上啦……好几天,我像失了魂似的。"

"从此就没有来信?"

"没有。"她打开了梅子汤的瓶口,喝了一碗,又喝一碗。

"你们这当兵的人,只说三年二载……可是回来,回来个什么呢!回来个灵魂给人看看吧……"

"什么?"车夫说,"莫不是阵亡在外吗……"

"是,就算吧!音信皆无过了一年多。"

"是阵亡?"车夫从车上跳下去,拿了鞭子,在空中抽了两下,似乎是什么爆裂的声音。

"还问什么……这当兵的人真是凶多吉少。"她折皱的嘴唇好像撕裂了的绸片似的,显得轻浮和单薄。

车子一过黄村,太阳就开始斜了下去,青青的麦田上飞着鹊雀。

"五云哥阵亡的时候,你哭吗?"我一面捉弄着黄猫的尾巴,

牛车上

一面看着她。但她没有睬我，自己在整理着头巾。

等车夫颠跳着来在了车尾，扶了车栏，他一跳就坐在了车上。在他没有抽烟之前，他的厚嘴唇好像关紧了的瓶口似的严密。

五云嫂的说话，好像落着小雨似的，我又顺着车栏睡下了。

等我再醒来，车子停在一个小村头的井口边，牛在饮着水，五云嫂也许是哭过，她陷下的眼睛高起来了，并且眼角的皱纹也张开来。车夫从井口搅了一桶水提到车子旁边：

"不喝点吗？清凉清凉……"

"不喝。"她说。

"喝点吧，不喝，就是用凉水洗洗脸也是好的。"他从腰带上取下手巾来，浸了浸水，"揩一揩！尘土迷了眼睛……"

当兵的人，怎么也会替人拿手巾？我感到了惊奇。我知道的当兵的人就会打仗，就会打女人，就会捏孩子们的耳朵。

"那年冬天，我去赶年市……我到城里去卖猪鬃，我在年市上喊着：'好硬的猪鬃来……好长的猪鬃来……'后一年，我好像把他爹忘下啦……心上也不牵挂……想想那没有个好，这些年，人还会活着！到秋天，我也到田上去割高粱，看我这手，也吃过气力……春天就带着孩子去做长工，两个月三个月的就把家拆了。冬天又把家归拢起来。什么牛毛啦……猪毛啦……还有些收拾来的鸟雀的毛。冬天就在家里收拾，收拾干净啦呀……就选一个暖和的天气进城去卖。若有顺便进城去的车呢，把秃子也就带着……那一次没有秃子。偏偏天气又不好，天天下清雪，年市上不怎么热闹；没有几捆猪鬃也总卖不完。一早就蹲在市上，一直蹲到太阳偏西。在十字街口，一家大买卖的墙头上贴着一张大纸，人们来来往往地在那里看，像是从一早那张纸就贴出来了！也许是晌午贴的……有的还一边看一边念出来几句。我不懂得那一套……人们说是'告示，告示'，可是告的什么，我也不懂那一套……'告示'倒知道，是官

175

家的事情，与我们做小民的有什么长短！可不知为什么看的人就那么多……听说么，是捉逃兵的'告示'……又听说么……又听说几天就要送到县城枪毙……"

"哪一年？民国十年枪毙逃兵二十多个的那回事吗？"车夫把卷起的衣袖在下意识里把它放下来，又用手扫着下颏。

"我不知道那叫什么年……反正枪毙不枪毙与我何干，反正我的猪鬃卖不完就不走运气……"她把手掌互相擦了一会，猛然像是拍着蚊虫似的，凭空打了一下：

"有人念着逃兵的名字……我看着那穿黑马褂的人……我就说，'你再念一遍！'起先猪毛还拿在我的手上……我听到了姜五云姜五云的，好像那名字响了好几遍……我过了一些时候才想要呕吐……喉管里像有什么腥气的东西喷上来，我想咽下去！……又咽不下去！……眼睛冒着火苗……那些看'告示'的人往上挤着，我就退在了旁边。我再上前去看看，腿就不做主啦！看'告示'的人越多，我就退下来了！越退越远啦……"

她的前额和鼻头都流下汗来。

"跟了车，回到乡里，就快半夜了。一下车的时候，我才想起了猪毛……哪里还记得起猪毛……耳朵和两张木片似的啦……包头巾也许是掉在路上，也许是掉在城里……"

她把头巾掀起来，两个耳朵的下梢完全丢失了。

"看看，这是当兵的老婆……"

这回她把头巾束得更紧了一些，所以随着她的讲话，那头巾的角部也起着小小的跳动。

"五云倒还活着，我就想看看他，也算夫妇一回……"

"……二月里，我就背着秃子，今天进城，明天进城……'告示'听说又贴过了几回，我不去看那玩艺儿，我到衙门去问，他们说：'这里不管这事，'让我到兵营里去！……我从小就怕见官……

牛车上

乡下孩子,没有见过。那些带刀挂枪的,我一看到就发颤……去吧!反正他们也不是见人就杀……后来常常去问,也就不怕了。反正一家三口,已经有一口拿在他们的手心里……他们告诉我,逃兵还没有送过来。我说什么时候才送过来呢?他们说:'再过一个月吧!'……等我一回到乡下,就听说逃兵已从什么县城,那是什么县城?到今天我也记不住那是什么县城……就是听说送过来啦就是啦……都说若不快点去看,人可就没有了。我再背着秃子,再进城……去问问,兵营的人说:'好心急,你还要问个百八十回。不知道,也许就不送过来。'……有一天,我看着一个大官,坐着马车,叮咚叮咚地响着铃子,从营房走出来了……我把秃子放在地上,我就跑过去,正好马车是向着这边来的,我就跪下了,也不怕马蹄就踏在我的头上。

"'大老爷,我的丈夫……姜五……'我还没有说出来,就觉得肩膀上很沉重……那赶马车的把我往后面推倒了,好像跌了跤似的我爬在道边去。只看到那赶马车的也戴着兵帽子。

"我站起来,把秃子又背在背上……营房的前边,就是一条河,一个下半天都在河边上看着水。有些钓鱼的,也有些洗衣裳的。远一点,在那河湾上那水就深了,看着那浪头一排排地从眼前过去。不知道几百条浪头都坐着看过去了。我想把秃子放到河边上,我一跳就下去吧!留他一条小命,他一哭就会有人把他收了去。

"我拍着那个小胸脯,我好像说:'秃儿,睡吧。'我还摸摸那圆圆的耳朵,那孩子的耳朵,真是,长得肥满,和他爹的一模一样,一看到那孩子的耳朵,就看到他爹了。"

她为了赞美而笑了笑。

"我又拍着那小胸脯,我又说:'睡吧!秃儿。'我想起了,我还有几吊钱,也放在孩子的胸脯里吧!正在伸,伸手去放……放的时节……孩子睁开眼睛了……又加上一只风船转过河湾来,船上的

177

孩子喊妈的声音我一听到，我就从沙滩上面……把秃子抱……抱在……怀里了……"

她用包头巾像是紧了紧她的喉咙，随着她的手，眼泪就流了下来。

"还是……还是背着他回家吧！哪怕讨饭，也是有个亲娘……亲娘的好……"

那蓝色头巾的角部，也随着她的下颏颤抖了起来。

我们车子的前面正过着一堆羊群，放羊的孩子口里响着用柳条做成的叫子，野地在斜过去的太阳里边分不出什么是花什么是草了！只是混混黄黄的一片。

车夫跟着车子走在旁边，把鞭梢在地上荡起着一条条的烟尘。

"……一直到五月，营房的人才说：'就要来的，就要来的。'"

"……五月的末梢，一只大轮船就停在了营房门前的河沿上。不知怎么这样多的人！比七月十五看河灯的人还多……"

她的两只袖子在招摇着。

"逃兵的家属，站在右边……我也站过去，走过一个戴兵帽子的人，还每个人给挂了一张牌子……谁知道，我也不认识那字……

"要搭跳板的时候，就来了一群兵队，把我们这些挂牌子的……就圈了起来……'离开河沿远点，远点……'．他们用枪把子把我们赶到离开那轮船有三四丈远……站在我旁边的，一个白胡子的老头，他一只手里提着一个包裹，我问他：'老伯，为啥还带来这东西？'……'哼！不！我有一个儿子和一个侄子……一人一包……回阴曹地府，不穿洁净衣裳是不上高的……'

"跳板搭起来了……一看跳板搭起来就有哭的……我是不哭，我把脚跟立得稳稳当当的，眼睛往船上看着……可是，总不见出来……过了一会，一个兵官，挎着洋刀，手扶着栏杆说：'让家属们再往后退退……就要下船……'听着'吭唥'一声，那些兵队又

牛车上

用枪把子把我们向后赶了过去,一直赶上道旁的豆田,我们就站在豆秧上,跳板又呼隆隆地搭起了一块……走下来了,一个兵官领头……那脚镣子,哗啦哗啦的……我还记得,第一个还是个小矮个……走下来五六个啦……没有一个像秃子他爹宽宽肩膀的,是真的,很难看……两条胳臂直伸伸的……我看了半天工夫,才看出手上都是带了铐子的。旁边的人越哭,我就格外更安静。我只把眼睛看着那跳板……我要问问他爹'为啥当兵不好好当,要当逃兵……你看看,你的儿子,对得起吗?'

"二十来个,我不知道哪个是他爹,远看都是那么个样儿。一个青年的媳妇……还穿了件绿衣裳,发疯了似的,穿开了兵队抢过去了……当兵的哪肯叫她过去……就把她抓回来,她就在地上打滚。她喊:'当了兵还不到三个月呀……还不到……'两个兵队的人就把她抬回来,那头发都披散开啦。又过了一袋烟的工夫,才把我们这些挂牌子的人带过去……越走越近了,越近也就越看不清楚哪个是秃子他爹……眼睛起了白蒙……又加上别人都呜呜陶陶的,哭得我多少也有点心慌……

"还有的嘴上抽着烟卷,还有的骂着……就是笑的也有。当兵的这种人……不怪说,当兵的不信命……

"我看看,真是没有秃子他爹,哼!这可怪事……我一回身,就把一个兵官的皮带抓住'姜五云呢?''你是他的什么人?''是我的丈夫。'我把秃子可就放在地上啦……放在地上,那不作美的就哭起来,我啪的一声,给秃子一个嘴巴……接着,我就打了那兵官:'你们把人消灭到什么地方去啦?'"

"'好的……好家伙……够朋友……'那些逃兵们就连起声来跺着脚喊。兵官看看这情形,赶快叫当兵的把我拖开啦……他们说:'不只姜五云一个人,还有两个没有送过来,明后天,下一班船就送来……逃兵里他们三个是头目。'

"我背着孩子就离开了河沿,我就挂着牌子走下去了。我一路走,一路两条腿发颤。奔来看热闹的人满街满道啦……我走过了营房的背后,兵营的墙根下坐着拿两个包裹的老头,他的包裹只剩了一个。我说:'老伯,你的儿子也没来吗?'我一问他,他就把背脊弓了起来,用手把胡子放在嘴唇上,咬着胡子就哭啦!

"他还说:'因为是头目,就当地正法了咧!'当时,我还不知道这'正法'是什么……"

她再说下去,那是完全不相接连的话头。

"又过三年,秃子八岁的那年,把他送进了豆腐房……就是这样:一年我来看他两回。二年回家一趟……回来也就是十天半月的……"

车夫离开车子,在小毛道上走着,两只手放在背后。太阳从横面把他拖成一条长影,他每走一步,那影子就分成了一个叉形。

"我也有家小……"他的话从嘴唇上流下来似的,好像他对着旷野说的一般。

"哟!"五云嫂把头巾放松了些。

"什么!"她鼻子上的折皱抖动了一些时候,"可是真的……兵不当啦也不回家……""哼!回家!就背着两条腿回家?"车夫把肥厚的手揩扭着自己的鼻子笑了。

"这几年,还没多少赚几个?"

"都是想赚几个呀!才当逃兵去啦!"他把腰带更束紧了一些。

我加了一件棉衣,五云嫂披了一张毯子。

"嗯!还有三里路……这若是套的马……嗯!一颠搭就到啦!牛就不行,这牲口性子没紧没慢,上阵打仗,牛就不行……"车夫从草包取出棉袄来,那棉袄顺着风飞着草末,他就穿上了。

黄昏的风,却是和二月里的一样。车夫在车尾上打开了外祖父给祖父带来的酒坛。

牛车上

"喝吧!半路开酒坛,穷人好赌钱……喝上两杯。"他喝了几杯之后,把胸膛就完全露在外面。他一面啃嚼着肉干,一边嘴上起着泡沫。风从他的嘴边走过时,他唇上的泡沫也宏大了一些。

我们将奔到的那座城,在一种灰色的气候里,只能够辨别那不是旷野,也不是山岗,又不是海边,又不是树林……

车子越往前进,城座看来越退越远。脸孔上和手上,都有一种粘粘的感觉……再往前看,连道路也看不到尽头……

车夫收拾了酒坛,拾起了鞭子……这时候,牛角也模糊了去。

"你从出来就没回过家?家也不来信?"五云嫂的问话,车夫一定没有听到,他打着口哨,招呼着牛。后来他跳下车去,跟着牛在前面走着。

对面走过一辆空车,车辕上挂着红色的灯笼。

"大雾!"

"好大的雾!"车夫彼此招呼着。

"三月里大雾……不是兵灾,就是荒年……"

两个车子又过去了。

两朋友

金珠才十三岁,穿一双水红色的袜子,在院心和华子拍皮球。华子是个没有亲母亲的孩子。

生疏的金珠被母亲带着来到华子家里才是第二天。

"你念几年书了?"

"四年,你呢?"

"我没上过学——"金珠把皮球在地上丢了一下又抓住。

"你怎么不念书呢?十三岁了,还不上学?我十岁就上学的……"

金珠说:"我不是没有爹吗!妈说:等她积下钱让我念书。"

于是又拍着皮球,金珠和华子差不多一般高,可是华子叫她金珠姐。

华子一放学回来,把书包丢在箱子上或是炕上,就跑出去和金珠姐拍皮球。夜里就挨着睡,白天就一道玩。

金珠把被褥搬到里屋去睡了!从那天起她不和华子交谈一句话;叫她:"金珠姐,金珠姐。"她把嘴唇突起来不应声。华子伤心的,她不知道新来的小朋友怎么会这样对她。

再过几天华子挨骂起来——孩崽子,什么玩意儿呢!——金珠走在地板上,华子丢了一下皮球撞了她,她也是这样骂。连华子的弟弟金珠也骂他。

那孩子叫她:"金珠子,小金珠子!"

"小,我比你小多少?孩崽子!"

小弟弟说完了,跑到爷爷身边去,他怕金珠要打他。

夏天晚上,太阳刚落下去,在太阳下蒸热的地面还没有消灭了热。全家就坐在开着窗子的窗台,或坐在门前的木凳上。

"不要弄跌了啊!慢慢推……慢慢推!"祖父招呼小珂。

金珠跑来,小母鸡一般地,把小车夺过去,小珂被夺着,哭着。祖父叫他:"来吧!别哭,小珂听说,不要那个。"

为这事,华子和金珠吵起来了:

"这也不是你家的,你管得着?不要脸!"

"什么东西,硬装不错。"

"我看你也是硬装不错,'帮虎吃食'。"

"我怎么'帮虎吃食'?我怎么'帮虎吃食'?"

华子的后母和金珠是一道战线,她气得只是重复着一句话:

"小华子,我也没见你这样孩子,你爹你妈是虎?是野兽?我可没见过你这样孩子。"

"是'帮虎吃食',是'帮虎吃食'。"华子不住说。

后母亲和金珠完全是一道战线,她叫着她:

"金珠,进来关上窗子睡觉吧!别理那小疯狗。"

"小疯狗,看也不知谁是小疯狗,不讲理才是小疯狗。"

妈妈的权威吵满了院子:

"你爸爸回来,我要不告诉你爸爸才怪呢?还了得啦!骂她妈是'小疯狗'。我管不了你,我也不是你亲娘,你还有亲爹哩!叫你亲爹来管你。你早没把我看到眼里。骂吧!也不怕伤天理!"

小珂和祖父都进屋去睡了!祖父叫华子也进来睡吧!可是华子始终依着门呆想。夜在她的眼前,蚊子在她的耳边。

第二天金珠更大胆，故意借着事由来屈服华子，她觉得她必定胜利，她做着鬼脸：

"小华子，看谁丢人，看谁挨骂？你爸爸要打你呢！我先告诉你一声，你好预备着点！"

"别不要脸！"

"骂谁不要脸？我怎么不要脸？把你美的？你个小老婆，我告诉你爹爹去，走，你敢跟我去……"

金珠的母亲，那个胖老太太说金珠：

"都是一般大，好好玩，别打架。干什么金珠？不好那样！"

华子被扯住肩膀："走就走，我不怕你，还怕你个小穷鬼！都穷不起了，才跑到别人家来，混饭吃还不够，还瞎厉害。"

金珠感到羞辱了，软弱了，眼泪流了满脸：

"娘，我们走吧！不住她家，再不住……"

金珠的母亲也和金珠一样哭。

"金珠，把孩子抱去玩玩。"她应着这呼声，每日肩上抱着孩子。

华子每日上学，放学就拍皮球。

金珠的母亲，是个寡妇母亲，来到亲戚家里，是来做帮工。华子和金珠吵架，并没有人伤心，就连华子的母亲也不把这事放在心上，华子的祖父和小珂也不把这事记在心上。一到傍晚又都到院子去乘凉，吸着烟，用扇子扑着蚊虫……看一看多星的天幕。

华子一经过金珠面前，金珠的母亲的心就跳了。她心跳谁也不晓得，孩子们吵架是平常事，如像鸡和鸡们斗架一般。

正午时候，人影落在地面那样短，狗睡到墙根去了！炎夏的午间只听到蜂子飞，只听到狗在墙根喘。

金珠和华子从正门冲出来，两匹狗似的，两匹小狼似的，太阳晒在头上不觉到热；一个跑着，一个追着。华子停下来斗一阵再跑,一直跑到柴栏里去,拾起高粱茎打着。金珠狂笑,但那是变样的狂笑,脸嘴已经不是平日的脸嘴了。嘴斗着,脸是青色的,但仍在狂笑。

谁也没有流血,只是头发上贴住一些高粱叶子。已经累了!双方面都不愿意再打,都没有力量再打。

"进屋去吧,怎么样?"华子问。

"进屋!不打死你这小鬼头对不住你。"金珠又分开两腿,两臂抱住肩头。

"好,让你打死我。"一条木板落到金珠的腿上去。

金珠的母亲完全颤栗,她全身颤栗,当金珠去夺她正在手中切菜的菜刀时,眼看打得要动起刀来。

做帮工也怕做不长的。

金珠的母亲,洗尿布、切菜、洗碗、洗衣裳,因为是小脚,一天到晚,到晚间,脚就疼了。

"娘,你脚疼吗?"金珠就去打一盆水为她洗脚。

娘起先是恨金珠的,为什么这样不听说?为什么这样不知好歹?和华子一天打到晚。可是她一看到女儿打一盆水给她,她就不恨金珠而自己伤心。若是金珠的爹爹活着哪能这样?自己不是也有家吗?

金珠的母亲失眠了一夜,蚊子成群地在她的耳边飞;飞着,叫着,她坐起来搔一搔又倒下去,终夜她没有睡着,玻璃窗子发着白了!这时候她才一粒一粒地流着眼泪。十年前就是这个天刚亮的时候,金珠的爹爹从炕上抬到床上,那白色的脸,连一句话也没说而死去的人……十年前了!在外面帮工,住亲戚也是十年了!

她把枕头和眼角相接近,使眼泪流到枕头上去,而不去擦它一下,天色更白了!这是金珠爹爹抬进木棺的时候。那打开的木棺,可怕的,一点感情也没有的早晨又要到来似的……她带泪的眼睛合起来,紧紧地压在枕头上。

起床时,金珠问:

"娘,你的眼睛怎么肿了呢!"

"不怎的。"

"告诉我!娘!"

"告诉你什么!都是你不听说,和华子打仗气得我……"

金珠两天没和华子打仗,到第三天她也并不想立刻打仗,因为华子的母亲翻着箱子,一面找些旧衣裳给金珠,一面告诉金珠:

"你和那丫头打仗,就狠点打,我给你做主,不会出乱子的,那丫头最能气人没有的啦!我有衣裳也不能给她穿,这都给你。跟你娘到别处去受气,到我家我可不能让你受气,多可怜哪!从小就没有了爹……"

金珠把一些衣裳送给娘去,以后金珠在这一家中比谁都可靠,把锁柜箱的钥匙也交给了她。她常常就在华子和小珂面前随便吃梨子,可是华子和小珂不能吃。小珂去找祖父,祖父说:

"你是没有娘的孩子,少吃一口吧!"

小珂哭起来了!

在一家中,华子和母亲起着冲突,爷爷也和母亲起着冲突。

被华子的母亲追使着,金珠又和华子吵了几回架。居然,有这么一天,金耳环挂上了金珠的耳朵了。

金珠受人这样同情,比爹爹活转来或者更幸运,饱饱满满地过着日子。

"你多可怜哪!从小就没有了爹!……"金珠常常被同情着。

华子每天上学,放学就拍皮球。金珠每天背着孩子,几乎连一点玩的工夫也没有了。

秋天,附近小学里开了一个平民教育班。

"我也上'平民学校'去吧,一天两点钟,四个月读四本书。"

两朋友

华子的母亲没有答应金珠,说认字不认字都没有用,认字也吃饭,不认字也吃饭。

邻居的小姑娘和妇人们都去进"平民学校",只有金珠没能去,只有金珠剩在家中抱着孩子。

金珠就很忧愁了,她想和华子交谈几句,她想借华子的书来看一下,她想让华子替她抱一下小孩,她拍几下皮球,但这都没有做,她多少有一点自尊心存在。

有天家中只剩华子、金珠、金珠的母亲。孩子睡觉了。

"华子,把你的铅笔借给我写两个字,我会写我的姓。"金珠说完话,很不好意思,嘴唇没有立刻就合起来。

华子把皮球向地面丢了一下,掉过头来,把眼睛斜着从金珠的脚下一直打量到她的头顶。

为着这事金珠把眼睛哭肿。

"娘,我们走吧,不再住她家。"

金珠想要进"平民学校"进不得,想要和华子玩玩,又玩不得,虽然是耳朵上挂着金圈,金圈也并不带来同情给她。

她患着眼病了!最厉害的时候,饭都吃不下。

"金珠啊!抱抱孩子,我吃饭。"华子的后母亲叫她。

眼睛疼得厉害的时候,可怎样抱孩子?华子就去抱。

"金珠啊!打盆脸水。"

华子就去打。

金珠的眼睛还没好,她和华子的感情可好起来。她们两个从朋友变成仇人,又从仇人变成朋友了!又搬到一个房间去睡,被子接着被子。在睡觉时金珠说:"我把耳环还给她吧!我不要这东西!"她不爱那样闪光的耳环。

没等金珠把耳环摘掉,那边已经向她要了:

"小金珠,把耳环摘下来吧!我告诉你说吧,一个人若没有良心,那可真算个人!我说,小金珠子,我对得起你,我给你多少衣裳?我给你金耳环,你不和我一个心眼,我告诉你吧!你后悔的日子在后头呢!眼看你就要带上手镯了!可是我不能给你买了……"

金珠的母亲听到这些话,比看到金珠和华子打架更难过,帮工是帮不成的啦!

华子放学回来,她就抱着孩子等在大门外,笑眯眯的,永久是那个样子,后来连晚饭也不吃,等华子一起吃。若买一件东西,华子同意她就同意。比方买一个扣发的针啦,或是一块小手帕啦!若金珠同意华子也同意。夜里华子为着学校忙着编织物,她也伴着她不睡,华子也教她识字。

金珠不像从前可以任意吃着水果,现在她和小珂、华子同样,依在门外嗅一些水果香。华子的母亲和父亲骂华子,骂小珂,也同样骂着金珠。

终久又有这样的一天,金珠和母亲被驱着走了。

两个朋友,哭着分开。

黄　河

　　悲壮的黄土层茫茫地顺着黄河的北岸延展下去，河水在辽远的转弯的地方完全是银白色，而在近处，它们则扭绞着旋卷着和鱼鳞一样。帆船，那么奇怪的帆船！简直和蝴蝶的翅子一样；在边沿上，一条白的，一条蓝的，再一条灰色的，而后也许全帆是白的，也许全帆是灰色的或蓝色的，这些帆船一只排着一只，它们的行走特别迟缓，看去就像停止了一样。除非天空的太阳，就再没有比这些镶着花边的帆更明朗的了，更能够眩惑人的感官的了。

　　载客的船也从这边继续地出发，大的，小的；还有载着货物的，载着马匹的；还有些响着铃子的，呼叫着的，乱翻着绳索的。等两只船在河心相遇的时候，水手们用着过高的喉咙，他们说些个普通话：太阳大不大，风紧不紧，或者说水流急不急，但也有时用过高的声音彼此约定下谁先行，谁后行。总之，他们都是用着最响亮的声音，这不是为了必要，是对于黄河他们在实行着一种约束。或者对于河水起着不能控制的心情，而过高地提拔着自己。

　　在潼关下边，在黄土层上垒荡着的城围下边，孩子们和妇人用着和狗尾巴差不多的小得可怜的笤帚，在扫着军队的运输队撒留下来稀零的、被人纷争着的、滚在平平的河滩上的几粒豆粒或麦稞。河的对面，就像孩子们的玩具似的，在层层叠叠生着绒毛似的黄土层上爬着一串微黑色的小火车。小火车，平和地，又急喘地吐着白汽，仿佛一队受了伤的小母猪样地在摇摇摆摆地走着。车上同猪印子一样打上两个淡褐色的字印："同蒲"。

黄河的惟一的特征，就是它是黄土的流，而不是水的流。照在河面上的阳光，反射的也不强烈。船是四方形的，如同在泥土上滑行，所以运行的迟滞是有理由的。

早晨，太阳也许带着风沙，也许带着晴朗来到潼关的上空，它抚摸遍了那广大的土层，它在那终年昏迷着的静止在风沙里边的土层上，用晴朗给摊上一种透明和纱一样的光彩，又好像月光在八月里照在森林上一样，起着远古的、悠久的、永不能够磨灭的悲哀的雾障。在夹对的黄土床中流走的河水相同，它是偷渡着敌军的关口，所以昼夜地匆忙，不停地和泥沙争斗着。年年月月，日日夜夜，时时刻刻，到后来它自己本身就绞进泥沙去了。河里只见了泥沙，所以常常被诅咒成泥河呀！野蛮的河，可怕的河，旋卷着而来的河，它会卷走一切生命的河，这河本身就是一个不幸。

现在是上午，太阳还与人的视线取着平视的角度，河面上是没有雾的，只有劳动和争渡。

正月完了，发酥的冰排流下来，互相击撞着，也像船似的，一片一片的。可是船上又像堆着雪，是堆起来的面袋子，白色的洋面。从这边河岸运转到那边河岸上去。

阎胡子的船，正上满了肥硕的袋子，预备开船了。

可是他又犯了他的老毛病，提着砂做的酒壶去打酒去了。他不放心别的撑篙的给他打酒，因为他们常常在半路矜持不住，空嘴白舌，就仰起脖儿呷了一口，或者把钱吞下一点儿去喝碗羊汤，不足的分量，用水来补足。阎胡子只消用舌头板一压，就会发现这些年轻人们的花头来的，所以回回是他自己去打酒。

水手们备好了纤绳，备好了篙子，便盘起膝盖坐下来等。

黄　河

凡是水手，没有不愿意靠岸的，不管是海航或是河航。但是，凡是水手，也就没有一个愿意等人的。

因为是阎胡子的船，非等不可。

"尿骚桶，喝尿骚，一等等到罗锅腰！"一个小伙子直挺挺地靠在桅杆上立着，说完了话，便光着脊背向下溜，直到坐在船板上，咧开大嘴在笑着。

忽然，一个人，满头大汗的，背着个小包，也没打招呼，踏上了五寸宽那条小踏板，过跳上船来了。

"下去，下去！上水船，不让客！"

"老乡……"

"下去，下去，上水船，不让客！"

……

"让一让吧，我帮着你们打船。"

"这可不是打野鸭子呀，下去！"水手看看上来的是一个灰色的兵。

"老乡……"

"是，老乡，上水船，吃力气，这黄河又不同别的河……撑篙一下去就是一身汗。"

"老乡们！我不是白坐船，当兵的还怕出力气吗！我是过河去赶队伍的。天太早，摆渡的船哪里有呢！老乡，我早早过河赶路的……"他说着，就在洋面袋子上靠着身子，那近乎圆形的脸还有一点发光，那过于长的头发，在帽子下面像是帽子被镶了一道黑边。

"八路军怎么单人出发的呢？"

"我是因为老婆死啦，误了几天……所以着急要快赶的。"

"哈哈！老婆死啦还上前线。"于是许多笑声跳跃在绳索和撑篙之间。

水手们因为趣味的关系，互相的高声地骂着。同时准备着张帆，准备着脱离开河岸，把这兵士似乎是忘记了，也似乎允许了他的过渡。

"这老头子打酒在酒店里睡了一觉啦……你看他那个才睡醒的样子……腿好像是给石头绊住啦……"

"不对。你说的不对，石头就挂在他的脚跟上。"

那老头子的小酒壶像一块镜子，或是一片蛤蜊壳，闪烁在他的胸前。微微有点温暖的阳光，和黄河上常有缭乱而没有方向的风丝，在他的周围裹荡。于是他混着沙土的头发，跳荡得和干草似的失去了光彩。

"往上放罢！"

这是黄河上专有的名词，若想横渡，必得先上行，而后下行。因为河水没有正路的缘故。

阎胡子的脚板一踏上船身，那种安适、把握，丝毫其他的欲望可使他不宁静的，可能都不能够捉住他的。他只发了和号令似的这么一句话，而后笑纹就自由地在他皱纹不太多的眼角边流展开来，而后他走下舵室去。那是一个黑黑的小屋，在船尾的舱里，里面像供着什么神位，一个小龛子前有两条红色的小对联。

"往上放罢！"

这声音，因为河上的冰排格凌凌地作响的反应，显得特别粗壮和苍老。

"这船上有坐闲船的，老阎，你没看见？"

"那得让他下去，多出一分力量可不是闹着玩的……他在哪地方？他在哪地方？"

那灰色的兵士，他向着阳光微笑：

"在这里，在这里……"他手中拿着撑船的长篙站在船头上。

"去，去去……"阎胡子从舱里伸出一只手来，"去去去……快下去……快下去……你是官兵，是保卫国家的，可是这河上也不

黄 河

是没有兵船。"

阎胡子是山东人，十多年以前。因为黄河涨大水逃到关东，又逃到山西的。所以山东人的火性和粗鲁，还在他身上常常出现。

"你是哪个军队上的？"

"我是八路的。"

"八路的兵，是单个出发的吗？"

"我的老婆生病，她死啦……我是过河去赶队伍的。"

"唔！"阎胡子的小酒壶还捏在左手上。

"那么你是山西的游击队啦……是不是？"阎胡子把酒壶放下了。

在那士兵安然的回答着的时候，那船板上完全流动着笑声，并且分不清楚那笑声是恶意的还是善意的。

"老婆死啦还打仗！这年头……"

阎胡子走上船板来：

"你们，你们这些东西！七嘴八舌头，赶快开船吧！"他亲手把一只面粉口袋抬起来，他说那放的不是地方，"你们可不知道，这面粉本来三十斤，因为放的不是地方，它会让你费上六十斤的力量。"他把手遮在额前，向着东方照了一下：

"天不早啦，该开船啦。"

于是撑起花色的帆来。那帆像翡翠鸟的翅子，像蓝蝴蝶的翅子。

水流和绳子似的在撑篙之间扭绞着。在船板上来回跑着的水手们，把汗珠被风扫成碎沫而掠着河面。

阎胡子的船和别的运着军粮的船遥远地相距着，尾巴似的这只孤船，系在那排成队的十几只船的最后。

黄河的土层是那么原始的，单纯的，干枯的，完全缺乏光彩站在两岸。正和阎胡子那没有光彩的胡子一样，土层是被河水，风沙和年代所造成，而阎胡子那没有光彩的胡子，则是受这风沙的迷漫的缘故。

"你是八路的……可是你的部队在山西的哪一方面？俺家就在山西。"

"老乡，听你说话是山东口音。过来多少年啦？"

"没多少年，十几年……俺家那边就是游击队保卫着……都是八路的，都是八路的……"阎胡子把棕色的酒杯在嘴唇上湿润了一下，嘴唇不断地发着光。他的喝酒，像是并没有走进喉咙去，完全和一种形式一样。但是他不断地浸染着他的嘴唇。那嘴唇在说话的时候，好像两块小锡片在跳动着：

"都是八路的……俺家那方面都是八路的……"

他的胡子和春天快要脱落的牛毛似的疏散和松放。他的红的近乎赭色的脸像是用泥土塑成的，又像是在窑里边被烧炼过，显着结实，坚硬。阎胡子像是已经变成了陶器。

"八路上的……"他招呼着那兵士，"你放下那撑篙吧，我看你不会撑，白费力气……这边来坐坐，喝一碗茶……"方才他说过的那些去去去……现在变成来来来了："你来吧，这河的水性特别，与众不同……你是白费气力，多你一个人坐船不算么！"

船行到了河心，冰排从上边流下来的声音好像古琴在骚闹着似的。阎胡子坐在舱里佛龛旁边，舵柄虽然拿在他的手中，而他留意的并不是这河上的买卖，而是"家"的回念。直到水手们提醒他船已走上了急流，他才把他关于家的谈话放下。但是没多久，又零零乱乱地继续下去……

"赵城，赵城俺住了八年啦！你说那地方要紧不要紧？去年冬天太原下来之后，说是临汾也不行了……赵城也更不行啦……说是非到风陵渡不可……这时候……就有赵城的老乡去当兵的……还有一个邻居姓王的。那小伙子跟着八路军游击队去当伙夫去啦……八

黄河

路军不就是你们这一路的吗?……那小伙子我还见着他来的呢!胳臂上挂着'八路'两个字。后来又听说他也跟着出发到别的地方去了呢!……可是你说……赵城要紧不要紧?俺倒没有别的牵挂,就是俺那孩子太小,带他到河上来吧,他又太小,不能做什么……跟他娘在家里吧……又怕日本兵来到杀了他。这过河逃难的整天有,俺这船就是载面粉过来,再载着难民回去……看看那哭哭啼啼的老的、小的……真是除了去当兵,干什么都没有心思!"

"老乡!在赵城你算是安家立业的人啦,那么也一定有二亩地啦?"兵士面前的茶杯在冒着气。

"哪能够说到房子和地,跑了这些年还是穷跑腿……所好的是没有把老婆孩子跑去。"

"那么山东家还有双亲吗?"

"哪里有啦?都给黄河水卷去啦!"阎胡子擦了一下自己的胡子,把他旁边的酒杯放在酒壶口上,他对着舱口说:

"你见过黄河的大水吗?那是民国几年……那就铺天盖地地来了!白亮亮的,哗哗的……和野牛那么叫着……山东那黄河可不比这潼关……几百里,几十里一漫平。黄河一到潼关就没气力啦……看这山……这大土崖子……就是妄想要铺天盖地又怎能……可是山东就不行啦!……你家是哪里?你到过山东?"

"我没到过,我家就是山西……洪洞……"

"家里还有什么人?咱两家是不远的……喝茶,喝茶……呵……呵……"老头子为着高兴,大声地向着河水吐了一口痰。

"我这回要赶的部队就是在赵城……洪洞的家也都搬过河来了……"

"你去的就是赵城,好!那么……"他从舵柄探出船外的那个孔道口出去……河简直就是黄色的泥浆,滚着,翻着……绞绕着……舵就在这浊流上打击着。

"好！那么……"他站起来摇着舵柄，船就快靠岸了。

这一次渡河，阎胡子觉得渡得太快。他擦一擦眼睛，看一看对面的土层，是否来到了河岸？

"好，那么。"他想让那兵士给他的家带一个信回去，但又觉得没有什么可说的。

他们走下船来，沿着河身旁的沙地向着太阳的方向进发。无数条的光的反刺，击撞着阎胡子古铜色的脸面。他的宽大的近乎方形的脚掌，把沙滩印着一些圆圆洼陷。

"你说赵城可不要紧？我本想让你带一个回信去……等到饭馆喝两盅，咱二人谈谈谈谈……"

风陵渡车站附近，层层转转的是一些板棚或席棚，里边冒着气，响着勺子，还有一种油香夹杂着一种咸味在那地方缭绕着。

一盘炒豆腐，一壶四两酒，蹲在阎胡子的桌面上。

"你要吃什么，你只管吃……俺在这河上多少总比你们当兵的多赚两个……你只管吃……来一碗片汤，再加半斤锅饼……先吃着，不够再来……"

风沙的卷荡在大阳高了起来的时候，是要加甚的。席棚子像有笤帚在扫着似的，嚓嚓地在凸出凹进地响着。

阎胡子的话，和一串珠子似的咯啦咯啦地被玩弄着，大风只在席棚子间旋转，并没有把阎胡子的故事给穿着。

"……黄河的大水一来到俺山东那地方，就像几十万大军已经到了……连小孩子夜晚吵着不睡的时候，你若说'来大水啦！'他就安静一刻。用大水吓唬孩子，就像用老虎一样使他们害怕。在一个黑沉沉的夜里，大水可真的来啦；爹和娘站在房顶上，爹说'……怕不要紧，我活四十多岁，大水也来过几次，并没有卷去什么'，我和姐姐拉着娘的手……第一声我听着叫的是猪，许是那猪快到要命的时候啦，哽哽的……以后就是狗，狗跳到柴堆上……在

黄　河

那上头叫着……再以后就是鸡……它们那些东西乱飞着……柴堆上，墙头上，狗栏子上……反正看不见，都听得见的……别人家的也是一样，还有孩子哭，大人骂。只有鸭子，那一夜到天明也没有休息，比平常不涨大水的时候还高兴……鸭子不怕大水，狗也不怕，可是狗到第二天就瘦啦……也不愿睁眼睛啦……鸭子可不一样，胖啦！新鲜啦！……呱呱的叫声更大了！可是爹爹那天晚上就死啦，娘也许是第二天死的……"

阎胡子从席棚通过了那在锅底上乱响着的炒菜的勺子而看到黄河上去。

"这边，这河并不凶。"他喝了一盅酒，筷子在辣椒酱的小碟里点了一下，他脸上的筋肉好像棕色的浮雕，经过了陶器的制作那么坚硬，那么没有变动。

"小孩子的时候，就听人家说，离开这河远一点吧！去跑关东吧（即东三省）！一直到第二次的大水……那时候，我已经二十六岁……也成了家……听人说，关东是块福地，俺山东人跑关东的年年有，俺就带着老婆跑到关东去……关东俺有三间房，两三亩地……关东又变成了'满洲国'。赵城俺本有一个叔叔，打一封信给俺，他说那边，日本人慢慢地都想法子把中国人治死，还说先治死这些穷人。依着我就不怕，可是俺老婆说俺们还有孩子啦，因此就跑到俺叔叔这里来，俺叔叔做个小买卖，俺就在叔叔家帮着照料照料……慢慢地活转几个钱，租两亩地种种……俺还有个儿，俺儿一年一年的，眼看着长成人啦！这几个钱没有活转着，俺叔要回山东，把小买卖也收拾啦，剩下俺一个人，这心里头可就转了圈子……山西原来和山东一样，人们也只有跑关东……要想在此地谋个生活，就好比苍蝇落在针尖上，俺山东人体性粗，这山西人体性慢……干啥事干不惯……"

"俺想，赵城可还离火线两三百里，许是不要紧……"他问着兵士,"咱中国的局面怎么样?听说日本人要夺风陵渡……俺在山西没有别的东西,就是这一只破船……"

兵士站起来,挂上他的洋瓷碗,油亮的发着光的嘴唇点燃着一支香烟,那有点胖的手骨节凹着小坑的手,又在整理着他的背包。黑色的裤子,灰色的上衣衣襟上涂着油迹和灰尘。但他脸上的表情是开展的,愉快的,平坦和希望的,他讲话的声音并不高朗,温和而宽弛,就像他在草原上生长起来的一样:

"我要赶路的,老乡!要给你家带个信吗?"

"带个信……"阎胡子感到一阵忙乱,这忙乱是从他的心底出发的。带什么呢?这河上没有什么可告诉的。"带一个口信说……"好像这饭铺炒菜的勺子又搅乱了他。"你坐下等一等,俺想一想……"

他的头垂在他的一只手上,好像已经成熟了的转茎莲垂下头来一样,席棚子被风吸着,凹进凸出的好像一大张海蜇飘在海面上。勺子声,菜刀声,被洗着的碗的声音,前前后后响着鞭子声。小驴车,马车和骡子车,拖拖搭搭地载着军火或食粮来往着。车轮带起来的飞沙并不狂猖,而那狂猖,是跟着黄河而来的,在空中它漫卷着太阳和蓝天,在地面它则漫卷着沙尘和黄土,漫卷着所有黄河地带生长着的一切,以及死亡的一切。

潼关,背着太阳的方向站着,因为土层起伏高下,看起来,那是微黑的一大群,像是烟雾停止了,又像黑云下降,又像一大群兽类堆集着蹲伏下来。那些巨兽,并没有毛皮,并没有面貌,只像是读了埃及大沙漠的故事之后,偶尔出现在夏夜的梦中的一个可怕的记忆。

风陵渡侧面向着太阳站着,所以土层的颜色有些微黄,及有些发灰,总之有一种相同在病中那种苍白的感觉。看上去,干涩,无光,无论如何不能把它制伏的那种念头,会立刻压住了你。

黄　河

站在长城上会使人感到一种恐惧，那恐惧是人类历史的血流又鼓荡起来了！而站在黄河边上所起的并不是恐惧，而是对人类的一种默泣，对于病痛和荒凉永远的诅咒。

同蒲路的火车，好像几匹还没有睡醒的小蛇似的慢慢地来了一串，又慢慢地去了一串。那兵士站起来向阎胡子说：

"我就要赶火车去……你慢慢地喝吧……再会啦……"

阎胡子把酒杯又倒满了，他看着杯子底上有些泥土，他想，这应该倒掉而不应该喝下去。但当他说完了给他带一个家信，就说他在这河上还好的时候，他忘记了那杯酒是不想喝的也就走下喉咙去了。同时他赶快撕了一块锅饼放在嘴里，喉咙像是有什么东西在胀塞着，有些发痛。于是，他就抚弄着那块锅饼上突起的花纹，那花纹是画的"八卦"。他还识出了哪是"乾卦"，哪是"坤卦"。

奔向同蒲站的兵士，听到背后有呼唤他的声音：

"站住……站住……"

他回头看时，那老头好像一只小熊似的奔在沙滩上：

"我问你，是不是中国这回打胜仗，老百姓就得日子过啦?"

八路的兵士走回来，好像是沉思了一会，而后拍着那老头的肩膀：

"是的，我们这回必胜……老百姓一定有好日子过的。"

那兵士都模糊得像画面上的粗壮的小人一样了，可是阎胡子仍旧在沙滩上站着。

阎胡子的两脚深深地陷进沙滩去，那圆圆的涡旋埋没了他的两脚了。

夜　风

一

老祖母几夜没有安睡,现在又是抖着她的小棉袄了。小棉袄一拿在祖母的手里,就怪形地在作恐吓相。仿佛小棉袄会说出祖母所不敢说出的话似的,外面风声又起了,……唰唰……

祖母变得那样可怜,小棉袄在手里终那样拿着。窗纸也响了!没有什么,是远村的狗吠,身影在壁间摇摇,祖母,灭下烛,睡了!她的小棉袄又放在被边,可是这也没有什么,祖母几夜都是这样睡的。

屋中并不黑沉,虽是祖母熄了烛。披着衣裳的五婶娘,从里间走出来,这时阴惨的月光照在五婶娘的脸上,她站在地心用微而颤的声音说:

"妈妈!远处许是来了马队,听!有马蹄响呢!"

老祖母还没忘掉做婆婆特有的口语向五婶娘说:

"可恶的×××又在寻死。不碍事,睡觉吧。"

五婶娘回到自己的房里,想唤醒她的丈夫,可是又不敢。因为她的丈夫从来就英勇,在村中是著名的,没怕过什么人。枪放得

夜 风

好，马骑得好。前夜五婶娘吵着×××是挨了丈夫的骂。

不碍事，这话正是碍事，祖母的小棉袄又在手中颠倒了！她把袖子当作领来穿。没有燃烛，斜歪着站起来。可是又坐下了。这时，已经把壁间落满着灰尘的铅弹枪取下来，在装子弹。她想走出去上炮台望一下，其实她的腿早已不中用了，她并不敢放枪。

远村的狗吠得更甚了，像人马一般的风声也上来了。院中的几个炮手，还有老婆婆的七个儿子通起来了。她最小的儿子还没上炮台，在他自己的房中抱着他新生的小宝宝。

老祖母骂着：

"呵！太不懂事务了！这是什么时候？还没有急性呀！"

这个儿子，平常从没挨过骂，现在也骂了。接着小宝宝哭叫起来。别的房中，别的宝宝，也哭叫起来。

可不是吗？马蹄响近了，风声更恶，站在炮台上的男人们持着枪杆，伏在地下的女人们抱着孩子。不管哪一个房中都不敢点灯，听说×××是找光明的。

大院子里的马棚和牛棚，安静着，像等候恶运似的。可是不然了！鸡，狗和鸭鹅们，都闹起来，就连放羊的童子也在院中乱跑。

马，认清是马形了！人，却分不清是什么人。天空是月，满山白雪，风在回转着，白色的山无止境地牵连着。在浩荡的天空下，南山坡口，游动着马队，蛇般地爬来了。二叔叔在炮台里看见这个，他想灾难算是临头了！一定是来攻村子的。他跑向下房去，每个雇农给一支枪，雇农们欢喜着，他们想：

"地主多么好呵！张二叔叔多么仁慈！老早就把我们当作家人看待的。现在我们共同来御敌吧！"

往日地主苛待他们，就连他们最反对的减工资，现在也不恨了！只有御敌是当前要做的。不管厨夫，也不管是别的役人，都喜欢着提起枪跑进炮台去。因为枪是主人从不放松给他们拿在手里。

尤其欢喜的是牧羊的那个童子——长青,他想,我有一支枪了!我也和地主的儿子们一样的拿着枪了!长青的衣裳太破,裤子上的一个小孔,在抢着上炮台时裂了个大洞。

人马近了!大道上飘着白烟,白色的山和远天相结,天空的月澈底的照着,马像跑在空中似的。这也许是开了火吧!——砰!砰……炮手们看得清是几个探兵作的枪声。

长青在炮台的一角,把住他的枪,也许是不会放,站起来,把枪嘴伸出去,朝着前边的马队。这马队就是地主的敌人。他想这是机会了!二叔叔在后面止住他:

"不要!——等近些放!"

绕路去了!数不尽的马的尾巴渐渐消失在月夜中了!墙外的马响着鼻子,马棚里的马听了也在响鼻子。这时老祖母欢喜地喊着孙儿们:

"不要尽在冷风里,你们要进屋来暖暖,喝杯热茶。"

她的孙儿们强健地回答:

"奶奶!我们全穿皮袄,我们在看守着,怕贼东西们再转回来。"

炮台里的人稀疏了!是凡地主和他们的儿子都转回屋去,可是长青仍蹲在那里,作一个小炮手的模样,枪嘴向前伸着,但棉裤后身作了个大洞,他冷得几乎是不能耐,要想回房去睡。但是没有当真那么做,因为想起了张二叔叔——地主平常对他的训话了:"为人要忠。你没看古来有忠臣孝子吗?忍饿受寒,生死不怕,真是可佩服的。"

长青觉得这正是尽忠,也是尽孝的时候,恐怕错了机会似的,他在捧着枪,也在作一个可佩服的模样。裤子在屁股间裂着一个大洞。

夜　风

二

　　这人是谁呢？头发蓬着，脸没有轮廓，下垂的头遮盖住，暗色的房间破乱得正像地主们的马棚。那人在啼哭着，好像失去丈夫的乌鸦一般。屋里的灯灭了！窗上的影子飘忽失去。

　　两棵立在门前的大树，光着身子在嚎叫已失去的他的生命。风止了！篱笆也不响了！整个的村庄，默得不能再默。儿子，长青。回来了。

　　在屋里啼哭着，穷困的妈妈听得外面有踏雪声，她想这是她的儿子吧？可是她又想，儿子十五天才可以回一次家，现在才十天，并且脚步也不对，她想这是一个过路人。

　　柴门开了！柴门又关了！篱笆上的积雪，被振动落下来，发响。

　　妈妈出去像往日一样，把儿子接进来，长青腿软得支不住自己的身子，他是斜歪着走回来，所以脚步差错得使妈妈不能听出。现在是躺在炕上，脸儿青青的流着鼻涕；妈妈不晓得是发生了什么事？

　　心痛的妈妈急问：

　　"儿呀！你又牧失了羊吗？主人打了你吗？"

　　长青闭着眼睛摇头，妈妈又问：

　　"那是发生了什么事？来对妈妈说吧！"

　　长青是前夜看守炮台冻病了的，他说：

　　"妈妈！前夜你没听着马队走过吗？张二叔叔说×××是万恶之极的，又说专来杀小户人家。我举着枪在炮台里站了半夜。"

　　"站了半夜又怎么样呢？张二叔叔打了你吗？"

　　"妈妈，没有，人家都称我们是小户人家，我怕马队要来杀妈妈,所以我在等候着打他们。"

"我的孩子,你说吧!你怎么会弄得这样呢?"

"我的裤子不知怎么弄破了!于是我病了!"

妈妈的心好像是碎了!她想丈夫死去三年,家里从没买过一尺布和一斤棉。于是她把儿子的棉袄脱了下来,面着灯照了照,一块很厚的,另一块是透着亮。

长青抽着鼻子哭,也许想起了爸爸。妈妈放下了棉袄,把儿子抱过来。

豆油灯像在打寒颤似的,火苗哆嗦着,唉,穷妈妈抱着病孩子。

三

张老太太又在抖着她的小棉袄了!因为她的儿子们不知辛苦了多少年,才做了个地主;几次没把财产破坏在土匪和叛兵的手里,现在又闹×军,她当然要抖她的小棉袄啰!

张二叔叔走过来,看着妈妈抖得怪可怜的,他安慰着:

"妈妈!这算不了什么,您想,我们的炮手都很能干呢!并且恶霸们有天理来昭彰,妈妈您睡下吧!不要起来,没有什么事!"

"可是我不能呢?我不放心。"

张老太太说着外面枪响了!全家的人,像上次一样,男的提着枪,女的抱着孩子。风声似乎更紧,树林在啸。

这是一次虚惊,前村捉着个小偷。一阵风云又过了!在乡间这样的风云是常常闹的。老祖母的惊慌似乎成了癖。全家的人,管谁都在暗笑她的小棉袄。结果就是什么事没发生,但,她的小棉袄仍是不留意地拿在手里,虽是她只穿着件睡觉的单衫。

张二叔叔同他所有的弟兄们坐在老太太的炕沿,老六开始说:

夜　风

"长青那个孩子，怕不行，可以给他结账的。有病不能干活计的孩子，活着又有什么用？"

说着把烟卷放在嘴里，抱起他三年前就患着瘫病的儿子走回自己的房子去了。

张老太太说：

"长青那是我叫他来的，多做活少做活的不说，就算我们行善，给他碗饭吃，他那样贫寒。"

大媳妇含着烟袋，她是四十多岁的婆子。二媳妇是个独腿人，坐在她自己的房里。三媳妇也含着烟袋在喊三叔叔回房去睡觉。老四、老五，以至于老七这许多儿媳妇都向老太太问了晚安才退去。老太太也觉得困了似的，合起眼睛抽她的长烟袋。

长青的妈妈——洗衣裳的婆子来打门，温声地说：

"老太太，上次给我吃的咳嗽药再给我点吃吧！"

张老太太也是温和着说：

"给你这片吃了！今夜不会咳嗽的，可是再给你一片吧！"

洗衣裳的婆子暗自非常感谢张老太太，退回那间靠近草棚的黑屋子去睡了。

第二天，天将黑的时候，在大院的绳子上，挂满了黑色的、白色的，地主的小孩的衣裳，以及女人的裤子。就是这个时候吧！晒在绳子上的衣服有浓霜透出来，冻得挺硬，风刮得有铿锵声。洗衣裳的婆子咳嗽着，她实在不能再洗了！于是走到张老太太的房里：

"张老太太，我真是废物呢！人穷又生病。"

她一面说一面咳嗽：

"过几天我一定来把所有余下的衣服洗完。"

她到地心那个桌子下，取她的包袱，里面是张老太给她的破毡鞋；二婶子和别的婶子给她的一些碎棉花和裤子之类。这时，张老太太在炕里含着她的长烟袋。

洗衣裳的婆子有个破落而无光的家屋，穿的是张老太太穿剩的破毡鞋。可是张老太太有着明亮的镶着玻璃的温暖的家，穿的是从城市里新买回来的毡鞋。这两个老婆婆比在一起，是非常有趣的。很巧，牧羊的长青走进来，张二叔叔也走进来。老婆婆是这样两个不同形的，生出来的儿子也当然两样：一个是掷着鞭子的牧人，一个是把着算盘的地主。

张老太扭着她不是心思的嘴角问：

"我说，老李，你一定要回去吗？明天不能再洗一天吗？"

用她昏花的眼睛望着老李，老李说：

"老太太，不要怪我，我实在做不下去了！"

"穷人的骨头想不到这样值钱，我想，你的儿子不知是靠谁的力量才在这里呆得住。也好。那么，昨夜给你那药片，为着今夜你咳嗽来吃它。现在你可以回家去养着去了！把药片给我吧，那是很贵呢，不要白废了！"

老李把深藏在包袱里那片预备今夜回家吃的药片拿出来。

老李每月要来给张地主洗五次衣服，每次都是给她一些萝卜或土豆，这次都没给。

老婆子夹着几件地主的媳妇们给她的一些破衣服，这也就是她的工银。

老李走在有月光的大道上，冰雪闪着寂寂的光，她寡妇的脚踏在雪地上，就像一只单身雁，在哽咽着她孤飞的寂寞。树空着枝干，没有鸟雀。什么人全都睡了！在树儿的那端有她的家屋出现。

打开了柴门，连个狗儿也没有，谁出来迎接她呢？

四

两天过后，风声又紧了！真的×军要杀小户人家吗？怎么都潜进破落村户去？李婆子家也曾住过那样的人。

长青真的结了账了，背着自己的小行李走在风雪的路上。好像一个流浪的，丧失了家的小狗，一进家屋他就哭着，他觉得绝望。吃饭，妈妈是没有米的，他不用妈妈问他就自己诉说怎样结了账，怎样赶他出来，他越想越没路可走，哭到委曲的时候，脚在炕上跳，用哀惨的声音呼着他的妈妈：

"妈妈，我们吊死在爹爹坟前的树上吧！"

可是这次，出乎意料的，妈妈没有哭，没有同情他，只是说：

"孩子，不要胡说了，我们有办法的。"

长青拉着妈妈的手，奇怪的，怎么妈妈会变了呢？怎么变得和男人一样有主意呢？

五

前村的消息传来的时候，张二叔叔的家里还没吃早饭。

整个的前村和×军混成一团了。有的说是在宣传，有的说是在焚房屋，屠杀贫农。

张二叔叔放探出去，两个炮手背上大枪和小枪，用鞭子打着马，刺面的严冬的风夺面而过。可是他们没有走到地点就回来了，报告是这样：

"不知这是什么埋伏，村民安静着，鸡犬不惊的，不知在做些什么？"

张二叔叔问："那末你们看见些什么呢？"

"我们是站在山坡往下看的，没有马槽，把草摊在院心，马匹在急吃着草，那些恶棍们和家人一样在院心搭着炉，自己做饭。"

全家的人挤在老祖母的门里门外，眼睛瞪着。全家好像窒息了似的。张二叔叔点着他的头："唔！你们去吧！"

这话除了他自己,别人似乎没有听见。关闭的大门外面有重车轮轧轧经过的声音。

可不是吗?敌人来了,方才吓得像木雕一般的张老太太也扭走起来。

张二叔叔和一群小地主们捧着枪不放,希望着马队可以绕道过去。马队是过去了一半,这次比上次的马匹更多。使张二叔叔纳闷的是后半部的马队还夹杂着爬犁小车,并且车上像有妇女们坐着。更近了,张二叔叔是千真万确看见了一些雇农:李三、刘福、小秃……一些熟识的佃农。张二叔叔气得仍要动起他地主的怒来大骂。

兵们从东墙回转来,把张二叔叔的房舍包围了,开了枪。

这不是夜,没有风。这是在光明的朝阳下,张二叔叔是第一个倒地。在他一秒钟清醒的时候,他看见了长青和他的妈妈——李婆子,也坐在爬犁上,在挥动着拳头……

清晨的马路上

一

"耕种烟……双鹤……大号……粉刀烟……"

"粉刀……双鹤……耕种烟……"

小孩子的声音脆得和玻璃似的,凉水似的浸透着睡在街头上的人们,在清晨活着的马路,就像已死去好久了。人们为着使它再活转来,所以街商们靠住墙根,在人行道侧开始罗列着一切他们的宝藏财富。卖浆汁的王老头把担子落下,每天是这样,占据着他自己原有的土地。他是在阴沟的旁侧,搭起一张布篷,是那样有趣的,用着他的独臂工作一切。现在烧浆汁的小锅在吐气,王老头也坐在那布篷里吐着气,是在休息。他同别的街商们一样,感到一种把生命安置得妥适的舒快。

卖烟童们叫着:

"粉刀,双鹤,耕种烟。"

"大号双鹤烟……"

小胸膛们响着,已死的马路会被孩子们的呼唤活转来,街车渐多,行人渐多,被孩子们召集来的赛会,蚂蚁样的。叫花子出街了，残废们没有小腿把鞋子穿在手上，用胳膊来帮助行走，所以变成四条腿的独特的人形。这独特的人形和爬虫样，从什么洞里爬出来，在街上是晒太阳吗？闲走吗？许多人没有替他想过，他是自己愿意活，就爬着活，愿意死就死在洞里。

一辆汽车飞过来，这多腿人灰白了，一刻他不知怎样做，好像一只受了伤的老熊遇到猎人。他震惊，他许多腿没有用，他的一切神经折破。于是汽车过去了。大家笑，大家都为这个多腿人静止了。等他靠近侧道时，他自己也笑了。可是不晓得他为什么要笑？眼睛望到马路的中央去，帽子在那变成一个破裂的瓜皮样，于是多腿人探出蒸气的头，他怨笑。

在布篷看守小锅的王老头，用他的独臂装好一碗浆汁，并且说，露出他残废的牙齿来：

"你吃吧！热的。"

但是帽子给汽车轧破的人却无心吃，他忧虑着。仅仅一个污秽的帽子他还忧虑着。王老头的袖子用扣针扣在衣襟上，热情地替别人去拾帽子。终于那个人拿到破裂的瓜皮。对王老头讲，这帽子怎样缝缝还不碍事。王老头说：

"不碍事，不碍事，把这碗喝下吧，不要钱的！"

二

为着有阳光的街，繁忙的街，卖烟童们的声音渐哑了。

正午时，王老头喝他的浆汁，对于他怕吃烧饼，因为烧饼太值钱。

卖馒头的小伙子走近人行道，打开肩箱，卖给街商们以馒头。有时是彼此交换的，把馒头换成袜子，或是什么碎的布片。就是这样吧。小林的妈妈在等小林回来吃中饭。可是小林回来了，在饭桌

清晨的马路上

上父亲说着：

"小林，下午你要休息了，怕是嗓子太哑了，爸爸来替你。"

小林的爸爸患着咳嗽病，终年不能停息，过到了秋天的季节，病患更烦恼他。于是，爸爸一个月没有卖报去。

小林在炕上把每盒烟卷打开，取出像片来，听说别的卖烟童们用像片换得的金表或钞票。有时就连妈妈也来帮助儿子做这种事。可是，从来没换取过什么。

小林的哥哥大林回来了。他把两元钱交给母亲。他向弟弟说："不要总玩弄那些。"

弟弟生气了：

"那么玩弄什么呢？我觉得很有意思。"

妈妈把钱藏在小箱中，并且望着小林：

"明天可以多买烟卷呢。"

他显然回到家中是苦闷了。妈妈是慈爱的：

"把烟给哥哥吸。"

小林取过一盒烟来，他爱惜烟卷好比生命似的。但做哥哥的没有这样残忍的情感来吸这烟。大林想：

"一盒便宜的烟卷要五分钱，卖一盒烟卷要赚一分钱。一盒烟要弟弟多少喊声呢？"

他总是十几天或者一个月才回家一次，也不在家住过。这夜他是挨着善于咳嗽的爸爸睡下的。爸爸是那样惹人怜，彻夜咳嗽。大林知道西药铺有止咳药，可是爸爸和妈妈一起止住他。

"林儿，今夜你是住在家中，那么明夜呢？长久了是没有钱的。"

大林显然这又烦恼着了，夜里他失眠，奇怪的爸爸虽是咳嗽，同时要给他盖过被子无数次。同院的人们起来了，大街上仍是静悄悄，连太阳都没有。大林没有洗他的脸，走向他要去的地方去。

三

这多么沉重的夜呀,大林在昏闷中经过长短街。一间客厅里许多朋友,从窗子看进去,知道这又是星期日了。这是朋友家的一间客厅,也是许多熟人的一个闲荡处,好比一个杂货间,有穿长短袍、马褂的朋友,有穿西服的,有头发毛毛的,并且脸色枯黄的朋友。

大林坐在那里是个已定蚌壳。假若有雨雪在他身上,他也不会感觉。别的朋友拿给他一支烟,对于烟好比是一条有毒的小白蛇,大林看它是这样。等他十分无兴致的时候,他又徘徊在街上。街心的一切,对他是没有意义,他坐在椅上。

父亲和小弟弟奇怪地却来到他的近前。

"哥哥,你今晚回家吧!妈妈说,我若能用像片换得来什么的时候,今晚就吃鱼。现在我是十元钱得到的。"

父亲也为了意外的成功充塞着:

"今晚你要吃鱼的,大林。"

老头子走在人群里,消失了……

四

是冬天,是夜间,在那个朋友的客厅里,连意想也没有意想,当他听到别人讲说关于烟像片换钱的时候。

"实在的,可以换到钱的,我可以给你一个证明。"朋友说。

"证明吧!"大林却把眼睛沉静着,没有相信这事。

当夜他是住在朋友的宿舍里,在梦里,他是这样可怕:全个房屋给风雪刮倒了。妈妈在风雪中哭泣。因为弟弟没有了,爸爸不见了,她不能寻到他们。

这是早晨吧,大林回家去看妈妈了。大街上骚闹的一切,卖浆的王老头,他的头从白布篷探出来,把大林唤进去:

"小林现在住在我家的,前夜你的父母是被一些什么人带走的,理由是因为你,北钟已是几天不敢回家了。"

北钟是王老头的儿子,在中学里和大林同学,现在是邻居。他同大林一样,常常不归家,使父母们,渺茫中担着忧。

小林为着失掉了妈妈,卖烟童们也失掉了他,街上再寻不到他的小声音了。

渺茫中

"两天不曾家来,他是遇到了什么事呢?"

街灯完全憔悴了,行人在绿光里忙着,倦怠着归去,远近的车声为着夜而困疲。冬天驱逐叫花子们,冬天给穷人们以饥寒交迫。现在街灯它不快乐,寒冷着地把行人送尽了!可是大名并不归来。

"宝宝,睡睡呵!小宝宝呵!"

楼窗里的小母亲唱着,去看看乳粉,盒子空了!去看看表,是十二点了!

"宝宝呵!睡睡。"

小母亲唱着,睇视着窗外,白月照满窗口,像是不能说出大名的消息来。小宝宝他不晓得人间的事,他睡在摇篮里。过道有人步声,大名么?母亲在焦听这足音,宝宝却哭了!他不晓得母亲的心。

一夜这样过着,两夜这样过着,隔壁彻夜有人说话声。这声音来得很小,一会又响着动静了。什么像是大名的声音,皮鞋响也像,再细心点听,寂静了!窗之内外,一切在夜语着。

偶然一声女人的尖笑响在隔壁,再细心听听,妇人知道那却是自己的丈夫睡到隔壁去了!

枕、床都在变迁,甚至联想到结婚之夜,战惊着的小妇人呀!

好像自己的秘密已经摆在人们的眼前了。听着自己的丈夫睡在别人的房里，该从心孔中生出些什么来呢？这不过是一瞬间，再细心听下去什么声音都没有了。一切在夜语着。对于妇人，这是个渺茫的隔壁，妇人幻想着：

"他不是说过吗？在不曾结婚以前，他为着世界，工作一切，现在，也许……"

第三天了！过道上的妇人们，关于这渺茫的隔壁传说着一切：

"那个房间里的妇人走了，是同一个男人走的。都知她是很能干的，可是谁也没看见。总之，她的房里常常有人住宿和夜里讲话，她是犯了罪……"

小母亲呀！你哭吧！

"宝宝，睡呵——呵，……"

过去这个时代小宝宝会跑了，又过几年，妈妈哭他会问：

"妈妈，为什么要哭呢？"

孩子仍是不晓得母亲的心，问着问着，在污浊的阴沟旁投射石子。他还是没出巢的小鸟，他不晓得人间的事。

妇人的衣襟被风吹着，她望着生活在这小街上同一命运的孩子们击石子。宝宝回过头来问：

"妈妈，你不常常说爸爸上山追猴子，怎么总不回来呢？"

夕阳照过每家的屋顶，小街在黄昏里，母亲回想着结婚的片片，渺茫中好像三月的花踏下泥污去。

离 去

　　黎文近两天尽是幻想着海洋；白色的潮呵！惊天的潮呵！拍上红日去了！海船像只大鸟似的行走在浪潮中。海震撼着，滚动着，自己渺小得被埋在海中似的！

　　黎文他似乎不能再想。他走在路中，他向朋友家走去，朋友家的窗子忽然闪过一个影子。

　　黎文开门了！黎文进来了！即是不进来，也知道是他来了！因为他每天开门是那种声音，急速而响动。站到门栏，他的面色不如往日。他说话声，更沉埋了。

　　"昨晚我来，你们不在这，我明天走。"

　　"决定了吗？"

　　"决定了。"

　　"集到多少钱？"

　　"三十块。"

　　这在朋友的心中非常刺痛，连一元钱路费也不能帮助！他的朋友看一看自己的床，看一看自己的全身，连一件衣服为着行路人也没有。在地板上黎文拿起他行路用的小提包。他检查着：灰色的衬衫，白色的衬衫，再翻一翻，再翻一翻，没有什么了！碎纸和本子在里面。

离 去

一件棉外套，领子的皮毛张起着，里面露着棉花，黎文他现在穿一件夹的，他说：

"我拿这件大氅送回主人去。"

"为什么要送回去？他们是有衣服穿的，把它当了去，或是卖都好。"

"这太不值钱，连一元钱也卖不到。"

"那么你送回家去好啦！"

"家吗？我不回家。"

黎文的脸为这突然的心跳，而充血，而转白。他的眼睛像是要流泪样，假若谁再多说一句话关于他的家。

昨天黎文回家取衬衫，在街口遇见了小弟弟。小弟弟一看见哥哥回来，就像报喜信似的叫喊着："哥哥回来了！"每次回家，每次是这样，小弟弟颤动着卖烟卷的托盘在胸前，先跑回家去。

妈妈在厨房里问着："事忙吗？怎么五六天不回家？"

因为他近两个月每天回家，妈妈欣喜着儿子找到职业。黎文的职业被辞退已是一星期，妈妈仍是欣喜着。又问下去：

"你的事忙吗？你的脸色都不很好，太累了吧！"

他愿意快些找到他的衬衫，他愿快些离开这个家。

"你又是想要走吗？这回可不许你走，你走到哪就跟到哪！"

他像个哑人，不回答什么！后来妈妈一面缝着儿子的衣裳，一面把眼泪抹到袖边，她是偷偷抹着。

他哄骗着母亲："快要吃完了吧！过两天我能买回来一袋子面。是不是？那够吃多半个月呢？"

妈妈的悲哀像孩子的悲哀似的，受着骗岔过去了。

他这次是最后的一次离家，将来或者能够再看见妈妈，或者不能够。因为妈妈现在就够衰老的了。就是不衰老，或者会被忧烦压倒。

黎文的心就像被摇着的铃似的，要把持也不能把持住。任意地摇吧！疯狂地摇吧！他就这样离开家门。弟弟，妈妈并没出来相送，妈妈知道儿子是常常回家的。

　　黎文他坐在朋友家中，他又幻想着海了！他走在马路上，他仿佛自己的脚是踏在浪上。仿佛自己是一只船浮在马路上，街市一切的声音，好像海的声音。

　　他向前走着，他只怕这海洋，同时他愿意早些临近这可惊怕的海洋。

患难中

　　沈明和木村谈着仿佛是秘密的话。一个女人走进来,当她停住门口时,沈明笑了,他嘻笑一般说:"木村,这是我的嫂嫂。"

　　那女人咳嗽一声,高声笑出,眉宇像飞起一般,看来她非常愉悦,她没有说几句话,她走了!沈明耳语着。木村摇动一下身子,仍是把视像凝结起来。

　　沈明说:"她是能干,那家伙我哥哥真爱她。她一天从早起盛满肚子,就是往外跑。一切分给她的工作很好,可是她把左近的男人,都迷恋过,那家伙,……我不该这样说,她是我的嫂嫂哩!"

　　木村心中烦厌着沈明:"你该回校了!快关城门了吧?"

　　他说:"那不要紧,我可以住在你这里。"

　　就这样沈明杂噪了半夜。

　　后来木村和那个女人接近的机会渐多,女人评论说他太灰色。可是木村仍是和她常常争论。

　　在这样的期间,冬梅完全躲避着木村。一天在途中他们三个人偶然相遇,和姐姐一般那个女人抚弄着冬梅的头发,冬梅气悔地推却了她,像骂着一样,背过身子走了!

　　木村说:"这个孩子很怪的脾气。"

　　他只想冬梅是个怪脾气的孩子。但她会妒恨,她感到自己被抛弃一样的滋味，好像他从前是她的爱人，现在不是了。

她走回家中，哭泣一般的面孔："奶奶，我不上学了！我们还是搬到城外去住吧。"

她寻不到祖母，于是她呼唤起来，她害怕起来，忽然想起祖父的跳河，大声叫出：

"奶奶，……奶奶，……"

什么地方也寻不到奶奶，她的裙子转起旋风。院中的枣树好像生着针，锐得她的心会被刺破，小狗跟在后面，瞎跑瞎忙着。冬梅从胡同跑出去，她去告诉木村，祖母没有了！祖母不见了！她一边说着一边不能自持，自己抓住头发，她哭起来。方才她妒恨那个女人，现在她是被她扶着走。到家中仍不见祖母，冬梅狂人一样的，坐不安牢。

祖母从街上徐徐着蹀来，手杖肩在肩上，末端系住两条小鱼，小鱼不住地摆动着。祖母经过厨房时，把鲜鱼解下预备放一点水，聋婆听不见屋里的哭声。忽然她看见木村和一个生人。她笑着，脸上的皱纹立刻增多而深刻起来，嘴唇在说话的时候，像风在鼓动两面旗帜："你们来了多少时候了？我看小鱼很便宜买了两条。冬梅这孩子，客人在家里，你怎么不好好陪着说话！"

木村笑出来了说："老太太，冬梅，找不到祖母哭起来了。"

"是呀！天气很好。"她回答着不相关的话语，她又说：

"冬梅快下地来洗下鱼吧！今晚留木村先生他们吃鱼。"

大家都笑了！冬梅翻着身从床上跳起来了！只有祖母一个人痴然地立着，她什么也不知道，她什么也听不着。

训育课高张着一块牌子，写着："国文课木村先生因事长期请假，史地王先生暂且随班上课。"学校当局辞退了他，谣言说他为着某个党，努力给学生们讲着一些不相当的功课。

木村走进校门看见这个字样回家去了！在房中他胡乱地收拾东

西，他想：这样的社会还有什么畏缩的呢？早就不应该无意识地停在这里。

张妈走来，他把一些零碎东西给了张妈，写一封信叫张妈交给沈明。他提一个小箱子走了，他和沈明的哥哥一样消失到什么地方去了。

冬梅慌张着探寻了几日，没有人晓得他的行踪，沈明对她说："你不要慌张，他要你好好念书，过些日子，或者他来看看你，明天我给你带来十元票子，以后你什么都要向我告诉。"

以后很长的日子，这条街和一个无风的树一般，太阳和从前一样，太阳晒在屋顶，晒在短墙，一些碎纸在墙根，捕来捕去。

从前那个王伙计，带杖子带着小孩在路南土箱旁边拾取煤渣。冬梅的祖母出来倾倒一些赃物，她动动手中的土铲，她走进箱旁的时候，想认识弯着腰的那个孩子是小魁，等她看见那个老头，伏在煤渣上时，她用愉悦的喉音说："老王是你吗？"

王伙计点着头，他褴褛着笑了！破坏不堪了！脸完全没有血色，但是他仍笑着。

亚　丽

一

　　已经黄昏了，我从外面回来，身子感觉得一些疲倦。很匆匆地走进自己的房里，脱掉外衣，伸了个懒腰即刻就躺在床上去了。

　　同屋的那女人尖唳的咆哮是那么有力量地窜入脑袋，很快的，没有头绪的烦闷在混乱地动摇了。"这男人是只怕再找不出的老实……"脑袋中浮起了一个懦怯的中年人的影子——蓬着的头，黄瘦的脸，两手放在裤子口袋里来回地拖着颓唐的脚步，沉默着，犹如他的喉咙给软木塞塞住了似的。

　　"没用的东西，原来你们的性根就是如此的，哼……"这泼辣的教训，谁不相信是责骂着他的儿子？这女人的生疏的中国话的声音是那么做着的勉强，听着时正如听齿子磨着齿子地令人难过。

　　独自埋身在寂寞里，思想无涯岸地展开着。

　　忽然亚丽的影子闪入眼中，我惊奇地跳了起来。

　　亚丽——老实的中年人的女儿，一个谧静美的可爱的姑娘，两块醉人的红色的面颊，常常是带着不可捉摸的神秘的感伤，低着头，美丽的眼睛常常呆呆凝视着地上的灰尘。

亚 丽

亚丽站在我的面前犹如古庙的神女的塑像，她的脸上挂上泪珠，这美感悲哀折毁我忐忑的心灵破破碎碎。

"什么事，亚丽，不是……"我战颤地问她。

她的手冰冷，她的脸渐变为苍白。她呆痴地如给魔鬼抓着了喉咙，然而，很机警地望望门外，她想走可又站住了，像在思索……

"我们明天搬家……"声音如钢锯的颤动。

这消息毁坏了我的脑袋，我木鸡似的呆住。

那泼悍的声音呼唤着亚丽，她犹豫地不安地站着，突然地，如猛醒过来惊慌地跑出去了。

二

亚丽他们搬出去了整整的有一个星期。星期六的傍晚，亚丽来拜访我了，那力量给与了我生活的安慰，并不是一种普通的诱感。

阳光忧郁地懒懒地射进窗子，清凉的微风殷殷地带来了黄昏的悲哀的暮气。

亚丽默默地低着头，几天来她的脸毕竟给与苍白毁灭了。然而，这愈增加了她的美丽——她动人心的感伤。虽然，我与她仅只同屋二月，平时极少交谈，也许正因此我们心里的感触是那老练的透明。

我爱亚丽的天赋的感伤，我爱她温柔的沉默；我们静静地默坐，犹如我们在欣赏几首悲哀的豪雄的大力的生活之赞美诗，我们中间永不会给与寂寞来进攻。

一只鸟在窗前掠过去，风飘着一片落叶。

夜幕慢慢伸展开来。

"飞鸟的生涯是美丽的，落叶又为什么给风飘着呢？"亚丽望着窗外缓缓地说，这是感伤的季节哟！

"我们为什么不是飞鸟呢?……"我感动地说着。

"精神在灵魂内会掘发出世界窄隘,简陋,寥寂,悲感。精神内才会埋伏着愤怒与力量;人生……"她的声音如同祈祷,如同背诵着美丽的诗句。

"亚丽!……"我疑惑着那泼辣的异国女人会生出亚丽,我失声地叫了出来,接着很犹豫地问:

"你的故乡是什么地方呢?……"

亚丽失常地凝视着我,她没有回答,慢慢地她掉下泪来,她面上的伤感简直将我撕成碎片。

"亚丽!……你太伤感了!你要知道眼泪与悲哀毫无裨益,于生活是一种可恶的障碍……"

黑暗薄薄地笼罩了大地,夜已拖着轻快的步履。

亚丽走啦!我第一次握着她的手,我的心如同受伤的小兔在喘息与惊恐。

三

因为住在这房子里有种种不方便,我终久是搬了家。

虽然我已经找人暗暗地将我的新住址通知了亚丽,然而她已有一月未曾到我这里来!

每天的黄昏,我痛苦地等待着;焦灼,烦闷,恐惧,怀念,照例地来将我残酷的袭击;我费了极大的力量来抑制一切;这样,我的脑袋里才慢慢地淡了下来。

然而,一个美丽的影子在某时仍旧有大的魔力。

一个星期日的中午,我正在甜蜜的午睡,突然给肥胖的房东叫醒——她有极小的脚,走起路来好像一只母鸭。

我擦着惺忪的睡眼,跑出去接见来访客人,这给与我可怕的惊异——天知道！美丽的亚丽瘦得几乎使我都不认识了，她的面色苍白得如一张白纸，眼睛红红地肿了起来，黑色的头发在秋风里非常零乱，态度颓唐，而悲哀正如一只在战场受了伤的骏马！我几乎感动得流下泪来。

"你怎样呀，亚丽！"

"这没有什么的，请你不要担心，同时这与我毫无关系，因为我的心始终如一……"她咳嗽了几声，泪水很明显地在眼眶内打转。

"我极纯洁地爱着你，然而我更爱着我的前途的光明，我为了要追求生活的力量。为了精神的美丽与安宁，为了所有的我的可怜的人们，我得张开我的翅膀，我得牺牲我的私见，请你不要怀疑，我以灵魂保护着你，爱护着你，我要去了！……请你将那信接着。"她的声音悲痛地颤栗着，然而她的灵魂表现得很安定，精神犹如战场的勇士，热血在她细微的血管中将膨胀得破裂而流出……

亚丽果然地去了，我木鸡似地立在门口好半天。

一叶信纸里几十个有力的字使得我流泪了，我坚硬的黑发……

信上是："好朋友，请不要惊奇，我的故乡是可怜的朝鲜，我的慈母如今仍旧住在那里；我的父亲是最激烈的×××，他被强迫与这凶狠的女人结了婚，又被逐在中国。现在他已由这毒恶的妇人宣布了秘密被捉而不知生死，然而他的灵魂是高超的。我费尽了力气逃出了黑暗的地狱，无论如何我的血要在我自己的国土上去洒泼……"

桥

夏天和秋天,桥下的积水和水沟一般平了。

"黄良子,黄良子……孩子哭了!"

也许是夜晚,也许是早晨,桥头上喊着这样的声音。久了,住在桥头的人家都听惯了,听熟了。

"黄良子,孩子要吃奶了!黄良子……黄良……子。"

尤其是在雨夜或刮风的早晨,静穆里的这声音受着桥下的水的共鸣,或者借助于风声,也送进远处的人家去。

"黄……良子。黄……良……子……"听来和歌声一般了。

月亮完全沉没下去,只有天西最后的一颗星还在挂着。从桥东的空场上黄良子走了出来。

黄良是她男人的名字,从她做了乳娘那天起,不知是谁把"黄良"的末尾加上个"子"字,就算她的名字。

"啊?这么早就饿了吗?昨晚上吃得那么晚!"

开始的几天,她是要跑到桥边去,她向着桥西来唤她的人颤一颤那古旧的桥栏,她的声音也就仿佛在桥下的水上打着回旋:

"这么早吗!……啊?"

现在她完全不再那样做。"黄良子"这字眼好像号码一般,只要一触到她,她就紧跟着这字眼去了。

在初醒的朦胧中,她的呼吸还不能够平稳。她走着,她差不多是跑着,顺着水沟向北面跑去。停在桥西第一个大门楼下面,用手盘卷着松落下来的头发。

"怎么!门还关着?……怎么!"

"开门呀!开门呀!"她弯下腰去,几乎是把脸伏在地面。从门槛下面的缝际看进去,大白狗还睡在那里。

因为头部过度下垂,院子里的房屋似乎旋转了一阵,门和窗子也都旋转着,向天的方向旋转着"开门呀!开门来——"

"怎么!鬼喊了我来吗?不,……有人喊的,我听得清清楚楚吗……一定,那一定……"

但是,她只得回来,桥西和桥东一个人也没有遇到。她感到潮湿的背脊凉下去。

"这不就是百八十步……多说两百步……可是必得绕出去一里多!"

起初她试验过,要想扶着桥栏爬过去。但是,那桥完全没有底了,只剩两条栏杆还没有被偷儿拔走。假若连栏杆也不见了,那她会安心些,她会相信那水沟是天然的水沟,她会相信人没有办法把水沟消灭。

不是吗?搭上两块木头就能走人的……就差两块木头……这桥,这桥,就隔一道桥……

她在桥边站了一会儿,想了一会儿:

"往南去,往北去呢?都一样,往北吧!"

她家的草屋正对着这桥,她看见门上的纸片被风吹动。在她理想中,好像一伸手她就能摸到那小土丘上面去似的。

当她顺着沟沿往北走时,她滑过那小土丘去,远了,到半里路远的地方(水沟的尽头)再折回来。

"谁还在喊我?哪一方面喊我?"

她的头发又散落下来,她一面走着,一面挽卷着。

"黄良子,黄良子……"她仍然好像听到有人在喊她。

"黄——瓜茄——子黄——瓜茄——子……"菜担子迎着黄良子走来了。

"黄瓜茄子,黄——瓜茄子——"

黄良子笑了!她向着那个卖菜的人笑了。

主人家的墙头上的狗尾草肥壮起来了,桥东黄良子的孩子哭声也大起来了!那孩子的哭声会飞到桥西来。

"走——走——推着宝宝上桥头,
桥头捉住个大蝴蝶,
妈妈坐下来歇一歇,
走——走——推着宝宝上桥头。"

黄良子再不像夏天那样在榆树下扶着小车打瞌睡,虽然阳光仍是暖暖的,虽然这秋天的天空比夏天更好。

小主人睡在小车里面,轮子呱啦呱啦地响着,那白嫩的圆面孔,眉毛上面齐着和霜一样白的帽边,满身穿着洁净的可爱的衣裳。

黄良子感到不安了,她的心开始像铃铛似的摇了起来:

"喜欢哭吗?不要哭啦……爹爹抱着跳一跳,跑一跑……"

爹爹抱着,隔着桥站着,自己那个孩子黄瘦,眼圈发一点蓝,脖子略微长一些,看起来很像一条枯了的树枝。但是黄良子总觉得比车里的孩子更可爱一点。哪里可爱呢?他的笑也和哭差不多。他哭的时候也从不滚着发亮的肥大的泪珠,并且他对着隔着桥的妈妈一点也不亲热,他看着她也并不拍一下手。托在爹爹手上的脚连跳也不跳。

但她总觉得比车里的孩子更可爱些,哪里可爱呢?她自己不知道。

"走——走——推着宝宝上桥头,
走——走——推着宝宝上桥头。"

她对小主人说的话,已经缺少了一句:"桥头捉住个大蝴蝶,妈妈坐下歇一歇。"

在这句子里边感不到什么灵魂的契合,不必要了。

"走——走——上桥头,上桥头……"

她的歌词渐渐地干枯了,她没有注意到这样的几个字孩子喜欢听不喜欢听。同时在车轮呱啦呱啦地离开桥头时,她同样唱着:

"上桥头,上桥头……"

后来连小主人躺在床上睡觉的时候,她还是哼着:"上桥头,上桥头……"

"啊?你给他擦一擦呀……那鼻涕流过了嘴啦……怎么,看不见吗?唉唉……"

黄良子,她简直忘记了她是站在桥这边,她有些暴躁了。当她的手隔着桥伸出去的时候,那差不多要使她流眼泪了!她的脸为着急完全是胀红的。

"爹,爹是不行的呀……到底不中用!可是这桥,这桥……若没有这桥隔着……"借着桥下的水的反应,黄良子响出来的声音很空洞,并且横在桥下面的影子有些震撼:"你抱他过来呀!就这么看着他哭!绕一点路,男人的腿算是什么?我……我是推着车的呀!"

桥下面的水浮着三个人影和一辆小车。但分不出站在桥东和站在桥西的。

从这一天起,"桥"好像把黄良子的生命缩短了。但她又感到太阳挂在空中,整天也没有落下去似的……究竟日长了,短了?她也不知道;天气寒了,暖了?她也不能够识别。虽然她也换上了夹衣,对于衣裳的增加,似乎别人增加起来,她也就增加起来。

沿街扫着落叶的时候,她仍推着那辆呱啦呱啦的小车。

主人家墙头上的狗尾草,一些水分也没有了,全枯了,只有很少数的还站在风里面摇着。桥东孩子的哭声一点也没有瘦弱,随着风声送到桥头的人家去,特别是送进黄良子的耳里,那声音扩大起来,显微镜下面苍蝇翅膀似的……

她把馒头、饼干,有时就连那包着馅、发着油香不知名的点心,也从桥西抛到桥东去。

"只隔一道桥,若不……这不是随时可以吃得到的东西吗?这小穷鬼,你的命上该有一道桥啊!"

每次她抛的东西若落下水的时候,她就向着桥东的孩子说:

"小穷鬼,你的命上该有一道桥啊!"

向桥东抛着这些东西,主人一次也没有看到过。可是当水面上闪着一条线的时候,她总是害怕的,她像她的心上已经照着一面镜子了。

"这明明是啊……这是偷的东西……老天爷也知道的。"

因为在水面上反映着蓝天,反映着白云,并且这蓝天和她很接近,就在她抛着东西的手底下。

有一天,她得到无数东西,月饼,梨子,还有早饭剩下的饺子。这都不是公开的,这都是主人不看见她才包起来的。

她推着车,站在桥头了,那东西放在车箱里孩子摆着玩物的地方。

"他爹爹……他爹爹……黄良,黄良!"

但是什么人也没有,土丘的后面闹着两只野狗。门关着,好像是正在睡觉。

她决心到桥东去,推着车跑得快时,车里面孩子的头都颠起来,她最怕车轮响。

"到哪里去啦?推着车子跑……这是干么推着车子跑……跑什么?……跑什么?往哪里跑?"

就像女主人在她的后面喊起来:

"站住!站住!"她自己把她自己吓得出了汗,心脏快要跑到喉咙边来。

孩子被颠得要哭,她就说:

"老虎!老虎!"

她亲手把睡在炕上的孩子唤醒起来,她亲眼看着孩子去动手吃东西。

不知道怎样的愉快从她的心上开始着,当那孩子把梨子举起来的时候,当那孩子一粒一粒把葡萄触破了两三粒的时候。

"呀!这是吃的呀,你这小败家子!暴殄天物……还不懂得是吃的吗?妈,让妈给你放进嘴里去,张嘴,张嘴。嘿……酸哩!看这小样。酸得眼睛像一条缝了……吃这月饼吧!快到一岁的孩子什么都能吃的……吃吧……这都是第一次吃呢……"

她笑着。她总觉得这是好笑的,连笑也笑不完整的孩子,比坐在车里边的孩子更可爱些。

她走回桥西去的时候,心平静了。顺着小沟向北去,生在水沟旁的紫小菊,被她看到了,她兴致很好,想要伸手去折下来插到头上去。

"小宝宝！哎呀，好不好？"花穗在她的一只手里面摇着，她喊着小宝宝，那是完全从内心喊出来的，只有这样喊着，在她临时的幸福上才能够闪光。心上一点什么隔线也脱掉了，第一次，她感到小主人和自己的孩子一样可爱了！她在他的脸上扭了一下，车轮在那不平坦的道上呱啦呱啦地响……

她偶然看到孩子坐着的车是在水沟里颠乱着，于是她才想到她是来到桥东了。不安起来，车子在水沟里的倒影跑得快了，闪过去了。

"百八十步……可是偏偏要绕一里多路……眼看着桥就过不去……"

"黄良子，黄良子！把孩子推到哪里去啦！"就像女主人已经咸她了："你偷了什么东西回家的？我说黄良子！"

她自己的名字在她的心上跳着。

她的手没有把握的使着小车在水沟旁乱跑起来，跑得太与水沟接近的时候，要撞进水沟去似的。车轮子两只高了，两只低了，孩子要从里面被颠出来了。

还没有跑到水沟的尽端，车轮脱落了一只。脱落的车轮，像用力抛着一般旋进水沟里去了。

黄良子停下来看一看，桥头的栏杆还模糊的可以看见。

"这桥！不都是这桥吗？"

她觉到她应该哭了！但那肺叶在她的胸内颤了两下，她又停止住。

"这还算是站在桥东啊！应该快到桥西去。"

她推起三个轮子的车来，从水沟的东面，绕到水沟的西面。

"这可怎么说？就说在水旁走走，轮子就掉了；就说抓蝴蝶吧？这时候没有蝴蝶了。就说抓蜻蜓吧……瞎说吧！反正车子站在桥西,并没有桥东去……"

"黄良……黄良……"一切忘掉了,在她好像一切都不怕了。

"黄良,……黄良……"她推着三个轮子的小车顺着水沟走到桥边去招呼。

当她的手拿到那车轮的时候,黄良子的泥污已经满到腰的部分。

推着三个轮子的车走进主人家的大门去,她的头发是挂下来的,在她苍白的脸上划着条痕。

"这不就是这轮子吗?掉了……是掉了的,滚下沟去的……"

她依着大门扇,哭了!桥头上没有底的桥栏杆,在东边好像看着她哭!

第二年的夏天,桥头仍响着"黄良子,黄良子"喊声。尤其是在天还未明的时候,简直和鸡啼一样。

第三年,桥头上"黄良子"的喊声没有了,像是同那颤抖的桥栏一同消灭下去。黄良子已经住到主人家去。

在三月里,新桥就开始建造起来。夏天,那桥上已经走着马车和行人。

黄良子一看到那红漆的桥杆,比所有她看到过的在夏天里开着的红花更新鲜。

"跑跑吧!你这孩子!"她每次看到她的孩子从桥东跑过来的时候,无论隔着多远,不管听见听不见,不管她的声音怎样小,她却总要说的:

"跑跑吧!这样宽大的桥啊!"

爹爹抱着他,也许牵着他,每天过桥好几次。桥上面平坦和发着哄声,若在上面跺一下脚,会咚咚地响起来。

主人家墙头上的狗尾草又是肥壮的,墙根下面有的地方也长着同样的狗尾草,墙根下也长着别样的草:野罂粟和洋雀草,还有不知名的草。

黄良子拔着洋雀草做起哨子来,给瘦孩子一个,给胖孩子一个。她们两个都到墙根的地方去拔草,拔得过量的多,她的膝盖上尽是些草了。于是他们也拔着野罂粟。

"吱吱,吱吱!"在院子的榆树下闹着、笑着和响着哨子。

桥头上孩子的哭声,不复出现了。在妈妈的膝头前,变成了欢笑和歌声。

黄良子,两个孩子都觉得可爱,她的两个膝头前一边站着一个。有时候,他们两个装着哭,就一边膝头上伏着一个。

黄良子把"桥"渐渐地遗忘了,虽然她有时走在桥上,但她不记起还是一条桥,和走在大道上一般平常,一点也没有两样。

有一天,黄良子发现她的孩子的手上划着两条血痕。

"去吧!去跟爹爹回家睡一觉再来……"有时候,她也亲手把他牵过桥去。

以后,那孩子在她膝盖前就不怎样活泼了,并且常常哭,并且脸上也发现着伤痕。

"不许这样打的呀!这是干什么……干什么?"在墙外,或是在道口,总之,在没有人的地方,黄良子才把小主人的木枪夺下来。

小主人立刻倒在地上,哭和骂,有时候立刻就去打着黄良子,用玩物,或者用街上的泥块。

"妈!我也要那个……"

小主人吃着肉包子的样子,一只手上抓着一个,有油流出来了,小手上面发着光。并且那肉包子的香味,不管站得怎样远也像绕着小良子的鼻管似的。

"妈……我也要……要……"

"你要什么?小良子!不该要呀……羞不羞?馋嘴巴!没有脸

皮了?"

当小主人吃着水果的时候,那是歪着头,很圆的黑眼睛,慢慢地转着。

小良子看到别人吃,他拾了一片树叶舐一舐,或者把树枝放在舌头上,用舌头卷着,用舌头吮着。

小主人吃杏的时候,很快地把杏核吐在地上,又另吃第二个。他围裙的口袋里边,装着满满的黄色的大杏。

"好孩子!给小良子一个……有多好呢……"黄良子伸手去摸他的口袋,那孩子摆脱开,跑到很远的地方把两个杏子抛到地上。

"吞吧!小良子,小鬼头……"黄良子的眼睛弯曲地看到小良子的身上。

小良子吃杏,把杏核使嘴和牙齿相撞着,撞得发响,并且他很久很久地吮着杏核。后来,他在地上拾起那胖孩子吐出来的杏核。

有一天,黄良子看到她的孩子把手插进一个泥洼子里摸着。

妈妈第一次打他,那孩子倒下来,把两只手都插进泥坑去时,他喊着:

"妈!杏核呀……摸到的杏核丢了……"

黄良子常常送她的孩子过桥:

"黄良!黄良……把孩子叫回去……黄良!不再叫他跑过桥来……"

也许是黄昏,也许是晌午,桥头上黄良的名字又开始送进人家去。两年前人们听惯了的"黄良子"这歌好像又复活了。

"黄良,黄良,把这小死鬼绑起来吧!他又跑过桥来啦……"

小良子把小主人的嘴唇打破的那天早晨,桥头上闹着黄良的全家。黄良子喊着,小良子跑着叫着:

"爹爹呀……爹爹呀……呵……呵……"

到晚间,终于小良子的嘴也流着血了。在他原有的,小主人给他打破的伤痕上,又流着血了。这次却是妈妈给打破的。

小主人给打破的伤口,是妈妈给揩干的;给妈妈打破的伤口,爹爹也不去揩干它。

黄良子带着东西,从桥西走回来了。

她家好像生了病一样,静下去了,哑了,几乎门扇整日都没有开动,屋顶上也好像不曾冒过烟。

这寂寞也波及到桥头。桥头附近的人家,在这个六月里失去了他们的音乐。

"黄良,黄良,小良子……"这声音再也听不到了。

桥下面的水,静静地流着。

桥上和桥下再没有黄良子的影子和声音了。

黄良子重新被主人唤回去上工的时候,那是秋末,也许是初冬,总之,道路上的雨水已经开始结集着闪光的冰花。但水沟还没有结冰,桥上的栏杆还是照样的红。她停在桥头,横在面前的水沟,伸到南面去的也没有延展,伸到北面去的也不见得缩短。桥西,人家的房顶,照旧发着灰色。门楼,院墙,墙头的萎黄狗尾草,也和去年秋末一样的在风里摇动。

只有桥,她忽然感到高了!使她踏不上去似的。一种软弱和怕惧贯穿着她。

"还是没有这桥吧!若没有这桥,小良子不就是跑不到桥西来了吗?算是没有挡他腿的啦!这桥,不都这桥吗?"

她怀念起旧桥来,同时,她用怨恨过旧桥的情感再建设起旧桥来。

小良子一次也没有踏过桥西去,爹爹在桥头上张开两只胳膊,笑着,哭着,小良子在桥边一直被阻挡下来;他流着过量的鼻涕的时候,爹爹把他抱了起来,用手掌给暖一暖他冻得很凉的耳朵的轮边。于是桥东的空场上有个很长的人影在踱着。

也许是黄昏了,也许是孩子终于睡在他的肩上,这时候,这曲背的长的影子不见了。这桥东完全空旷下来。

可是空场上的土丘透出了一片灯光,土丘里面有时候也起着燃料的爆炸。

小良子吃晚饭的碗举到嘴边去,同时,桥头上的夜色流来了!深色的天,好像广大的帘子从桥头挂到小良子的门前。

第二天,小良子又是照样向桥头奔跑。

"找妈去……吃……馒头……她有馒头……妈有呵……妈有糖……"一面奔跑着,一面叫着……头顶上留着一堆毛发,逆着风,吹得竖起来了。他看到爹爹的大手就跟在他的后面。

桥头上喊着"妈"和哭声……

这哭声借着风声,借着桥下水的共鸣,也送进远处的人家去。

等这桥头安息下来的时候,那是从一年中落着最末的一次雨的那天起。

小良子从此丢失了。

冬天,桥西和桥东都飘着云,红色的栏杆被雪花遮断了。

桥上面走着行人和车马,到桥东去的,到桥西去的。

那天,黄良子听到她的孩子掉下水沟去,她赶忙奔到了水沟边去。看到那被捞在沟沿上的孩子,连呼吸也没有的时候,她站起来,她从那些围观的人们的头上面望到桥的方向去。

那颤抖的桥栏,那红色的桥栏,在模糊中她似乎看到了两道桥栏。

于是肺叶在她胸的里面颤动和放大。这次,她真的哭了。

汾河的圆月

黄叶满地落着。小玉的祖母虽然是瞎子,她也确确实实承认道已经好久就是秋天了。因为手杖的尖端触到那地上的黄叶时,就起着她的手杖在初冬的早晨踏破了地面上的结着薄薄的冰片暴裂的声音似的。

"你爹今天还不回来吗?"祖母的全白的头发,就和白银丝似的在月亮下边走起路来,微微地颤抖着。

"你爹今天还不回来吗?"她的手杖格格地打着地面,落叶或瓦砾或沙土都在她的手杖下发着响或冒着烟。

"你爹,你爹,还不回来吗?"她沿着小巷子向左边走。邻家没有不说她是疯子的,所以她一走到谁家的门前,就听到纸窗里边咯咯的笑声,或是问她:"你儿子去练兵去了吗?"

她说:"是去了啦,不是吗!就为着那卢沟桥……后来人家又都说不是,说是为着'三一八'什么还是'八一三'………"

"你儿子练兵打谁呢?"

假若再接着问她,她就这样说:

"打谁……打小日本子吧……"

"你看过小日本子吗?"

"小日本子,可没见过……反正还不是黄眼珠,卷头发……说话滴拉都鲁地……像人不像人，像兽不像兽。"

"你没见过，怎么知道是黄眼珠？"

"那还用看，一想就是那么一回事……东洋鬼子，西洋鬼子，一想就都是那么一回事……看见！有眼睛的要看，没有眼睛也必得用耳听，看不见，还没听人说过……"

"你听谁说的？"

"听谁说的！你们这睁着眼睛的人，比我这瞎子还瞎……人家都说，瞎子有耳朵就行……我看你们耳眼皆全的……耳眼皆全……皆全……"

"全不全你怎么知道日本子是卷头发……"

"嘎！别瞎说啦！把我的儿子都掷了去啦……"

汾河边上的人对于这疯子起初感到趣味，慢慢地厌倦下来，接着就对她非常冷淡。也许偶而对她又感到趣味，但那是不常有的。今天这白头发的疯子就空索索地一边嘴在咕鲁咕鲁地像是鱼在池塘里吐着沫似的，一边向着汾河走去。

小玉的父亲是在军中病死的，这消息传到小玉家是在他父亲离开家还不到一个月的时候。祖母从那个时候，就在夜里开始摸索，嘴里就开始不断地什么时候想起来，就什么时候说着她的儿子是去练兵练死了。

可是从小玉的母亲出嫁的那一天起，她就再不说她的儿子是死了。她忽然说她的儿子是活着，并且说他就快回来了。

"你爹还不回来吗？你妈眼看着就把你们都丢下啦！"

夜里小玉家就开着门过夜，祖父那和马铃薯一样的脸孔，好像是浮肿了，突起来的地方突得更高了。

"你爹还不回来吗？"祖母那夜依着门扇站着，她的手杖就在蟋蟀叫的地方打下去。

祖父提着水桶，到马棚里去了一次再去一次。那呼呼地，喘气的声音，就和马棚里边的马差不多了。他说：

"这还像个家吗？你半夜三更的还不睡觉！"

祖母听了他这话，带着手杖就跑到汾河边上去，那夜她就睡在汾河边上了。

小玉从妈妈走后，那胖胖的有点发黑的脸孔，常常出现在那七八家取水的井口边。尤其是在黄昏的时候，他跟着祖父饮马的水桶一块来了。马在喝水时，水桶里边发着响，并且那马还响着鼻子。而小玉只是静静地站者，看着……有的时候他竟站到黄昏以后。假若有人问他。

"小玉怎么还不回去睡觉呢？"

那孩子就用黑黑的小手搔一搔遮在额前的那片头发，而后反过来手掌向外，把手背压在脸上，或者压在眼睛上：

"妈没有啦！"他说。

直到黄叶满地飞着的秋天，小玉仍是常常站在井边；祖母仍是常常嘴里叨叨着，摸索着走向汾河。

汾河永久是那么寂寞，潺潺地流着，中间隔着一片沙滩，横在高高城墙下。在圆月的夜里，城墙背后衬着深蓝色的天空。经过河上用柴草架起的浮桥，在沙滩上印着日里经行过的战士们的脚印。天空是辽远的，高的，不可及的深远的圆月的背后，在城墙的上方悬着。

小玉的祖母坐在河边上，曲着她的两膝，好像又要说到她的儿子。这时她听到一些狗叫，一些掌声。她不知道什么是掌声，她想是一片震耳的蛙鸣。

一个救亡的小团体的话剧在村中开演了。

然而，汾河的边上仍坐着小玉的祖母，圆月把她画着深黑色的影子落在地上。

孩子的讲演

这一个欢迎会，出席的有五六百人，站着的，坐着的，还有挤在窗台上的。这些人多半穿着灰色的制服。因为除了教授之外，其余的都是这学校的学生。而被欢迎的则是另外一批人。这小讲演者就是被欢迎之中的一个。

第一个上来了一个花胡子的，两只手扶着台子的边沿，好像山羊一样，他垂着头讲话。讲了一段话，而后把头抬了一会，若计算起来大概有半分钟。在这半分钟之内，他的头特别向前伸出，会叫人立刻想起在图画上曾看过的长颈鹿。等他的声音再一开始，连他的颈子，连他额角上的皱纹都一齐摇震了一下，就像有人在他的背后用针刺了他的样子。再说他的花胡子，虽然站在这大厅的最后的一排，也能够看到是已经花的了。因为他的下巴过于喜欢运动，那胡子就和什么活的东西挂在他的下巴上似的，但他的胡子可并不长。

"他……那人说的是什么？为什么这些人都笑！"在掌声中人们就笑得哄哄的，也用脚擦着地板。因为这大厅四面都开着窗子，外边的风声和几百人的哄声，把别的一切会发响的都止息了；咳嗽声，剥着落花生的声音，还有别的窸窸窣窣地从群众发出来的特有的声音，也都听不见了。

当然那孩子问的也没有人听见。

"告诉我！笑什么……笑什么……"他拉住了他旁边的那女同志，他摇着她的胳臂。

"可笑呵……笑他滑稽，笑他那样子。"那女同志一边用手按住嘴，一边告诉那孩子，"你看吧……在那边，在那个桌子角上还没有坐下来呢……他讲演的时候，他说日本人呵啥你们说，你们说……中国人呵哈，你们说……高丽人呵哈……你们说，你们说……你们说，你们说，他说了一大串呀……"

那孩子起来看看，他是这大厅中最小的一个，大概也没看见什么，就把手里剥好的花生米放在嘴里，一边嚼着一边拍着那又黑又厚的小肥手掌。等他团体里的人叫着：

"王根！小王根……"他才缩一缩脖颈，把眼睛往四边溜一下，接着又去吃落花生，吃别的在风沙地带所产的干干的果子，吃一些混着沙土的点心和芝麻糖。

王根他记得从出生以来，还没有这样大量地吃过。虽然他从加入了战地服务团，在别处的晚会或欢迎会上也吃过糖果，但没有这样多并且也没有这许多人，所以他回想着刚才他排着队来赴这个欢迎会路上的情景。他越想越有意思。比方那高高的城门楼子，走在城门楼子里说话那种空洞的声音，一出城门楼子，就看到那么一个圆圆的月亮而且可以随时听到满街的歌声。这些歌子他也都会唱。并且他还骄傲着，他觉得他所会的歌比他所听到的还多着哩！他还会唱小曲子，还会打莲花落……这些都是来到战地服务团里学的。

"……别看我年纪小，抗日的道理可知道得并不少……唾登唾……唾登唾……"他在冒着尘土的队尾上，偷着用脚尖转了个圈，他一边走路一边作着唱莲花落时的姿式。

现在他又吃着这许多东西，又看着这许多人。他的柔和的眼光，好像幼稚的兔子在它幸福饱满的时候所发出的眼光一样。

讲演者一个接着一个，女讲演者，老讲演者，多数的是年轻的讲演者。

孩子的讲演

由于开着窗子和门的关系，所有的讲演者的声音，都不十分响亮，平凡的，拖长的……因为那些所讲的悲惨的事情都没有变样，一个说日本帝国主义，另一个也说日本帝国主义。那些过于庄严的脸孔，在一个欢迎会是不大相宜。只有蜡烛的火苗抖擞得使人起了一点宗教感。觉得客人和主人都是虔诚的。

被欢迎的宾客是一个战地服务团。当那团里的几个代表讲演完毕，一阵暴风雨似的掌声。不知道是谁提议叫孩子王根也走上讲台。

王根发烧了，立刻停止了所吃的东西，血管里的血液开始不平凡地流动起来。好像全身就连耳朵都侵进了虫子，热，昏花。他对自己的讲演，平常很有把握，在别的地方也说过几次话，虽然不能够证明自己的声音太小，但是并不恐惧。就像在台上唱莲花落时一样没有恐惧。这次他也并不是恐惧，因为这地方人多，又都是会讲演的，他想他特别要说得好一点。

他没有走上讲台去，人们就使他站上他的木凳。

于是王根站上了自己的木凳。

人们一看到他就喜欢他。他的小脸一边圆圆的红着一块，穿着短小的，好像小兵似的衣服，戴着灰色的小军帽。他一站上木凳来，第一件事是把手放在帽沿前行着军人的敬礼。而后为着稳定一下自己，他还稍稍地站了一会，还向四边看看。他刚开口，人们禁止不住对他贯注的热情就笑了起来。这种热情并不怎样尊敬他，多半把他看成一个小玩物，一种蔑视的爱起浮在这整个的大厅。

"你也会讲演吗？你这孩子……你这小东西……"人们都用这种眼光看着他，并且张着嘴，好像要吃了他。他全身都热起来了。

王根刚一开始，就听到周围哄哄的笑声，他把自己检点了一下：

"是不是说错啦？"因为他一直还没有开口。

他证明自己没有说错，于是，接着说下去，他说他家在赵城……

"我离开家的时候，我家还剩三个人，父亲、母亲和妹妹，现在赵城被敌人占了，家里还有几个，我就不知道了。我跑到服务团来，父亲还到服务团来找我回家。他说母亲让我回去，母亲想我。我不回去，我说日本鬼子来把我杀了，还想不想？我就在服务团里当了勤务。我太小，打日本鬼子不分男女老幼。我当勤务，在宣传的时候，我也上台唱莲花落……"

又当勤务，又唱莲花落，不但没有人笑，不知为什么反而平静下去，大厅中人们的呼吸和游丝似的轻微。蜡烛在每张桌上抖擞着，人们之中有的咬着嘴唇，有的咬着指甲，有的把眼睛掠过人头而投视着窗外。站在后边的那一堆灰色的人，就像木刻图上所刻的一样，笨重，粗糙，又是完全一类型。他们的眼光都像反映在海面上的天空那么深沉，那么无底。窗外则站着更冷静的月亮。

那稀薄的白色的光，扫遍着全院子房顶，就是说扫遍了这全个学校的校舍。它停在古旧的屋瓦上，停在四周的围墙上。在风里边卷着的沙土和寒带的雪粒似的，不住地扫着墙根，扫着纸窗，有时更弥补了阶前房后不平的坑坑洼洼。

一九三八年的春天，月亮行走在山西的某一座城上，它和每年的春天一样。但是今夜它在一个孩子的面前做了一个伟大的听众。

那稀薄的白光就站在门外五尺远的地方，从房檐倒下来的影子，切了整整齐齐的一排花纹横在大厅的后边。

大厅里像排着什么宗教的仪式。

小讲演者虽然站在凳子上，并不比人高出多少。

"父亲让我回家，我不回家，让我回家，我……我不回家……我就在服务团里当了勤务，我就当了服务团里的勤务。"

他听到四边有猛烈的鼓掌的声音，向他潮水似的涌来，他就心

孩子的讲演

慌起来,他想他的讲演还没有完,人们为什么鼓掌?或者是说错了!又想,没有错,还不是有一大段吗?还不是有日本帝国主义没有加上吗?他特别用力镇定自己,把手插进口袋去,他的肚子好像胀了起来,向左边和右边摇了几下,小嘴好像含着糖球胀得圆圆的。

"我当了勤务……当了服务团里的勤务……我……我……"

人们接着掌声,就来了笑声,笑声又接起着掌声。王根说不下去了。他想一定是自己出了笑话,他要哭。他想马上发现出自己的弱点以便即刻纠正。但是不成,他只能在讲完之后,才能检点出来,或者是衣服的不齐整,或者是自己的呆样子。他不能理解这笑是人们对他多大的爱悦。

"讲下去呀!王根……"

他本团的同志喊着他。

"日本帝国主义……日本鬼子。"他就像喝过酒的孩子,从木凳上跌落下来的一样。

他的眼泪已经浸上了睫毛,他什么也看不见,他不知道他是站在什么地方,他不知道他自己是在做什么。他觉得就像玩着的时候,从高处跌落下来一样的瘫软,他觉得自己的手肥大到可怕而不动的程度。当他用手背揩抹着滚热的眼泪的时候。

人们的笑声更不可制止。看见他哭了。

王根想:这讲演是失败了,完了,光荣在他完全变成了懊悔,而且是自己破坏了自己的光荣。他没有勇气再作第三次的修正,他要从木凳坐下来。他刚一开始弯曲他的膝盖,就听到人们向他呼喊:

"讲得好,别哭啊……再讲再讲……没有完,没有完……"

其余的别的安慰他的话,他就听不见了。他觉得这都是嘲笑。于是更感到自己的耻辱,更感到不可逃避,他几乎哭出声来,他便跌到不知道是什么人的怀里大哭起来。

这天晚上的欢迎会，一直继续到半夜。

王根再也不吃摆在他面前的糖了。他把头压在桌边上，就像小牛把头撞在栏栅上那么粗蛮，他手里握着一个红色上面带着黄点的山楂。那山楂就像用热水洗过的一样。当用右手抹着眼泪的时候，那小果子就在左手的手心里冒着气，当他用左手抹着眼泪的时候，那山楂就在他右手的手心里冒着气。

为什么人家笑呢？他自己还不大知道，大概是自己什么地方说错了，可是又想不起来。好比家住在赵城，这没有错。来到服务团，也没有错。当了勤务也没有错，打倒日本帝国主义也没说错……这他自己也不敢确信了。因为那时候在笑声中，把自己实在闹昏了。

退出大厅时，王根照着来时的样子排在队尾上，这回在路上他没有唱莲花落，他也没有听到四处的歌声。但也实在是静了。只有脚下踢起来的尘土还是冒着烟儿的。

这欢迎会开过了，就被人们忘记了，若不去想，就像没有这么回事存在过。

可是在王根，一个礼拜之内，他常常从夜梦里边坐起来。但永远梦到他讲演，并且每次讲到他当勤务的地方，就讲不下去了。于是他怕，他想逃走，可是总逃走不了，于是他叫喊着醒来了。和他同屋睡觉的另外两个比他年纪大一点的小勤务的鼾声，证明了他自己也和别人一样地在睡觉，而不是在讲演。

但是那害怕的情绪，把他在小床上缩做了一个团子，就仿佛在家里的时候，为着夜梦所恐惧缩在母亲身边一样。

"妈妈……"这是他往日是自己做孩子时候的呼喊。

现在王根一点声音也没有就又睡了。虽然他才九岁，因为他做了服务团的勤务，他就把自己也变作大人。

朦胧的期待

　　一年之中三百六十日，
　　日日在愁苦之中，
　　还不如那山上的飞鸟，
　　还不如那田上的蚱虫……

　　李妈从那天晚上就唱着曲子，就是当她听说金立之也要出发到前方去之后。金立之是主人家的卫兵。这事可并没有人知道，或者那另外的一个卫兵有点知道，但也说不定是李妈自己的神经过敏。
　　"李妈！李妈……"
　　当太太的声音从黑黑的树荫下面传来时，李妈就应着回答了两三声。因为她是性急爽快的人，从来是这样，现在仍是这样。可是当她刚一抬脚，为着身旁的一个小竹方凳，差一点没有跌倒。于是她感到自己是流汗了，耳朵热起来，眼前冒了一阵花。她想说：
　　"倒霉！倒霉！"她一看她旁边站着那个另外的卫兵，她就没有说。
　　等她从太太那边拿了两个茶杯回来，刚要放在水里边去洗，那姓王的卫兵把头偏着：

"李妈，别心慌，心慌什么，打碎了杯子。"

"你说心慌什么……"她来到嘴边上的话没有说，像是生气的样子，把两个杯子故意地撞出叮当的响声来。

院心的草地上，太太和老爷的纸烟的火光，和一朵小花似的忽然开放得红了。忽然又收缩得像一片在萎落下去的花片。萤火虫在树叶上闪飞，看起来就像凭空的毫没有依靠的被风吹着似的那么轻飘。

"今天晚上绝对不会来警报的……"太太的椅背向后靠着，看着天空。她不大相信这天阴得十分沉重，她想要寻找空中是否还留着一个星子。

"太太，警报不是多少日子夜里不来了么？"李妈站在黑夜里，就像被消灭了一样。

"不对，这几天要来的，战事一过九江，武汉空袭就多起来……"

"太太，那么这仗要打到哪里？也打到湖北？"

"打到湖北是要打到湖北的，你没看见金立之都要到前方去了吗？"

"到大冶，太太，这大冶是什么地方？多远？"

"没多远，出铁的地方，金立之他们整个的特务连都到那边去。"

李妈又问："特务连也打仗，也冲锋，就和别的兵一样？特务连不是在长官旁边保卫长官的吗？好比金立之不是保卫太太和老爷的吗？"

"紧急的时候，他们也打仗，和别的兵一样啊！你还没听金立之说在大场他也作战过吗？"

李妈又问："到大冶是打仗去？"隔了一会她又说，"金立之就是作战去？"

"是的，打仗去，保卫我们的国家！"

太太没有十分回答她，她就在太太旁边静静地站了一会，听着太太和老爷谈着她所不大理解的战局，又是田家镇……又是什么镇……

李妈离开了院心，经过有灯光的地方，她忽然感到自己是变大了，变得像和院子一般大，她自己觉得她自己已经赤裸裸地摆在人们的面前。又仿佛自己偷了什么东西被人发觉了一样，她慌忙地躲在了暗处。尤其是那个姓王的卫兵，正站在老爷的门厅旁边，手里拿着个牙刷，像是在刷牙。

"讨厌鬼，天黑了，刷的什么牙……"她在心里骂着，就走进厨房去。

一年之中三百六十日，
日日在愁苦之中，
还不如那山上的飞鸟，
还不如那田上的蚱虫。
还不如那山上的飞鸟，
还不如那田上的蚱虫……

李妈在饭锅旁边这样唱着，在水桶旁边这样唱着，在晒衣服的竹竿子旁边也是这样唱着。从她的粗手指骨节流下来的水滴，把她的裤腿和她的玉蓝麻布的上衣都印着圈子。在她的深红而微黑的嘴唇上闪着一点光，她像一只油亮的甲虫伏在那里。

刺玫树的荫影在太阳下边，好像用布剪的，用笔画出来的一样，爬在石阶前的砖柱上。而那葡萄藤，从架子上边倒垂下来的缠绕的枝梢，上面结着和钮扣一般大的微绿色和小琉璃似的圆葡萄，风来的时候，还有些颤抖。

李妈若是前些日子从这边走过,必得用手触一触它们,或者拿在手上,向她旁边的人招呼着:

"要吃得啦……多快呀!长得多快呀!……"

可是现在她就像没有看见它们,来往地拿着竹竿子经过的时候,她不经意地把竹竿子撞了葡萄藤,那浮浮沉沉的摇着的叶子,虽是李妈已经走过,而那荫影还在地上摇了多时。

李妈的忧郁的声音,不但从曲子声发出,就是从勺子、盘子、碗的声音,也都知道李妈是忧郁了,因为这些家具一点也不响亮。往常那响亮的厨房,好像一座音乐室的光荣的日子,只落在回忆之中。

白嫩的豆芽菜,有的还带着很长的须子,她就连须子一同煎炒起来;油菜或是白菜,她把它带着水就放在锅底上,油炸着菜的声音就像水煮的一样。而后,浅浅的白色盘子的四边向外流着淡绿色的菜汤。

用围裙揩着汗,她在正对面她平日挂在墙上的那块镜子里边,反映着仿佛是受惊的,仿佛是生病的,仿佛是刚刚被幸福离弃了的年轻的山羊那样沉寂。

李妈才二十五岁,头发是黑的,皮肤是坚实的,心脏的跳动也和她的健康成和谐,她的鞋尖常常是破的,因为她走路永远来不及举平她的脚。门槛上,煤堆上,石阶的边沿上,她随时随地地畅快地踢着。而现在反映在镜子里的李妈,不是那个原来的李妈,而是另外的李妈了,黑了,沉重了,哑喑了。

把吃饭的家具摆齐之后,她就从桌子边退了去,她说"不大舒服,头痛。"

她面向着栏栅外的平静的湖水站着,而后荡着。已经爬上了架的倭瓜,在黄色的花上,有蜜蜂在带着粉的花瓣上来来去去。而湖上打成片的肥大的莲花叶子,每一张的中心顶着一个圆圆的水珠,这些水珠和水银的珠子似的向着太阳。淡绿色的莲花苞和挂着红嘴的莲花苞,从肥大的叶子旁边钻了出来。

湖边上,有人为着一点点家常的菜蔬除着草,房东的老仆人指着那边竹墙上冒着气一张排着一张的东西,向着李妈说:

"看吧!这些当兵的都是些可怜人,受了伤,自己不能动手,都是弟兄们在湖里给洗这东西。这大的毯子,不会洗净的。不信,过到那边去看看,又腥又有别的味……"

西边竹墙上晒军用毯,还有些草绿色的近乎黄色的军衣。李妈知道那是伤兵医院。从这几天起,她非常厌恶那医院,从医院走出来的用棍子当做腿的伤兵们,现在她一看见了就有些害怕。所以那老头指给她看的东西,她只假装着笑笑。隔着湖,在那边湖边上洗衣服的也是兵士,并且在石头上打着洗着的衣裳,发出沉重的水声来。……"金立之裹腿上的带子,我不是没给他钉起吗?真是发昏了,他一会不是来取吗?"

等她取了针线又来到湖边,隔湖的马路上,正过着军队,唱着歌的混着灰尘的行列,金立之不就在那行列里边吗?李妈神经质的,自己也觉得这想头非常可笑。

这种流行的军歌,李妈都会唱,尤其是那句:"中华民族到了最危险的时候,"她每唱到这一句,她就学着军人的步伐走了几步。她非常喜欢这个歌,因为金立之喜欢。

可是今天她厌恶他们,她把头低下去,用眼角去看他们,而那歌声,就像黄昏时成团在空气中飞的小虫子似的,使她不能躲避。

"李妈……李妈。"姓王的卫兵喊着她,她假装没有听到。

"李妈!金立之来了。"

李妈相信这是骗她的话,她走到院心的草地上去,呆呆地站在那里。王卫兵和太太都看着她:

"李妈没有吃饭吗?"

她手里卷着一半裹腿，她的嘴唇发黑，她的眼睛和钉子一样的坚实，不知道钉在她面前的什么。而另外的一半裹腿，比草的颜色稍微黄一点，长长地拖在地上，拖在李妈的脚下。

　　金立之晚上八点多钟来的。红的领章上又多一颗金花，原来是两个，现在是三个。在太太的房里，为着他出发到前方去，太太赏给他一杯柠檬茶。

　　"我不吃这茶，我只到这里……我只回来看一下。连长和我一同到街上买连里用的东西。我不吃这茶……连长在八点一刻来看老爷的。"他灵敏地看一下袖口的表，"现在八点，连长一来，我就得跟连长一同归连……"

　　接着，他就谈些个他出发到前方，到什么地方，做什么职务，特务连的连长是怎样一个好人，又是带兵多么真诚……太太和他热诚地谈着，李妈在旁边又拿太太的纸烟给金立之，她说：

　　"现在你来是客人了。抽一支吧！"

　　她又跑去把裹腿拿来，摆在桌子上，又拿在手里又打开，又卷起来……在地板上，她几乎不能停稳，就像有风的水池里走着的一张叶子。

　　他为什么还不来到厨房里呢？李妈故意先退出来，站在门槛旁边咳嗽了两声，而后又大声和那个卫兵讲着连她自己也不知道是什么意思的话。她看金立之仍不出来，她又走进房去，她说：

　　"三个金花了，等从前方回来，大概要五个金花了。金立之今天也换了新衣裳，这衣裳也是新发的吗？"

　　金立之说："新发的。"

　　李妈要的并不是这样的回答。李妈说：

　　"现在八点五分了，太太的表准吗？"

　　太太只向着表看了一下，点一点头，金立之仍旧没有注意。

　　"这次，我们打仗全是为了国家，连长说，宁做战死鬼，勿做亡国奴，我们为了妻子，家庭，儿女，我们必须抗战到底……"

金立之站得笔直在和太太讲话。

趁着这工夫，她从太太房子里溜了出来，下了台阶，转了一个弯，她就出了小门，她去买两包烟送给他。听说，战壕里烟最宝贵。她在小巷里一边跑着，一边想着她所要说的话："你若回来的时候，可以先找到老爷的官厅，就一定能找到我。太太走到哪里，说一定带着我走。"再告诉他："回来的时候，你可不就忘了我，要做个有良心的人，可不能够高升忘了我……"

她在黑黑的巷子里跑着，她并不知道自己是在发烧，她想起来到夜里就越热了，真是湖北的讨厌的天气，她的背脊完全浸在潮湿里面。

"还得把这块钱给他，我留着这个有什么用呢！下月的工钱又是五元。可是上前线去的，钱是有数的……"她隔着衣裳捏着口袋里一元钱的票子。

等李妈回来，金立之的影子都早消失在小巷里了，她站在小巷里喊着：

"金立之……金立之……"。

远近都没有回声，她的声音还不如落在山涧里边还能得到一个空虚的反响。

和几年前的事情一样，那就是九江的家乡，她送一个年轻的当红军的走了，他说他当完了红军回来娶她，他说那时一切就都好了。临走时还送给她一匹印花布，过去她在家里看到那印花布，她就要啼哭。现在她又送走这个特务连的兵士走了，他说抗战胜利了回来娶她，他说那时一切就都好了。

还得告诉他："把我的工钱，都留着将来安排我们的家。"

但是，金立之已经走远了。想是连长已经来了，他归连了。

等她拿着纸烟，想起这最末的一句话的时候，她的背脊被凉风拍着,好像浸在凉水里一样。因为她站定了,她停止了。热度离开了她,跳跃和翻腾的情绪离开了她。徘徊,鼓荡着的要破裂的那一刻的人生,只是一刻把其余的人生都带走了。人在静止的时候常常冷的。所以是她不期地打了个激灵的冷战。

李妈回头看一看那黑黑的院子,她不想再走进去,可是在她前面的那黑黑的小巷子,招引着她的更没有方向。

她终归是转回身来,在那显着一点苍白的铺砖的小路上,她摸索着回来了,房间里的灯光和窗帘子的颜色,单调得就像飘在空中的一块布和闪在空中的一道光线。

李妈打开了女仆的房门,坐在她自己的床头上。她觉得虫子今夜都没有叫过,空的,什么都是不着边际的,电灯是无缘无故地悬着,床铺是无缘无故地放着,窗子和门也是无缘无故地设着……总之,一切都没有理由存在,也没有理由消灭……

李妈最末想起来的那一句话,她不愿意反复,可是她又反复了一遍:

"把我的工钱,都留着将来安排我们的家。"

李妈早早地休息了,这是第一次,在全院子的女仆休息之前她是第一次睡得这样早,两盒红锡包香烟就睡在她枕头的旁边。

湖边上战士们的歌声,虽然是已经黄昏以后,有时候隐约的还可以听到。

夜里,她梦见金立之从前线上回来了。"我回来安家了,从今我们一切都好了。"他打胜了。

而且金立之的头发还和从前一样的黑。

他说:"我们一定得胜利的,我们为什么不胜利呢,没道理!"

李妈在梦中很温顺地笑了。

逃 难

　　这火车可怎能上去？要带东西是不可能。就单人说吧，也得从下边用人抬。

　　何南生在抗战之前做小学教员，他从南京逃难到陕西，遇到一个朋友是做中学校长的，于是他就做了中学教员。做中学教员这回事先不提。就单说何南生这面貌，一看上去真使你替他发愁。两个眼睛非常光亮而又时时在留神，凡是别人要看的东西，他却躲避着，而别人不要看的东西，他却偷看着。他还没开口说话，他的嘴先向四边咧着，几乎把嘴咧成一个火柴盒形，那样子人疑心他吃了黄连。除了这之外，他的脸上还有点特别的地方。就是下眼睑之下那两块豆腐块样突起的方形筋肉，无管他在说话的时候，在笑的时候，在发愁的时候，那两块筋肉永久不会运动。就连他最好的好朋友，不用说，就连他的太太吧！也从没有看到他那两块砖头似的筋肉运动过。

　　"这是干什么……这些人。我说，中国人若有出息真他妈的……"

　　何南生一向反对中国人，就好像他自己不是中国人似的。抗战之前反对得更厉害，抗战之后稍稍好了一点，不过有时候仍旧来了他的老毛病。

　　什么是他的老毛病呢？就是他本身将要发生点困难的事情，也许这事情不一定发生。只要他一想到关于他本身的一点不痛快的事，他就对全世界怀着不满。好比他的袜子晚上脱的时候掉在地板上，差一点没给耗子咬了一个洞，又好比临走下讲台的当儿，一脚踏在一只粉笔头上，粉笔头一滚，好险没有跌了一交。总之，危险的事情若没有发生就过去了，他就越感到那危险得了不得，所以他的嘴上除掉常常说中国人怎样怎样之外，还有一句常说的就是："到那时候可怎么办哪……"

他一回头，又看到了那塞满着人的好像鸭笼似的火车。

"到那时候可怎么办哪？"现在他所说的到那时候可怎么办，是指着到他们逃难的时候可怎么办。

何南生和他的太太送走了一个同事，还没有离开站台，他就开始不满意。他的眼睛离开那火车第一眼看到他的太太，就觉得自己的太太胖得像笨猪，这在逃难的时候多麻烦。

"看吧，到那时候可怎么办！"他心里想着："再胖点就是一辆火车都要装不下啦！"可是他并没有说。

他又想到，还有两个孩子，还有一只柳条箱，一只猪皮箱，一个网篮。三床被子也得都带着……网篮里边还装着两个白铁锅。到哪里还不是得烧饭呢！逃难，逃到哪里还不是得先吃饭呢！不用说逃难，就说抗战吧，我看天天说抗战的逃起难来比谁都来得快，而且带着孩子老婆锅碗瓢盆一大堆。

在路上他走在他太太的前边，因为他心里一烦乱，就什么也不愿意看。他的脖子向前探着，两个肩头低落下来，两只胳臂就像用稻草做的似的，一路上连手指尖都没有弹一下。若不是看到他的两只脚还在一前一后地移动着，真要相信他是画匠铺里的纸彩人了。

这几天来何南生就替他们的家庭忧着心，而忧心得最厉害的就是从他送走那个同事，那快要压瘫人的火车的印象总不能去掉。可是也难说，就是不逃难，不抗战，什么事也没有的时候，他也总是胆战心惊的。这一抗战，他就觉得个人的幸福算完全不用希望了，他就开始做着倒霉的准备。倒霉也要准备的吗？读者们可不要稀奇，现在何南生就要做给我们看了：一九三八年三月十五日，何南生从床上起来了，第一眼他看到的，就是墙上他已准备好的日历。

"对的，是今天，今天是十五……"

一夜他没有好好睡，凡是他能够想起的，他就一件一件的无管大事小事都把它想一遍，一直听到了潼关的炮声。

敌人占了风陵渡和我们隔河炮战已经好几天了，这炮声夜里就停息，天一亮就开始。本来这炮声也没有什么可怕的。何南生也不怕，虽然他教书的那个学校离潼关几十里路。照理应该害怕，可是因为他的东西都通通整理好了，就要走了，还管他炮战不炮战呢！

他第二眼看到的就是他太太给他摆在枕头旁边的一双新袜子。

"这是干什么？这是逃难哪……不是上任去呀……你知道现在袜子多少钱一双……"他喊着他的太太："快把旧袜子给我拿来！把这新袜子给我放起来。"

他把脚尖伸进拖鞋里去，没有看见破袜子破到什么程度，那露在后边的脚跟，他太太一看到就咧起嘴来。

"你笑什么，你笑！这有什么好笑的……还不快给孩子穿衣裳。天不早啦……上火车比登天还难，那天你还没看见。袜子破有什么好笑的，你没看到前线上的士兵呢！都光着脚。"这样说，好像他看见了，其实他也没有看见。

十一点钟还有他的一点钟历史课，他没有去上，两点钟他要上车站。

他吃午饭的时候，一会看看钟，一会揩揩汗。心里一着急，所以他就出汗。学生问他几点钟开车，他就说："六点一班车，八点还有一班车，我是预备六点的，现在的事难说，要早去，何况我是带着他们……"他所说的"他们，是指的孩子、老婆和箱子。

因为他是学生们组织的抗战救国团的指导，临走之前还得给学生们讲几句话。他讲的什么，他没有准备，他一开头就说，他说他三五天就回来，其实他是一去就不回来的。最后一句说的是最后的胜利是我们的……其余的他说，他与陕西共存亡，他绝不逃难。

何南生的一家，在五点二十分钟的时候，算是全来到了车站：太太、孩子——一个男孩、一个女孩、一个柳条箱、一个猪皮箱、一只网篮，三个行李包。为什么行李包这样多呢？因为他把雨伞、字纸篓、旧报纸都用一条破被子裹着，算作一件行李；又把抗战救国团所发的棉制服，还有一双破棉鞋，又用一条被子包着，这又是一个行李；那第三个行李，一条被子，那里边包的东西可非常多：电灯炮、粉笔箱、羊毛刷子、扫床的扫帚、破揩布两三块、洋蜡头一大堆、算盘子一个、细铁丝两丈多，还有一团白线，还有肥皂盒盖一个，剩下又都是旧报纸。

只旧报纸他就带了五十多斤。他说：到哪里还不得烧饭呢？还不得吃呢？而点火还有比报纸再好的吗？这逃难的时候，能俭省就俭省，肚子不饿就行了。

除掉这三个行李，网篮也最丰富：白铁锅、黑瓦罐、空饼干盒子、挂西装的弓形的木架、洗衣裳时挂衣裳的绳子，还有一个掉了半个边的陕西土产的痰盂、还有一张小油布，是他那个两岁的女孩夜里铺在床上怕尿了褥子用的，还有两个破洗脸盆。一个洗脸的一个洗脚的。还有油乌的筷子笼一个，切菜刀一把，筷子一大堆，吃饭的饭碗三十多个，切菜墩三个。切菜墩和饭碗是一个朋友走留给他的。他说：逃难的时候，东西只有越逃越少，是不会越逃越多的。若可能就多带些个，没有错，丢了这个还有那个，就是扔也能够多扔几天呀！还有好几条破裤子都在网篮的底上，这个他也有准备。

他太太在装网篮的时候问他："这破裤子要它做什么呢？"

他说："你看你，万事没有打算，若有到难民所去的那一天，这个不都是好的吗？"

所以何南生这一家人，在他领导之下，五点二十分钟才全体到

逃 难

了车站，差一点没有赶上火车——火车六点开。

何南生一边流着汗珠，一边觉得这回可万事齐全了。他的心上有八分乐，他再也想不起什么要拿而没有拿的。因为他已经跑回去三次，第一次取了一个花瓶，第二次又在灯头上拧下一个灯伞来，第三次他又取了忘记在灶台上的半盒刀牌烟。

火车站离他家很近，他回头看看那前些日子还是白的，为着怕飞机昨天才染成灰色的小房。他点起一只烟来，在站台上来回地喷着，反正就等火车来，就等这一下了。

"到那时候可怎么办哪！"照理他正该说这一句话的时候。站台上不知堆了多少箱子、包裹，还有那么一大批流着血的伤兵，还有那么一大堆吵叫着的难民。这都是要上六点钟开往西安的火车。但何南生的习惯不是这样，凡事一开头，他最害怕。总之一开头他就绝望，等到事情真来了，或是越来越近了，或是就在眼前，一到这时候，你看他就安闲得多。

火车就要来了，站台上的大钟已经五点四十一分。

他又把他所有的东西看了一遍，一共是大小六件，外加热水瓶一个。

"实在没有什么东西忘记了吧！你再好好想想！"他问他的太太说。

他的女孩跌了一交，正在哭着，他太太就用手给那孩子抹鼻涕："哟！我的小手帕忘下了呀！今天早晨洗的，就挂在绳子上。我想着想着。说可别忘了，可是到底忘了，我觉得还有点什么东西，有点什么东西，可就想不起来。"

何南生早就离开太太往回跑了。

"怎么能够丢呢？你知道现在的手帕多少钱一条？"他就用那手帕揩着脸上的汗，"这逃难的时候，我没说过吗！东西少了可得节约，添不起。"

他刚喘上一口气来，他用手一摸口袋，早晨那双没有舍得穿的新袜子又没有了。

"这是丢在什么地方啦？他妈的……火车就要到啦……三四毛钱，又算白扔啦！"

火车误了点，六点五分钟还没到，他就趁这机会又跑回去一趟。袜子果然找到了，托在他的掌心上，他正在研究着袜子上的花纹。他听他的太太说"你的眼镜呀……"

可不是，他一摸眼镜又没有了。本来他也不近视，也许为了好看，他戴眼镜。

他正想回去找眼镜，这时候，火车到了。

他提起箱子来，向车门奔去。他挤了半天没有挤进去。他看别人都比他来的快，也许别人的东西轻些。自己不是最先奔到车门口的吗？怎么不上去，却让别人上去了呢？大概过了十分钟，他的箱子和他仍旧站在车厢外边。

"中国人真他妈的……真是天生的中国人。"他的帽子被挤下去时，他这样骂着。

火车开出去好远了，何南生的全家仍旧完完全全地留在站台上。

"他妈的，中国人要逃不要命，还抗战呢！不如说逃战吧！"他说完了"逃战"，还四边看一看，这车站上是否有自己的学生或熟人。他一看没有，于是又抖着他那被撕裂的长衫："这还行，这还没有见个敌人的影，就吓没魂啦！要挤死啦！好像屁股后边有大炮轰着。"

八点钟的那次开往西安的列车进站了，何南生又率领着他的全家向车厢冲去。女人叫着，孩子哭着，箱子和网篮又挤得吱咯地乱响。何南生恍恍惚惚地觉得自己是跌倒了，等他站起来，他的鼻子早就流了不少的血，血染着长衫的前胸。他太太报告说，他们只有一只猪皮箱子在人们的头顶上被挤进了车厢去。

"那里装的都是什么东西？"他着急，所以连那猪皮箱子装的什么东西都弄不清了。

"你还不知道吗？不都是你的衣裳？你的西装……"

他一听这个还了得！他就向着他太太所指的那个车厢寻去。火车就开了。起初开得很慢，他还跟着跑，他还招呼着，而后只得安然地退下来。

他的全家仍旧留在站台上，和别的那些没有上得车的人们留在一起。只是他的猪皮箱子自己跑上火车去走了。

"走不了，走不了，谁让你带这些破东西呢？我看……"太太说。

"不带，不带，什么也不带……至那时候可怎么办哪！"

"让你带吧！我看你现在还带什么！"

猪皮箱不跟着主人而自己跑了。饱满的网篮在枕木旁边裂着肚子，小白铁锅瘪得非常可怜。若不是它的主人，就不能认识它了。而那个黑瓦罐竟碎成一片一片的。三个行李只剩下一个完整的，他们的两个孩子正坐在那上面休息。其余的一个行李不见了。另一个被撕裂了。那些旧报纸在站台上飞，柳条箱也不见了，记不清是别人给拿去了，还是他们自己抬上车去了。

等到第三次开往西安的火车，何南生的全家总算全上去了。到了西安一下火车，先到他们的朋友家。

"你们来了呵！都很好！车上没有挤着？"

"没有，没有，就是丢点东西……还好，还好，人总算平安。"何南生的下眼睑之下的那两块不会运动的筋肉，仍旧没有运动。

"到那时候……"他又想要说到那时候可怎么办。没有说，他想算了吧！抗战胜利之前，什么能是自己的呢？抗战胜利之后什么不都有了吗？

何南生平静地把那一路上抱来的热水瓶放在了桌子上。

旷野的呼喊

风撒欢了。

在旷野,在远方,在看也看不见的地方,在听也听不清的地方,人声,狗叫声,嘈嘈杂杂地喧哗了起来,屋顶的草被拔脱,墙囤头上的泥土在翻花,狗毛在起着一个一个的圆穴,鸡和鸭子们被刮得要站也站不住。平常喂鸡撒在地上的谷粒,那金黄的,闪亮的,好像黄金的小粒,一个跟着一个被大风扫向墙根去,而后又被扫了回来,又被扫到房檐根下。而后混着不知从什么地方飘来的从未见过的大树叶,混同着和高粱粒一般大的四方的或多棱的沙土,混同着刚被大风拔落下来的红的、黑的、杂色的鸡毛,还混同着破布片,还混同着唰啦唰啦的高粱叶,还混同着灰倭瓜色的豆秆,豆秆上零乱乱地挂着豆粒已经脱掉了空敞的豆荚。一些红纸片,那是过新年时门前粘贴的红对联——"三阳开泰","四喜临门"——或是"出门见喜"的条子,也都被大风撕得一条一条的,一块一块的。这一些干燥的、毫没有水分的拉杂的一堆,唰啦啦、呼离离在人间任意地扫着。刷着豆油的平滑得和小鼓似的乡下人家的纸窗,一阵一阵地被沙粒击打着,发出铃铃的铜声来。而后,鸡毛或纸片,飞得离开地面更高。若遇着毛草或树枝,就把它们障碍住了,于是房檐上站着鸡毛,鸡毛随着风东摆一下,西摆一下,又被风从四面裹着，站得完全笔直，好像大森林里边用野草插的标记。而那些零乱的纸片，刮在橡头上时，却呜呜地它也赋着生命似的叫喊。

陈公公一推开房门，刚把头探出来，他的帽子就被大风卷跑了，在那光滑的被大风完全扫干净了的门前平场上滚着，滚得像一个小西瓜，像一个小车轮，而最像一个小风车。陈公公追着它的时候，它还扑扑拉拉的不让陈公公追上它。

"这刮的是什么风啊！这还叫风了吗！简直他妈的……"

陈公公的儿子，出去已经两天了，第三天就是这刮大风的天气。

"这小子到底是干什么去了啦？纳闷……这事真纳闷，……"于是又带着沉吟和失望的口气："纳闷！"

陈公公跑到瓜田上才抓住了他的帽子，帽耳朵上滚着不少的草末。他站在垄陌上，顺着风用手拍着那四个耳朵的帽子，而拍也拍不掉的是苍子的小刺球，他必须把它们打掉，这是多么讨厌啊！手触去时，完全把手刺痛。看起来又像小虫子，一个一个地钉在那帽沿上。

"这小子到底是干什么去啦！"帽子已经戴在头上，前边的帽耳，完全探伸在大风里，遮盖了他的眼睛。他向前走时，他的头好像公鸡的头向前探着，那顽强挣扎着的样子，就像他要钻进大风里去似的。

"这小子到底……他妈的……"这话是从昨天晚上他就不停止地反复着。他抓掉了刚才在腿上摔着帽子时刺在裤子上的苍子，把它们在风里丢了下去。

"他真随了义勇队了吗？纳闷！明年一开春，就是这时候，就要给他娶妇了，若今年收成好，上秋也可以娶过来呀！当了义勇队，打日本……哎哎，总是年轻人哪……"当他看到村头庙堂的大旗杆，仍旧挺直地站在大风里的时候，他就向着旗杆的方向骂了一句:"小鬼子……"而后他把全身的筋肉抖擞一下。他所想的,他觉得都是使他生气,尤其是那旗杆,因为插着一对旗杆的庙堂,驻着新近才开来的日本兵。

"你看这村子还像一个样子了吗?"大风已经遮掩了他嘟嘟着的嘴。他看见左边有一堆柴草,是日本兵征发去的。右边又是一堆柴草。而前村,一直到村子边上,一排一排地堆着柴草。这柴草也都是征发给日本兵的。大风刮着它们,飞起来的草末,就和打谷子扬场的时候一样,每个草堆在大风里边变成了一个一个的土堆似的在冒着烟。陈公公向前冲着时,有一团谷草好像整捆地滚在他的脚前,障碍了他。他用了全身的力量,想要把那谷草踢得远一点,然而实在不能够做到。因为风的方向和那谷草滚来的方向是一致的,而他就正和它们相反。

"这是一块石头吗?真没见过!这是什么年头,……一捆谷草比他妈一块石头还硬!……"

他还想要骂一些别的话,就是关于日本子的。他一抬头看见两匹大马和一匹小白马从西边跑来。几乎不能看清那两匹大马是棕色的或是黑色的,只好像那马的周围裹着一团烟跑来,又加上陈公公的眼睛不能够抵抗那紧逼着他而刮来的风。按着帽子,他招呼着:

"站住……嘞……嘞……"他用舌尖,不,用了整个的舌头打着嘟噜。而这种唤马的声音只有他自己能够听到,他把声音完全灌进他自己的嘴。把舌头在嘴里边整理一下,让它完全露在大风里,准备发出响亮的声音。他想这马一定是谁家来了客人骑来的,在马桩上没有拴住。还没等他再发出嘞嘞的唤马声,那马已经跑到他的前边。他想要把它们拦住而抓住它,当他一伸手。他就把手缩回来,他看见马身上盖着的圆的日本军营里的火印:

"这哪是客人的马呀!这明明是他妈……"

陈公公的胡子挂上了几颗谷草叶,他一边掠着它们就打开了房门。

"听不见吧？不见得就是……"

陈姑妈的话就像落在一大锅开水里的微小的冰块，立刻就被消融了。因为一打开房门，大风和海潮似的，立刻喷了进来烟尘和吼叫的一团，陈姑妈像被扑灭了似的。她的话陈公公没有听到。非常危险，陈公公挤进门来，差一点没有撞在她身上，原来陈姑妈的手上拿着一把切菜刀。

"是不是什么也听不见？风太大啦，前河套听说可有那么一伙，那还是前些日子……西寨子，西水泡子，我看那地方也不能不有，那边都是柳条通……一人多高，刚开春还说不定没有，若到夏天，青纱帐起的时候，那就是好地方啊……"陈姑妈把正在切着的一颗胡萝卜放在菜墩上。

"啰啰嗦嗦地叨叨些个什么！你就切你的菜吧！你的好儿子你就别提啦。"

陈姑妈从昨天晚上就知道陈公公开始不耐烦。关于儿子没有回来这件事，把他们的家都像通通变更了。好像房子忽然透了洞，好像水瓶忽然漏了水，好像太阳也不从东边出来，好像月亮也不从西边落。陈姑妈还勉勉强强地像是照常在过着日子，而陈公公在她看来，那完全是可怕的。儿子走了两夜，第一夜还算安静静地过来了，第二夜忽然就可怕起来。他通夜坐着，抽着烟，拉着衣襟，用笤帚扫着行李，扫着四耳帽子，扫着炕沿。上半夜嘴里任意叨叨着，随便想起什么来就说什么，说到他儿子的左腿上生下来时就有一块青痣：

"你忘了吗？老娘婆（即产婆）不是说过，这孩子要好好看着他，腿上有病，是主走星照命……可就真忍心走下去啦！……他也不想想，留下他爹他娘，又是这年头，出外有个好歹的，干那勾当，若是犯在人家手里，那还……那还说什么呢！就连他爹也逃不出法网……义勇队,义勇队,好汉子是要干的,可是他也得想想爹和娘啊!爹娘就你一个……"

上半夜他一直叨叨着,使陈姑妈也不能睡觉。下半夜他就开始一句话也不说,忽然他像变成了哑子,同时也变成了聋子似的。从清早起来,他就不说一句话。陈姑妈问他早饭煮点高粱粥吃吧,可是连一个字的回答,也没有从他嘴里吐出来。他扎好腰带,戴起帽子就走了。大概是在外边转了一圈又回来了。那工夫,陈姑妈在刷一个锅都没有刷完,她一边淘着刷锅水,一边又问一声:

"早晨就吃高粱米粥好不好呢?"

他没有回答她,两次他都并没听见的样子。第三次,她就不敢问了。

晚饭又吃什么呢?又这么大的风。她想还是先把萝卜丝切出来,烧汤也好,炒着吃也好。一向她做饭,是做三个人吃的,现在要做两个人吃的。只少了一个人,连下米也不知道下多少。那一点米,在盆底上,洗起来简直是拿不上手来。

"那孩子,真能吃,一顿饭三四碗……可不吗,二十多岁的大小伙子是正能吃的时候……"

她用饭勺子搅了一下那剩在瓦盆里的早晨的高粱米粥,高粱米粥,凝了一个明光光的大泡。饭勺子在上面触破了它,它还发出有弹性的触在猪皮冻上似的响声:"稀饭就是这样,剩下来的扔了又可惜,吃吧,又不好吃,一热,就粥不是粥了,饭也不是饭……"

她想要决定这个问题,勺子就在小瓦盆边上沉吟了两下。她好像思想家似的,很困难地感到她的思维方法全不够用。

陈公公又跑出去了,随着打开的门扇扑进来的风尘,又遮盖了陈姑妈。

他们的儿子前天一出去就没回来,不是当了土匪,就是当了义勇军,也许是就当了义勇军,陈公公记得清清楚楚的,那孩子从去年冬天就说做棉裤要做厚一点，还让他的母亲把四耳帽子换上两块新皮子。他说：

"要干，拍拍屁股就去干，弄得利利索索的。"

陈公公就为着这话问过他：

"你要干什么呢？"

当时，他只反问他父亲一句没有结论的话，可是陈公公听了儿子的话，只答应两声："唉！唉！"也是同样的没有结论。

"爹！你想想要干什么去！"儿子说的只是这一句。

陈公公在房檐下扑着一颗打在他脸上的鸡毛，他顺手就把它扔在风里边。看起来那鸡毛简直是被风夺走的，并不像他把它丢开的。因它一离开手边，要想抓也抓不住，要想看也看不见，好像它早已决定了方向就等着奔去的样子。陈公公正在想着儿子那句话，他的鼻子上又打来了第二颗鸡毛，说不定是一团狗毛他只觉得毛茸茸的，他就用手把它扑掉了。他又接着想，同时望着西方，他把脚跟抬起来，把全身的力量都站在他的脚尖上。假若有太阳，他就像孩子似的看着太阳是怎样落山的。假若有晚霞，他就像孩子似的翘起脚尖来，要看到晚霞后面究竟还有什么。而现在西方和东方一样，南方和北方也都一样，混混溶溶的，黄的色素遮迷过眼睛所能看到的旷野，除非有山或者有海会把这大风遮住，不然它就永远要没有止境地刮过去似的。无论清早，无论晌午和黄昏，无论有天河横在天上的夜，无论过年或过节，无论春夏和秋冬。

现在大风像在洗刷着什么似的，房顶没有麻雀飞在上面，大田上看不见一个人影，大道上也断绝了车马和行人。而人家的烟囱里更没有一家冒着烟的，一切都被大风吹干了。这活的村庄变成了刚刚被掘出土地的化石村庄了。一切活动着的都停止了，一切响叫着的都哑默了，一切歌唱着的都在叹息了，一切发光的都变成混浊的了，一切颜色都变成没有颜色了。

陈姑妈抵抗着大风的威胁，抵抗着儿子跑了的恐怖，又抵抗着陈公公为着儿子跑走的焦烦。

她坐在条凳上，手里折着经过一个冬天还未十分干的柳条枝，折起四五节来。她就放在她面前临时生起的火堆里，火堆为着刚刚丢进去的树枝随时起着爆炸，黑烟充满着全屋，好像暴雨快要来临时天空的黑云似的。这黑烟和黑云不一样，它十分会刺激人的鼻子、眼睛和喉咙……

"加小心哪！离灶火腔远一点呵……大风会从灶火门把柴火抽进去的……"

陈公公一边说着，一边拿起树枝来也折几棵。

"我看晚上就吃点面片汤吧……连汤带饭的，省事。"

这话在陈姑妈，就好像小孩子刚一学说话时，先把每个字在心里想了好几遍，而说时又把每个字用心考虑着。她怕又像早饭时一样，问他，他不回答，吃高粱米粥时，他又吃不下去。

"什么都行，你快做吧，吃了好让我也出去走一趟。"

陈姑妈一听说让她快做，拿起瓦盆来就放在炕沿上，小面口袋里只剩一碗多面，通通搅和在瓦盆底上。

"这不太少了吗？……反正多少就这些，不够吃，我就不吃。"她想。

陈公公一会跑进来，一会跑出去，只要他的眼睛看了她一下，她总觉得就要问她：

"还没做好吗？还没做好吗？"

她越怕他在她身边走来走去，他就越在她身边走来走去。燃烧着的柳条丝拉丝拉地发出水声来，她赶快放下手里在撕着的面片，抓起扫地笤帚来煽着火，锅里的汤连响边都不响边，汤水丝毫没有滚动声，她非常着急。

"好啦吧？好啦就快端来吃……天不早啦……吃完啦我也许出

去绕一圈……"

"好啦，好啦！用不了一袋烟的工夫就好啦……"

她打开锅盖吹着气看看，那面片和死的小白鱼似的，一动也不动地飘在水皮上。

"好啦就端来呀！吃呵！"

"好啦……好啦……"

陈姑妈答应着，又开开锅盖，虽然汤还不翻花，她又勉强地丢进几条面片去。并且尝一尝汤或咸或淡，铁勺子的边刚一贴到嘴唇……

"哟哟！"汤里还忘记了放油。

陈姑妈有两个油罐，一个装豆油，一个装棉花籽油，两个油罐永远并排地摆在碗橱最下的一层，怎么会弄错呢！一年一年的这样摆着，没有弄错过一次。但现在这错误不能挽回了，已经把点灯的棉花籽油撒在汤锅里了，虽然还没有散开，用勺子是掏不起来的。勺子一触上就把油圈触破了，立刻就成无数的小油圈。假若用手去抓，也不见得会抓起来。

"好啦就吃呵！"

"好啦，好啦！"她非常害怕，自己也不知道她回答的声音特别响亮。

她一边吃着，一边留心陈公公的眼睛。

"要加点汤吗？还是要加点面……"

她只怕陈公公亲手去盛面，而盛了满碗的棉花籽油来。要她盛时，她可以用嘴吹跑了浮在水皮上的棉花籽油，尽量去盛底上的。

一放下饭碗，陈公公就往外跑。开房门，他想起来他还没戴帽子：

"我的帽子呢？"

"这儿呢，这儿呢。"

其实她真的没有看见他的帽子,过于担心了的缘故,顺口答应了他。

陈公公吃完了棉花籽油的面片汤,出来一见到风,感到非常凉爽。他用脚尖站着,他望着西方并不是他知道他的儿子在西方或是要从西方来,而是西方有一条大路可以通到城里。

旷野,远方,大平原上,看也看不见的地方,听也听不清的地方,狗叫声、人声、风声、土地声、山林声,一切喧哗,一切好像落在火焰里的那种暴乱,在黄昏的晚霞之后,完全停息了。

西方平静得连地面都有被什么割据去了的感觉,而东方也是一样。好像刚刚被大旋风扫过的柴栏,又好像被暴雨洗刷过的庭院,狂乱的和暴躁的完全停息了。停息得那么斩然,像是在远方并没有发生过什么事情。今天的夜,和昨天的夜完全一样,仍旧能够焕发着黄昏以前的记忆的,一点也没有留存。地平线远处或近处完全和昨夜一样平坦地展放着,天河的繁星仍旧和小银片似的成群的从东北方列到西南方去。地面和昨夜一样的哑默,而天河和昨夜一样的繁华。一切完全和昨夜一样。

豆油灯照例是先从前村点起,而后是中间的那个村子,而再后是最末的那个村子。前村最大,中间的村子不太大,而最末的一个最不大。这三个村子好像祖父、父亲和儿子,他们一个牵着一个地站在平原上。冬天落雪的天气,这三个村子就一齐变白了。而后用笤帚打扫出一条小道来,前村的人经过后村的时候,必须说一声:

"好大的雪呀!"

后村的人走过中村时,也必须对于这大雪问候一声,这雪是烟雪或棉花雪,或清雪。

春天雁来的晌午,他们这三个村子就一齐听着雁鸣,秋天乌鸦经过天空的早晨,这三个村子也一齐看着遮天的黑色的大群。

陈姑妈住在最后的村子边上,她的门前一棵树也没有。一头牛,一匹马,一个狗或是几只猪,这些她都没有养,只有一对红公鸡在鸡架上蹲着,或是在房前寻食小虫或米粒,那火红的鸡冠子迎着太阳向左摆一下,向右荡一下,而后闭着眼睛用一只腿站在房前或柴堆上,那实在是一对小红鹤。而现在它们早就钻进鸡架去,和昨夜一样也早就睡着了。

陈姑妈的灯碗子也不是最末一个点起,也不是最先一个点起。陈姑妈记得,在一年之中,她没有点几次灯,灯碗完全被蛛丝蒙盖着,灯芯落到灯碗里了,尚未用完的一点灯油混了尘土都粘在灯碗了。

陈姑妈站在锅台上,把摆在灶王爷板上的灯碗取下来,用剪刀的尖端搅着灯碗底,那一点点棉花籽油虽然变得浆糊一样,但是仍旧发着一点油光,又加上一点新从罐子倒出来的棉花籽油,小灯于是噼噼啦啦地站在炕沿上了。

陈姑妈在烧香之前,先洗了手。平日很少用过的家制的肥皂,今天她存心多擦一些,冬天因为风吹而麻皮了的手,一开春就横横竖竖的裂着满手的小口,相同冬天里被冻裂的大地。虽然春风昼夜地吹击,想要弥补了这缺隙,不但没有弥补上,反而更把它们吹得深陷而裸露了。陈姑妈又用原来那块过年时写对联剩下的红纸把肥皂包好。肥皂因为被空气的消蚀,还落了白花花的碱末儿在陈姑妈的大襟上,她用笤帚扫掉了那些。又从梳头匣子摸出黑乎乎的一面玻璃砖镜子来,她一照那镜子,她的脸就在镜子里被切成横横竖竖的许多方格子。那块镜子在十多年前被打碎了以后,就缠上四五尺长的红头绳,现在仍旧是那块镜子。她想要照一照碎头发丝是否还垂在额前,结果什么也没有看见,只恍恍惚惚地她还认识镜子里边的确是她自己的脸。她记得近几年来镜子就不常用,只有在过新年的时候,四月十八上庙会的时候,再就是前村娶媳妇或是丧事,她才把镜子拿出来照照,所以那红头绳若不是她自己还记得,谁看了敢说原先那红头绳是红的?因为发霉和油腻得使手触上去时感到了是触到胶上似的。陈姑妈连更远一点的集会也没有参加过,所以她养成了习惯,怕过河,怕下坡路,怕经过树林,更怕的还有坟场,尤其是坟场里枭鸟的叫声,无论白天或夜里,什么时候听,她就什么时候害怕。

陈姑妈洗完了手,扣好了小铜盒在柜底下。她在灶王爷板上的香炉里,插了三炷香。接着她就跪下去,向着那三个并排的小红火点叩了三个头。她想要念一段"上香头",因为那经文并没有全记住,她想若不念了成套的,那更是对神的不敬,更是没有诚心。于是胸前扣着紧紧的一双掌心,她虔诚地跪着。

灶王爷不晓得知不知道陈姑妈的儿子到底哪里去了,只在香火后边静静地坐着。蛛丝混着油烟,从新年他和灶王奶奶并排的被浆糊贴在一张木板上那一天起,就无间断地蒙在他的脸上。大概什么也看不着了,虽然陈姑妈的眼睛为着儿子就要挂下眼泪来。

外边的风一停下来,空气宁静得连针尖都不敢触上去。充满着人们的感觉的都是极脆弱而又极完整的东西。村庄又恢复了它原来的生命。脱落了草的房脊静静地在那里躺着。几乎被拔走了的小树垂着头在休息。鸭子呱呱地叫,相同喜欢大笑的人遇到了一起。白狗、黄狗、黑花狗……也许两条平日一见到非咬架不可的狗,风一静下来,它们都前村后村地跑在一起。完全是一个平静的夜晚,远处传来的人声,清澈得使人疑心是从山涧里发出来的。

陈公公在窗外来回地踱走,他的思想系在他儿子的身上,仿佛让他把思想系在一颗陨星上一样。陨星将要沉落到哪里去,谁知道呢?

陈姑妈因为过度的虔诚而感动了她自己,她觉得自己的眼睛是湿了。让孩子从自己手里长到二十岁,是多么不容易!而最酸心的，不知是什么无缘无故地把孩子夺了去。她跪在灶王爷前边回想着她的一生，过去的她觉得就是那样了。人一过了五十，只等着往六十上数。还未到的岁数，她一想，还不是就要来了吗？这不是眼前就开头了吗？她想要问一问灶王爷，她的儿子还能回来不能！因为这烧香的仪式过于感动了她，她只觉得背上有点寒冷，眼睛有点发花。她一连用手背揩了三次眼睛，可是仍旧不能看见香炉碗里的三炷香火。

她站起来，到柜盖上去取火柴盒时，她才想起来，那香是隔年的，因为潮湿而灭了。

陈姑妈又站上锅台去，打算把香重新点起。因为她不常站在高处，多少还有点害怕。正这时候，房门忽然打开了。

陈姑妈受着惊，几乎从锅台上跌下来。回头一看，她说：

"哟哟！"

陈公公的儿子回来了，身上背着一对野鸡。

一对野鸡，当他往炕上一摔的时候，他的大笑和翻滚的开水卡啦卡啦似的开始了，又加上水缸和窗纸都被震动着，所以他的声音还带着回声似的，和冬天从雪地上传来的打猎人的笑声一样，但这并不是他今天特别出奇的笑，他笑的习惯就是这样。从小孩子时候起，在蚕豆花和豌豆花之间，他和会叫的大鸟似的叫着。他从会走路的那天起，就跟陈公公跑在瓜田上，他的眼睛真的明亮得和瓜田里的黄花似的，他的腿因为刚学着走路，常常耽不起那丝丝拉拉的瓜身的缠绕，跌倒是他每天的功课。而他不哭也不呻吟，假若擦破了膝盖的皮肤而流了血，那血简直不是他的一样。他只是跑着，笑着，同时嚷嚷着。若全身不穿衣裳，只戴一个蓝麻花布的兜肚，那就像野鸭子跑在瓜田上了，东颠西摇的，同时嚷着和笑着。并且这孩子一生下来陈姑妈就说：

"好大嗓门！长大了还不是个吹鼓手的角色！"

对于这初来的生命，不知道怎样去喜欢他才好，往往用被人蔑视的行业或形容词来形容。这孩子的哭声实在大，老娘婆想说：

"真是一张好锣鼓！"

可是他又不是女孩，男孩是不准骂他锣鼓的，被骂了破锣之类，传说上不会起家……

今天他一进门就照着他的习惯大笑起来，若让邻居听了，一定不会奇怪。若让他的舅母或姑母听了，也一定不会奇怪。她们都要说：

"这孩子就是这样长大的呀！"

但是做父亲和做母亲的反而奇怪起来。他笑得在陈公公的眼里简直和黄昏之前大风似的，不能够控制，无法控制，简直是一种多余，是一种浪费。

"这不是疯子吗……这……这……"

这是第一次陈姑妈对儿子起的坏的联想。本来她想说：

"我的孩子啊！你可跑到哪儿去了呢！你……你可把你爹……"

她对她的儿子起了反感。他那么坦荡荡的笑声，就像他并没有离开过家一样。但是母亲心里想：

"他是偷着跑的呀！"

父亲站到红躺箱的旁边，离开儿子五六步远，脊背靠在红躺箱上。那红躺箱还是随着陈姑妈陪嫁来的，现在不能分清是红的还是黑的了。正像现在不能分清陈姑妈的头发是白的还是黑的一样。

陈公公和生客似的站在那里。陈姑妈也和生客一样。只有儿子才像这家的主人，他活跃的，夸张的，漠视了别的一切。他用嘴吹着野鸡身上的花毛，用手指尖扫着野鸡尾巴上的漂亮的长翎。

"这东西最容易打，钻头不顾腔……若一开枪，它就插猛子……这俩都是这么打住的。爹！你不记得么！我还是小的时候，你领我一块去拜年去……那不是，那不是……"他又笑起来："那不是么!就用砖头打住一个——趁它把头插进雪堆去。"

陈公公的反感一直没有减消,所以他对于那一对野鸡就像没看见一样,虽然他平常是怎么喜欢吃野鸡。鸡丁炒芥菜缨,鸡块炖土豆。但是他并不向前一步,去触触那花的毛翎。

"这小子到底是去干的什么?"

在那棉花籽油还是燃着的时候,陈公公只是向着自己在反复:

"你到底跑出去干什么去了呢?"

陈公公第一句问了他的儿子,是在小油灯噼噼啦啦的灭了之后。他静静地把腰伸开,使整个的背脊接近了火炕的温热的感觉。他充满着庄严而胆小的情绪等待儿子的回答。他最怕就怕的是儿子说出他加入了义勇队,而最怕的又怕他儿子不向他说老实话。所以已经来到喉咙的咳嗽也被他压下去了,他抑止着可能抑止的从他自己发出的任何声音。三天以来的苦闷的急躁,陈公公觉得一辈子只有过这一次。也许还有过,不过那都提起来远了,忘记了。就是这三天,他觉得比活了半辈子还长。平常他就怕他早死,因为早死,使他不得兴家立业,不得看见他的儿孙的繁荣。而这三天,他想还是算了吧!活着大概是没啥指望。

关于儿子加入义勇队没有,对于陈公公是一种新的生命,比儿子加入了义勇队的新的生命的价格更高。

儿子回答他的,偏偏是欺骗了他。

"爹,我不是打回一对野鸡来么!跟前村的李二小子一块……跑出去一百多里……"

"打猎哪有这样打的呢!一跑就是一百多里……"陈公公的眼睛注视着纸窗微黑的窗棂。脱离他嘴唇的声音并不是这句话,而是轻微的和将要熄灭的灯火那样无力叹息。

春天的夜里,静穆得带者温暖的气息,尤其是当柔软的月光照在窗子上,使人的感觉像是看见了鹅毛在空中游着似的,又像刚刚睡醒，由于温暖而眼睛所起的惰懒的金花在腾起。

陈公公想要证明儿子非加入了义勇队不可的，一想到"义勇队"这三个字，他就想到"小日本"那三个字。

"××××××××××××××××，××××"一想到这个，他就怕再想下去，再想下去，就是小日本枪毙义勇队。所以赶快把思想集中在纸窗上，他无用处地计算着纸窗被窗棂所隔开的方块到底有多少。两次他都数到第七块上就被"义勇队"这三个字撞进脑子来而搅混了。

睡在他旁边的儿子，和他完全是隔离的灵魂。陈公公转了一个身，在转身时他看到儿子在微光里边所反映的蜡明的脸面和他长拖拖的身子。只有儿子那瘦高的身子和挺直的鼻梁还和自己一样。其余的，陈公公觉得完全都变了。只有三天的工夫，儿子和他完全两样了。两样得就像儿子根本没有和他一块生活过，根本他就不认识他，还不如一个刚来的生客。因为对一个刚来的生客最多也不过生疏，而绝没有忌妒。对儿子，他却忽然存在了忌妒的感情。秘密一对谁隐藏了，谁就忌妒；而秘密又是最自私的，非隐藏不可。

陈公公的儿子没有去打猎，没有加入义勇队。那一对野鸡是用了三天的工钱在松花江的北沿铁道旁买的。他给日本人修了三天铁道。对于工钱，还是他生下来第一次拿过。他没有做过佣工，没有做过零散的铲地的工人，没有做过帮忙的工人。他的父亲差不多半生都是给人家看守瓜田。他随着父亲从夏天就开始住在三角形的瓜窝堡里。瓜窝堡夏天是在绿色的瓜花里边，秋天则和西瓜或香瓜在一块了。夏天一开始，所有的西瓜和香瓜的花完全开了，这些花并不完全每个都结果子，有些个是谎花。这谎花只有谎骗人，一两天就蔫落了。这谎花要随时摘掉的。他问父亲说：

"这谎花为什么要摘掉呢？"

父亲只说：

"摘掉吧！它没有用处。"

长大了他才知道，谎花若不摘掉，后来越开越多。那时候他不知道。但也同父亲一样的把谎花一朵一朵地摘落在垄沟里。小时候他就在父亲给人家管理的那块瓜田上，长大了仍旧是在父亲给人家管理的瓜田上。他从来没有直接给人家佣工，工钱从没有落过他的手上，这修铁道是第一次。况且他又不是专为着修铁道拿工钱而来的，所以三天的工钱就买了一对野鸡。第一，可以使父亲喜欢；第二，可以借着野鸡撒一套谎。

现在他安安然然地睡着了，他以为父亲对他的谎话完全信任了。他给日本人修铁道，预备偷着拔出铁道钉子来，弄翻了火车这个企图，他仍是秘密的。在梦中他也像看见了日本兵的子弹车和食品车。

"这虽然不是当义勇军，可是干的事情不也是对着小日本吗？洋酒、盒子肉（罐头），我是没看见，只有听说，说上次让他们弄翻了车，就是义勇军派人弄的。东西不是通通被义勇军得去了吗……他妈的……就不用说吃，用脚踢着玩吧，也开心。"

他翻了一个身，他擦一擦手掌。白天他是这样想的，夜里他也就这样想着就睡了。他擦着手掌的时候，可觉得手掌与平常有点不一样，有点僵硬和发热。两只胳臂仍旧抬着铁轨似的有点发酸。

陈公公张着嘴，他怕呼吸从鼻孔进出，他怕一切声音，他怕听到他自己的呼吸。偏偏他的鼻子有点窒塞。每当他吸进一口气来，就像有风的天气，纸窗破了一个洞似的，呜呜地在叫。虽然那声音很小，只有留心才能听到。但到底是讨厌的，所以陈公公张着嘴预备着睡觉。他的右边是陈姑妈，左边是不知从哪里弄来一对野鸡的莫名其妙的儿子。

棉花籽油灯熄灭后，灯芯继续发散出糊香的气味。陈公公偶而从鼻子吸了一口气时,他就嗅到那灯芯的气味。因为他讨厌那气味,并不觉得是糊香的,而觉得是辣酥酥的引他咳嗽的气味。所以他不能不张着嘴呼吸。好像他讨厌那油烟,反而大口的吞着那油烟一样。

第二天,他的儿子照着前回的例子,又是没有声响的就走了。这次他去了五天,比第一次多了两天。

陈公公应付着他自己的痛苦,是非常沉着的。他向陈姑妈说:

"这也是命呵……命里当然……"

春天的黄昏,照常存在着那种静穆得就像浮腾起来的感觉。陈姑妈的一对红公鸡,又像一对小红鹤似的用一条腿在房前站住了。

"这不是命是什么!算命打卦的,说这孩子不能得他的济……你看,不信是不行呵,我就一次没有信过。可是不信又怎样,要落到头上的事情,就非落上不可。"

黄昏的时候,陈姑妈在檐下整理着豆秆,凡是豆荚里还存在一粒或两粒豆子的,她就一粒不能跑过的把那豆粒留下。她右手拿着豆秆,左手摘下豆粒来,摘下来的豆粒被她丢进身旁的小瓦盆去,每颗豆子都在小瓦盆里跳了几下。陈姑妈左手里的豆秆也就丢在一边了。越堆越高起来的豆秆堆,超过了陈姑妈坐在地上的高度,必须到黄昏之后,那豆粒滚在地上找不着的时候,陈姑妈才把豆秆抱进屋去。明天早晨,这豆秆就在灶门口里边变成红乎乎的火。陈姑妈围绕着火,好像六月里的太阳围绕着菜园。谁最热烈呢?陈姑妈呢!还是火呢!这个分不清了。火是红的,可是陈姑妈的脸也是红的。正像六月太阳是金黄的,六月的菜花也是金黄的一样。

春天的黄昏是短的,并不因为人们喜欢而拉长,和其余三个季节的黄昏一般长。养猪的人家喂一喂猪,放马的人家饮一饮马……若是什么也不做,只是抽一袋烟的工夫,陈公公就是什么也没有做,拿着他的烟袋站在房檐底下。黄昏一过去,陈公公变成一个长拖拖的影子，好像一个黑色的长柱支持着房檐。他的身子的高度，超出了这一连排三个村子所有的男人。只有他的儿子，说不定在这一两年中要超过他的。现在儿子和他完全一般高，走进门的时候，儿子担心着父亲，怕父亲碰了头顶。父亲担心着儿子，怕是儿子无止境的高起来，进门时，就要顶在门梁上。其实不会的。因为父亲心里特别喜欢儿子也长了那么高的身子而常常说相反的话。

陈公公一进房门，帽子撞在上门梁上，上门梁把帽子擦歪了。这是从来也没有过的事情。一辈子就这么高，一辈子也总戴着帽子。因此立刻又想起来儿子那么高的身子，而现在完全无用了。高有什么用呢？现在是他自己任意出去瞎跑，陈公公的悲哀，他自己觉得完全是因为儿子长大了的缘故。

"人小，胆子也小；人大，胆子也大……"

所以当他看到陈姑妈的小瓦盆里泡了水的黄豆粒，一夜就裂嘴了，两夜芽子就长过豆粒子，他心里就恨那豆芽，他说：

"新的长过老的了，老的就完蛋了。"

陈姑妈并不知道这话什么意思，她一边梳着头一边答应着：

"可不是么……人也是这样……个人家的孩子，撒手就跟老子一般高了。"

第七天上，儿子又回来了，这回并不带着野鸡，而带着一条号码：381 号。

陈公公从这一天起可再不说什么"老的完蛋了"这一类话。有几次儿子刚一放下饭碗，他就说：

"擦擦汗就去吧！"

更可笑的他有的时候还说：

"扒拉扒拉饭粒就去吧！"

这本是对三岁五岁的小孩子说的，因为不大会用筷子，弄了满嘴的饭粒的缘故。

别人若问他:

"你儿子呢?"

他就说:

"人家修铁道去啦……"

他的儿子修了铁道,他自己就像在修着铁道一样。是凡来到他家的:卖豆腐的,卖馒头的,收买猪毛的,收买碎铜烂铁的,就连走在前村子边上的不知道哪个村子的小猪倌有一天问他:

"大叔,你儿子听说修了铁道吗?"

陈公公一听,立刻向小猪倌摆着手:

"你站住……你停一下……你等一等,你别忙,你好好听着!人家修了铁道啦……是真的。连号单都有:381。"

他本来打算还要说,有许多事情必得见人就说,而且要说就说得详细。关于儿子修铁道这件事情,是属于见人就说而要说得详细这一种的。他想要说给小猪倌的,正像他要说给早晨担着担子来到他门口收买碎铜烂铁那个一只眼的一样多。可是小猪倌走过去了,手里打着个小破鞭子。陈公公心里不大愉快。他顺口说了一句:

"你看你那鞭子吧,没有了鞭梢,你还打呢!"

走了好远了,陈公公才听明白,放猪的那孩子唱的正是他在修着铁道的儿子的号码"381"。

陈公公是一个和善的人,对于一个孩子他不会多生气。不过他觉得孩子终归是孩子。不长成大人,能懂得什么呢?他说给那收买碎铜烂铁的,说给卖豆腐的,他们都好好听着,而且问来问去。他们真是关于铁道的一点常识也没有。陈公公和那卖豆腐的差不多,等他一问到连陈公公也不大晓得的地方,陈公公就笑起来,用手拨下一棵前些日子被大风吹散下来的房檐的草梢:

"哪儿知道呢!当修铁道的回来讲给咱们听吧!"

比方那卖豆腐的问:

"我说那火车就在铁道上,一天走了千八百里也不停下来喘一口气!真是了不得呀……陈大叔,你说,也就不喘一口气?"

陈公公就大笑着说:

"等修铁道的回来再说吧!"

这问的多么详细呀!多么难以回答呀!因为陈公公也是连火车见也没见过。但是越问得详细,陈公公就越喜欢,他的道理是:人非长成人不可,不成人……小孩子有什么用……小孩子一切没有计算!于是陈公公觉得自己的儿子幸好已经二十多岁;不然,就好比这修铁道的事情吧,若不是他自己有主意,若不是他自己偷着跑去的,这样的事情,一天五角多钱,怎么能有他的份呢?

陈公公也不一定怎样爱钱,只要儿子没有加入义勇军,他就放心了。不但没有加入义勇军反而拿钱回来,几次他一见到儿子放在他手里的崭新的纸票,他立刻想到381号。再一想,又一定想到那天大风停了的晚上,儿子背回来的那一对野鸡。再一想,就是儿子会偷着跑出去,这是多么有主意的事呵。这孩子从小没有离开过他的爹妈。可是这下子他跑了,虽然说是跑的把人吓一跳。可到底跑得对。没有出过门的孩子,就像没有出过飞的麻雀,没有出过洞的耗子。等一出来啦,飞得比大雀还快。

到四月十八,陈姑妈在庙会上所烧的香比哪一年烧的都多。娘娘庙烧了三大子线香,老爷庙也是三大子线香。同时买了些毫无用处的只是看着玩的一些东西。她竟买起假脸来,这是多少年没有买过的啦!她屈着手指一算,已经是十八九年了。儿子四岁那年她给他买过一次。以后再没买过。

陈姑妈从儿子修了铁道以后,表面上没有什么改变,她并不和陈公公一样,好像这小房已经装不下他似的,见人就告诉儿子修了铁道。她刚刚相反,一句话也不说,只是围绕着她的又多了些东西。在柴栏子旁边除了鸡架,又多了个猪栏子,里面养着一对小黑猪。陈姑妈什么都喜欢一对，就因为现在养的小花狗只有一个而没有一对的那件事，使她一休息下来，小狗一在她的腿上擦着时，她就说：

"可惜这小花狗就不能再讨到一个。一对也有个伴呵！单个总是孤单单的。"

陈姑妈已经买了一个透明的化学品的肥皂盒。买了一把新剪刀，她每次用那剪刀，都忘不了用手摸摸剪刀。她想：这孩子什么都出息，买东西也会买，是真钢的。六角钱，价钱也好。陈姑妈的东西已经增添了许多，但是那还要不断地增添下去。因为儿子修铁道每天五角多钱。陈姑妈新添的东西，不是儿子给她买的，就是儿子给她钱她自己买的。从心说她是喜欢儿子买给她东西，可是有时当着东西从儿子的手上接过来时，她却说：

"别再买给你妈这个那个的啦……会赚钱可别学着会花钱……"

陈姑妈的梳子镜子也换了。并不是说那个旧的已经扔掉，而是说新的锃亮的已经站在红躺箱上了。陈姑妈一擦箱盖，擦到镜子旁边，她就发现了一个新的小天地一样。那镜子实在比旧的明亮到不可计算那些倍。

陈公公也说过：

"这镜子简直像个小天河。"

儿子为什么刚一跑出去修铁道，要说谎呢？为什么要说是去打猎呢？关于这个，儿子解释了几回。他说修铁道这事，怕父亲不愿意，他也没有打算久干这事，三天两日的，干干试试。长了，怎么能不告诉父亲呢。可是陈公公放下饭碗说：

"这都不要紧，这都不要紧……到时候了吧？咱们家也没有钟，擦擦汗去吧！"到后来，他对儿子竟催促了起来。

陈公公讨厌的大风又来了，从房顶上，从枯树上来的，从瓜田上来的，从西南大道上来的，而这些都不对，说不定是从哪儿来。

浩浩荡荡的，滚滚旋旋的，使一切都吼叫起来，而那些吼叫又淹灭在大风里。大风包括着种种声音，好像大海包括着海星、海草一样。谁能够先看到海星、海草而还没看到大海？谁能够先听到因大风而起的这个那个的吼叫而还没有听到大风？天空好像一张土黄色的大牛皮，被大风鼓着，荡着，撕着，扯着，来回地拉着。从大地卷起来的一切干燥的，拉杂的，零乱的，都向天空扑去，而后再落下来，落到安静的地方，落到可以避风的墙根，落到坑坑凹凹的不平的地方，而添满了那些不平。所以大地在大风里边被洗得干干净净的，平平坦坦的。而天空则完全相反，混沌了，冒烟了，刮黄天了，天地刚好吹倒转了个儿。人站在那里就要把人吹跑，狗跑着就要把狗吹得站住，使向前的不能向前，使向后的不能退后。小猪在栏子里边不愿意哽叫，而它必须哽叫；孩子唤母亲的声音，母亲应该听到，而她必不能听到。

陈姑妈一推开房门，就被房门带着跑出去了。她把门扇只推一个小缝，就不能控制那房门了。

陈公公说：

"那又算什么呢！不冒烟就不冒烟。拢火就用铁大勺下面片汤，连汤带菜的，吃着又热乎。"

陈姑妈又说：

"柴火也没抱进来，我只以为这风不会越刮越大……抱一抱柴火不等进屋，从怀里都被吹跑啦……"

陈公公说：

"我来抱。"

陈姑妈又说：

"水缸的水也没有了呀……"

陈公公说：

"我去挑，我去挑。"

讨厌的大风要拉去陈公公的帽子，要拔去陈公公的胡子。他从井沿挑到家里的水，被大风吹去了一半。两只水桶，每只剩了半桶水。

陈公公讨厌的大风，并不像那次儿子跑了没有回来的那次的那样讨厌。而今天最讨厌大风的像是陈姑妈。所以当陈姑妈发现了大风把屋脊抬起来了的时候，陈公公说：

"那算什么……你看我的……"

他说着就蹬着房檐下酱缸的边沿上了房。陈公公对大风十分有把握的样子，他从房檐走到房脊去是直着腰走。虽然中间被风压迫着弯过几次腰。

陈姑妈把砖头或石块传给陈公公。他用石头或砖头压着房脊上已经飞起来的草。他一边压着一边骂着。乡下人自言自语的习惯，陈公公也有：

"你早晚还不得走这条道吗！你和我过不去，你偏要飞，飞吧！看你这几根草我就制服不了你……你看着，你他妈的，我若让你能够从我手里飞走一棵草刺也算你能耐。"

陈公公一直吵叫着，好像风越大，他的吵叫也越大。

住在前村卖豆腐的老李来了，因为是顶着风，老李跑了满身是汗。他喊着陈公公：

"你下来一会，我有点事，我告……告诉你。"

陈公公说：

"有什么要紧的事，你等一等吧，你看我这房子的房脊，都给大风吹靡啦！若不是我手脚勤俭，这房子住不得，刮风也怕，下雨也怕。"

陈公公得意地在房顶上故意地迟延了一会。他还说着：

"你先进屋去抽一袋烟……我就来，就来……"

卖豆腐的老李把嘴塞在袖口里，大风大得连呼吸都困难了。他在袖口里边招呼着：

"这是要紧的事，陈大叔……陈大叔你快下来吧……"

"什么要紧的事？还有房盖被大风抬走了的事要紧……"

"陈大叔，你下来，我有一句话说……"

"你要说就在那儿说吧！你总是火烧屁股似的……"

老李和陈姑妈走进屋去了。老李仍旧用袖口堵着嘴像在院子里说话一样。陈姑妈靠着炕沿听着李二小子被日本人抓去啦……

"什么！什么！是么！是么！"陈姑妈的黑眼球向上翻着，要翻到眉毛里去似的。

"我就是来告诉这事……修铁道的抓了三百多……你们那孩子……"

"为着啥事抓的？"

"弄翻了日本人的火车罢啦！"

陈公公一听说儿子被抓去了，当天的夜里就非向着西南大道上跑不可。那天的风是连夜刮着，前边是黑滚滚的，后边是黑滚滚的；远处是黑滚滚的，近处是黑滚滚的。分不出头上是天，脚下是地；分不出东南西北。陈公公打开了小钱柜，带了所有儿子修铁道赚来的钱。

就是这样黑滚滚的夜，陈公公离开了他的家，离开了他管理的瓜田，离开了他的小草房，离开了陈姑妈。他向着西南大道向着儿子的方向，他向着连他自己也辨别不清的远方跑去，他好像发疯了，他的胡子，他的小袄，他的四耳帽子的耳朵，他都用手扯着它们。他好像一只野兽，大风要撕裂了他，他也要撕裂了大风。陈公公在前边跑着，陈姑妈在后面喊着：

"你回来吧！你回来吧！你没有了儿子，你不能活。你也跑了，剩下我一个人，我可怎么活……"

大风浩浩荡荡的，把陈姑妈的话卷走了，好像卷着一根毛草一样,不知卷向什么地方去了。

陈公公倒下来了。

第一次他倒下来,是倒在一棵大树的旁边。他第二次倒下来,是倒在什么也没有存在的空空敞敞、平平坦坦的地方。

现在是第三次,人实在不能再走了,他倒下了,倒在大道上。

他的膝盖流着血,有几处都擦破了皮肉,四耳帽子跑丢了。眼睛的周遭全是在翻花。全身都在痉挛、抖擞,血液停止了。鼻子流着清冷的鼻涕,眼睛流着眼泪,两腿转着筋,他的小袄被树枝撕破,裤子扯了半尺长一条大口子,尘土和风就都从这里向里灌,全身马上僵冷了。他狠命的一喘气,心窝一热,便倒下去了。

等他再重新爬起来,他仍旧向旷野里跑去。他凶狂地呼喊着。连他自己都不知道叫的是什么。风在四周捆绑着他,风在大道上毫无倦意的吹啸,树在摇摆,连根拔起来,摔在路旁。地平线在混沌里完全消融,风便做了一切的主宰。

莲花池

全屋子都是黄澄澄的。一夜之中那孩子醒了好几次,每天都是这样。他一睁开眼睛,屋子总是黄澄澄的,而爷爷就坐在那黄澄澄的灯光里。爷爷手里拿着一张破布,用那东西在裹着什么,裹得起劲的时候,连胳臂都颤抖着,并且胡子也哆嗦起来。有的时候他手里拿一块放着白光的,有的时候是一块放黄光的,也有小酒壶,也有小铜盆。有一次爷爷摩擦着一个长得可怕的大烟袋。这东西,小豆这孩子从来未见过,他夸张地想象着它和挑水的扁担一样长了。他的屋子的靠着门的那个角上,修着一个小地洞,爷爷在夜里有时爬进去,那洞上盖着一块方板,板上堆着柳条枝和别的柴草,因为锅灶就在柴堆的旁边。从地洞取出来的东西都不很大,都不好看,也一点没有用处,要玩也不好玩。戴在女人耳朵上的银耳环,别在老太太头上的方扁簪、铜蜡台、白洋铁香炉碗……可是爷爷却很喜欢这些东西。他半夜三更地擦着它们,往往还擦出声来,沙沙沙地,好像爷爷的手永远是一块大砂纸似的。

小豆糊里糊涂地睁开眼睛看了一下就又睡了。但这都是前半夜,而后半夜,就通通是黑的了,什么也没有了,什么也看不见了。

爷爷到底是去做什么,小豆并不知道这个。

那孩子翻了一个身或是错磨着他小小的牙齿,就又睡觉了。

他的夜梦永久是荒凉的窄狭的,多少还有点害怕。他常常梦到白云在他头上飞,有一次还掠走他的帽子。梦到过一个蝴蝶挂到一个蛛网上,那蛛网是悬在一个小黑洞里。梦到了一群孩子们要打他。梦到过一群狗在后面追着他。有一次他梦到爷爷进了那黑洞就不再出来了。那一次,他全身都出了汗,他的眼睛冒着绿色的火花,他张着嘴,几乎是断了气似的可怕地瘫在那里了。

永久是那样,一个梦接着一个梦,虽然他不愿意再做了,可是非做不可,就像他白天蹲在窗口里,虽然他不再愿意蹲了,可是不能出去,就非蹲在那里不可。

湖边上那小莲花池,周围都长起来了小草,毛烘烘的,厚敦敦的,饱满得像是那小草之中浸了水似的。可是风来的时候,那草梢也会随着风卷动。风从南边来,它就一齐向北低了头,一会又顺着风一齐向南把头低下。油亮亮的绿森森的,在它们来回摆着的时候,迎着太阳的方向,绿色就浅了,背着太阳的方向,绿色就深了。偶尔也可以看到那绿色的草里有一两棵小花,那小花朵受着草丛的拥挤是想站也站不住,想倒也倒不下。完全被青草包围了,完全跟着青草一齐倒来倒去。但看上去,那小花朵就顶在青草的头上似的。

那孩子想:这若伸手去摸摸有多么好呢。

但他知道他一步不能离开他的窗口,他一推开门出去,邻家的孩子就打他。他很瘦弱,很苍白,腿和手都没有邻家孩子那么粗。有一回出去了,围着房子散步了半天,本来他不打算往远处走。在那时候就有一个小黄蝴蝶飘飘地在他前边飞着,他觉得走上前去一两步就可以捉到它。那蝴蝶落在离他家一丈远的土堆上,落在离他家比那土堆更远一点的柳树根底下……又落在这儿,又落在那儿。都离得他很近,落在他的脚尖那里,又飞过他的头顶,可是总不让

莲花池

他捉住。他上火了,他生气了,同时也觉得害羞,他想这蝴蝶一定是在捉弄他。于是他脱下来了衣服,他光着背脊乱追着。一边追,一边小声喊:"你站住,你站住。"

这样不知扑了多少时候,他扯着衣裳的领子,把衣裳抡了出去,好像打鱼人撒网一样。可是那小黄蝴蝶越飞越高了。他仰着颈子看它,天空有无数太阳的针刺刺了他的眼睛,致使他看不见那蝴蝶了。他的眼睛翻花了,他的头晕转了一阵,他的腿软了,他觉得一点力量也没有了。他想坐下来,房子和那小莲花池却在旋转,好像瓦盆窑里做瓦盆的人看到瓦盆在架子上旋转一样。就在这时候,黄蝴蝶早就不见了。至于他离开家门多远了呢,他回头一看,他家的敞开着的门口,变得黑洞洞的了,屋里边的什么也看不见了。他赶快往回跑,那些小流氓,那些坏东西,立刻反映在他的头脑里,邻居孩子打他的事情,他想起来了。他手里扯着扑蝴蝶时脱下来的衣裳,衣裳的襟飘在后边,他一跑起来它还可拉可拉地响。他一害怕,心脏就过度地跳,不但胸中觉得非常饱满,就连嘴里边也像含了东西。这东西塞满了他的嘴就和浸进水去的海绵似的。吞也吞不下去,可是也吐不出来。

就是扑蝴蝶的这一天,他又受了伤。邻家的孩子追上他来了,用棍子,用拳头,用脚打了他。他的腿和小狼的腿那么细。被打倒时在膝盖上擦破了很大的一张皮。那些孩子简直是一些小虎,简直是些疯狗,完全没有孩子样,完全是些黑沉沉的影子。他于是被压倒了,被埋没了。他的哭声他知道是没有用处,他昏迷了。

经过这一次,他就再不敢离开他的窗口了。虽然那莲花池边上还长着他看不清楚的富于幻想的飘渺的小花。

他一直在窗口蹲到黄昏以后,和一匹小猫似的,静穆、安闲,但多少带些无聊地蹲着。有一次他竟睡着了,从不大宽的窗台上滚下来了。他没有害怕,只觉得打断了一个很好的梦是不应该。他用手背揉一揉眼睛,而后睁开眼睛看一看,果然方才那是一个梦呢!自己始终是在屋子里面,而不像梦里那样,悠闲地溜荡在蓝色的天空下,而更不敢想是在莲花池边上了。他自己觉得仍旧落得空虚之中,眼前都是空虚的,冷清的,灰色的,伸出手去似乎什么也不会触到,眼睛看上去什么也看不到。空虚的也就是恐怖的,他又回到窗台上蹲着时,他往后缩一缩,把背脊紧紧地靠住窗框,一直靠到背脊骨有些发痛的时候。

小豆一天天地望着莲花池。莲花池里的莲花开了,开得和七月十五盂兰盆会所放的河灯那么红堂堂的了。那不大健康的小豆,从未离开过他的窗口到池边去脚踏实地去看过一次。只让那意想诱惑着他把那莲花池夸大了,相同一个小世界,相同一个小城。那里什么都有:蝴蝶、蜻蜓、蚱蜢……虫子们还笑着,唱着歌。草和花就像听着故事的孩子似的点着头。下雨时莲花叶扇抖得和许多大扇子似的,莲花池上就满都是这些大扇子了。那孩子说:"爷爷你领我去看看那大莲花。"

他说完了就靠着爷爷的腿,而后抱住爷爷的腿,同时轻轻地摇着。

"要看……那没什么好看的。爷爷明天领你去。"

爷爷总是夜里不在家,白天在家就睡觉。睡醒了就昏头昏脑地抽烟,从黄昏之前就抽起,接着开始烧晚饭。

爷爷的烟袋锅子咕噜咕噜地响,小豆伏在他膝盖上,听得那烟袋锅子更清晰了,懒洋洋的晒在太阳里的小猫似的。又摇了爷爷两下,他还是希望能去到莲花池。但他没有理他。空虚的悲哀很快地袭击了他。因为他自己觉得也没有理由一定坚持要去,内心又觉得非去不可。所以他悲哀了。他闭着眼睛,他的眼泪要从眼角流下来,鼻子又辣又痛,好像刚刚吃过了芥麻。他心里起了一阵憎恨那莲花池的感情。莲花池有什么好看的!一点也不想去看。他离开了

莲花池

爷爷的膝盖，在屋子里来回地好像小马驹撒欢儿似的跑了几趟。他的眼泪被自己欺骗着总算没有流下来。

他很瘦弱，他的眼球白的多黑的少，面色不太好，很容易高兴，也很容易悲哀。高兴时用他歪歪斜斜的小腿跳着舞，并且嘴里也像唱着歌。等他悲哀的时候，他的眼球一转也不转。他向来不哭。他自己想：哭什么呢，哭有什么用呢。但一哭起来，就像永远不会停止，哭声很大，他故意把周围的什么都要震破似的。一哭起来常常是躺在地上滚着，爷爷呼止不住他。爷爷从来不打他。他一哭起来，爷爷就蹲在他的旁边，用手摸着他的头顶，或者用着腰带子的一端给他揩一揩汗。其余什么也不做，只有看着他。

他的父亲是木匠，在他三岁的时候，父亲就死了。母亲又过两年嫁了人。对于母亲离开他的印象，他模模糊糊地记得一点。母亲是跟了那个大胡子的王木匠走的。王木匠提着母亲的东西，还一拐一拐。因为王木匠是个三条腿，除了两只真腿之外，还用木头给自己做了一个假腿。他一想起来他就觉得好笑，为什么一个人还有一条腿不敢落地呢，还要用一个木头腿来帮忙？母亲那天是黄昏时候走的，她好像上街去买东西的一样，可是从那时就没有回来过。

小豆从那一夜起，就睡在祖父旁边了。这孩子没有独立的一张被子，跟父亲睡时就盖父亲的一个被。再跟母亲睡时，母亲就搂着他。这回跟祖父睡了，祖父的被子连他的头都蒙住了。

"你出汗吗？热吗？为什么不盖被呢？"

他刚搬到爷爷旁边那几天，爷爷半夜里总是问他。因为爷爷没有和孩子睡在一起的习惯，用被子整整地把他包住了。他因此不能够喘气，常常从被子里逃到一边，就光着身子睡。

这孩子睡在爷爷的被子里没有多久，爷爷就把整张的被子全部让给他。爷爷在夜里就不见了。他招呼了几声，听听没有回应，他也就盖着那张大被子开始自己单独的睡了。

从那时候起，爷爷就开始了他自己的职业，盗墓子去了。

银白色的夜。瓦灰色的夜。触着什么什么发响的夜。盗墓子的人背了斧子，刀子和必须的小麻绳，另外有几根皮鞭梢。而火柴在盗墓子的人是主宰他们的灵魂的东西。但带着火柴的这件事情，并没有多久，是从清朝开始。在那以前都是带着打火石。他们对于这一件事情很庄严，带着宗教感的崇高的情绪，装配了这种随时可以发光的东西在他们身上。

盗墓子的人先打开了火柴盒，划着了一根，再划一根。划到三四根上，证明了这火柴是一些儿也没有潮湿，每根每根都是保险会划着的。他开始放几根在内衣的口袋里，还必须塞进帽边里几根。塞完了还用手捻着，看看是否塞得坚实，是不是会半路脱掉的。

五月的一个夜里，那长胡子的老头，就是小豆的祖父，他在污黑的桌子边上，放下了他的烟袋。他把火柴到处放着，还放在裤脚的腿带缝里几棵。把火柴头先插进去，而后用手向里推。他的手涨着不少的血管，他的眉毛像两条小刷子似的，他的一张方形的脸有的地方筋肉突起，有的地方凹下，他的白了一半的头发高丛丛的，从他的前额相同河岸上升着的密草似的直立着。可是他的影子落到墙上就只是个影子了，平滑的，黑灰色的，薄得和纸片似的，消灭了他生活的年代的尊严。不过那影子为着那耸高的头发和拖长的胡子，正好像《伊索寓言》里为山人在河下寻找斧子的大胡子河神。

前一刻那长烟管还丝丝拉拉地叫着，那红色的江石大烟袋嘴，刚一离那老头厚厚的嘴唇，一会工夫就不响了，烟袋锅子也不冒烟了。和睡在炕上的小豆一样，烟袋是睡在桌子边上了。

火柴不但能够点灯，能够吸烟，能够燃起炉灶来，能够在山林里驱走狼。传说上还能够赶鬼。盗墓子的人他不说带着火柴是为了赶鬼（因为他们怕鬼，所以不那么说）。他说在忌日，就是他们从师父那里学来的，好比信佛教的人吃素一样。他们也有他们的忌日，好比下九和二十三。在这样的日子上若是他们身上不带着发火器具，鬼就追随着他们跟到家里来，和他们的儿孙生活在一起。传说上有一个女鬼，头上带着五把钢叉，就在这忌日的夜晚出来巡行，走一步拔下钢叉来丢一把，一直丢到最末一把。若是从死人那里回来的人遇到她，她就要叉死那个人。惟有身上带着发火的东西的，她则不敢。从前多少年代盗墓子的人是带着打火石的。这火石是他们的师父一边念着咒语而传给他们的。他们记得很清晰，师父说过："人是有眼睛的，鬼是没有眼睛的，要给他一个亮，顺着这亮他就走自己的路了。"然而他们不能够打着灯笼。

还必须带着几根皮鞭梢，这是做什么用的，他们自己也没有用过。把皮鞭梢挂在腰带上的右手边，准备用得着它时，方便得随手可以抽下来。但成了装饰品了，都磨得油滑滑的，腻得污黑了。传说上就是那带着五把钢叉的女鬼，被一个骑马的人用马鞭子的鞭梢勒住过一次。

小豆的爷爷挂起皮鞭梢来，就走出去，在月光里那不甚亮的小板门，在外边他扣起来铁门环。那铁门环过于粗大，过于笨重，它规规矩矩地蹲在门上。那房子里想象不到还有一个七八岁的孩子睡在里边。

夜里爷爷不在家，白天他也多半不在家。他拿着从死人那里得来的东西到镇上去卖。在旧货商人那里为了争着价钱，常常是回来很晚。

"爷爷！"小豆看着爷爷从四五丈远的地方回来了，他向那方向招呼着。

老头走到他的旁边，摸着他的头顶。就像带着一匹小狗一样，他把孙子带到屋子里。一进门小豆就单调地喊着。他虽然坐在窗口等一下午爷爷才回来，他还是照样的高兴。

"爷爷这大绿豆青……这大蚂蚱……是从窗洞进来的……"他

说着就跳到炕上去,破窗框上的纸被他的小手一片一片地撕下来。"这不是,就从这儿跳进来的……我就用这手心一扣就扣住它啦。"他悬空在窗台上扣了一下。"它还跳呢,看吧,这么跳……"

爷爷没有理他,他仍旧问着:

"是不是,爷爷……是不是大绿豆青……"

"是不是这蚂蚱吃的肚子太大了,跳不快,一抓就抓住……"

"爷爷你看,它在我左手上一跳会跳到右手上,还会跳回来。"

"爷爷看哪,爷爷看……爷爷。"

"爷……"

最末后他看出来爷爷早就不理他了。

爷爷坐在离他很远的灶门口的木墩上,满头都是汗珠,手里揉擦着那柔软的帽头。

爷爷的鞋底踏住了一根草棍,还咕噜咕噜地在脚心下滚着。他爷爷的眼睛静静地看着那草棍所打起来的土灰。关于跳在他眼前的绿豆青蚂蚱,他连理也没有理,到太阳落,他也不拿起他的老菜刀来劈柴,好像连晚饭都不吃了。窗口照进来的夕阳从白色变成了黄色,再变成金黄,而后简直就是金红的了。爷爷的头并不在这阳光里,只是两只手伸进阳光里去。并且在红澄澄的红得像混着金粉似的光辉里把他的两手翻洗着。太阳一刻一刻地沉下去了,那块红光的墙壁上拉长了,拉歪了。爷爷的手的黑影也随着长了,歪了,慢慢的不成形了,那怪样子的手指长得比手掌还要长了好几倍,爷爷的手指有一尺多长了。

小豆远远地看着爷爷。他坐在东窗的窗口。绿豆青色的大蚂蚱紧紧地握在手心里,像握着几根草秆似的稍稍还刺痒着他的手心。前一刻那么热烈的情绪,那么富于幻想,他打算从湖边上一看到爷爷的影子他就躲在门后,爷爷进屋时他大叫一声,同时跑出来。跟着把大绿豆青放出来。最好是能放在爷爷的胡子上,让蚂蚱咬爷爷

莲花池

的嘴唇。他想到这里欢喜得把自己都感动了。为着这奇迹他要笑出眼泪来了,他抑止不住地用小手揉着他自己发酸的鼻头。可是现在他静静地望着那红窗影,望着太阳消逝得那么快,它在面前走过去一样。红色的影子渐渐缩短,缩短,而最后的那一条条,消逝得更快,好比用揩布一下子就把它揩抹了去了。

爷爷一声也不咳嗽,一点要站起来活动的意思也没有。

天色从黄昏渐渐变得昏黑。小豆感到爷爷的模样也随着天色可怕起来,像一只蹲着的老虎,像一个瞎话里的大魔鬼。

"小豆。"爷爷忽然在那边叫了他一声。

这声音把他吓得跳了一下。因为他很久很久的不知不觉的思想集中在想着一些什么。他放下了大蚂蚱,他回应一声:"爷爷!"

那声音在他的前边已经跑到爷爷的身边去,而后他才离开了窗台。同时顽皮地用手拍了一下大蚂蚱的后腿,使它自动地跳开去。他才慢斯斯地一边回头看那蚂蚱一边走转向了祖父的面前去。

这孩子本来是一向不热情的,脸色永久是苍白的,笑的时节只露出两颗小牙齿,哭的时节,眼泪也并不怎样多,走路和小老人一样。虽然方才他兴奋一阵,但现在他仍恢复了原样。一步一步地斯斯稳稳地向了祖父那边走过去。

祖父拉了他一把,那苍白的小脸什么也没有表示地望着祖父的眼睛看了一下。他一点也想不到会有什么变化发生。从他有了记忆那天起,他们的小房里没有来过一个生人,没有发生过一件新鲜事,甚至于连一顶新的帽子也没有买过。炕上的那张席子原来可是新的,现在已有了个大洞。但那已经记不得是什么时候开始破的,就像是一开始就破了这么大一个洞,还有房顶空的蛛丝,连那蛛丝上的尘土也没有多,也没有少,其中长的蛛丝长得和湖边上倒垂的柳丝似的有十多挂,那短的啰啰唆唆地在胶糊着墙角。这一切都是有这个房子就有这些东西,什么也没有变更过,什么也没有多过,什么也没有少过。这一切都是从存在那一天起便是今天这个老样子。家里没有请过客人，吃饭的时候，桌子永久是摆着两双筷子，屋子里是凡有一些些声音就没有不是单调的。总之是单调惯了，很难说他们的生活过得单调不单调，或寂寞不寂寞。说话的声音反应在墙上而后那回响也是清清朗朗的。比如爷爷喊着小豆，在小豆没有答应之前，他自己就先听到了自己音波的共震。在他烧饭时，偶尔把铁勺子掉到锅底上去，那响声会把小豆震得好像睡觉时做了一个恶梦那样的跳起。可见他家只站在四座墙了。也可见他家屋子是很大的。本来儿子活着时这屋子住着一家五口人的。墙上仍旧挂着那从前装过很多筷子的筷子笼，现在虽然变样了，但仍旧挂着。因为早就不用了，那筷子笼发霉了，几乎看不出来那是用柳条编的或是用的藤子，因为被油烟和尘土的粘腻已经变得毛毛的黑绿色的海藻似的了。但那里边依然装着一大把旧时用过的筷子。筷子已经脏得不像样子，看不出来那还是筷子了。但总算没有动气，让一年接一年地跟着过去。

　　连爷爷的胡子也一向就那么长，也一向就那么密重重的一堆。到现在仍旧是密得好像用人工栽上去的一样。

　　小豆抬起手来，触了一下爷爷的胡子梢，爷爷也就温柔地用胡子梢触了一下小豆头顶心的缨缨发。他想爷爷张嘴了，爷爷说什么话了吧。可是不然，爷爷只把嘴唇上下的吻合着吮了一下。小豆似乎听到爷爷在咂舌了。

　　有什么变更了呢，小豆连想也不往这边想。他没看到过什么变更过。祖父夜里出去和白天睡，还照着老样子。他自己蹲在窗台上，一天蹲到晚，也是一惯的老样子。变更了什么，到底是变更了什么？那孩子关于这个连一些些儿预感也没有。

　　爷爷招呼他来，并不吩咐他什么。他对于这个，他完全习惯的，他不能明白的，他从来也不问。他不懂得的就让他不懂得。他

莲花池

能够看见的,他就看,看不见的也就算了。比方他总想去到那莲花池,他为着这个也是很久很久的和别的一般的孩子的脾气似的,对于他要求的达不到目的就放不下。他最后不去也就算了。他的问题都是在没提出之前,在他自己心里搅闹得很不舒服,一提出来之后,也就马马虎虎地算了。他多半猜得到他要求的事情就没有一件成功的。所以关于爷爷招呼他来并不吩咐他这事,他并不去追问。他自己悠闲地闪着他不大明亮的小眼睛在四外地看着,他看到了墙上爬着一个多脚虫,还爬得萨拉萨拉地响。他一仰又看到个小黑蜘蛛缀在它自己的网上。

天就要全黑,窗外的蓝天,开初是蓝得明亮,透蓝。再就是蓝缎子似的,显出天空有无限深远。而现在这一刻,天气宁静了,像要凝结了似的,蓝得黑乎乎的了。

爷爷把他的手骨节一个一个地捏过,发出了脆骨折断了似的响声。爷爷仍旧什么也不说,把头仰起看一看房顶空,小豆也跟着看了看。

那蜘蛛沉重得和一块饱满的铅锤似的,时时有从网上掉落下来的可能。和蛛网平行的是一条房梁上挂下来的绳头,模糊中还看得出绳头还结着一个圈,同时还有墙角上的木格子。那木格子上从前摆着斧子,摆着墨斗,墨尺和墨线……那是儿子做木匠时亲手做起来的。老头忽燃想起了他死去的儿子,那不是他学徒满期回来的第二天就开头做了个木格子吗?他不是说做手艺人,家伙要紧,怕是耗子给他咬了才做了这木格子。他想起了房梁上那垂着的绳子也是儿子结的。五月初一媳妇出去采了一大堆艾蒿,儿子亲手把它挂在房梁上,想起来这事情都在眼前,像是还可以嗅到那艾蒿的气味。可是房梁上的绳子却污黑了,好像生锈的沉重锁链垂在那里哀穆地一动也不动。老头子又看了那绳头子一眼,他的心脏立刻翻了一个面,脸开始发烧,接着就冒凉风。儿子死去也三四年了,从来没有像今天这样捉心的难过。

　　从前他自信,他有把握,他想他拼掉了自己最后的力量,孙儿是不会饿死的。只要爷爷多活几年,孙儿是不会饿死的。媳妇再嫁了,他想那也好的,年青的人,让她也过这样的日子有什么意思,缺柴少米,家里又没有人手。但这都是他过去的想头,现在一切都悬了空。此后怎么能吃饭呢,他不知道了。孙儿到底是能够眼看着他长大或是不能,他都不能十分确定。一些过去的感伤的场面,一段连着一段,他的思路和海上遇了风那翻花的波浪似的。从前无管怎样忧愁时也没有这样困疲过他的,现在来了。他昏迷,他心跳,他的血管暴涨,他的耳朵发热,他的喉咙发干。他摸自己的两手的骨节,那骨节又开始噼拍的发响。他觉得这骨节也像变大了,变得突出而讨厌了。他要站起来走动一下,摆脱了这一切。但像有什么东西锤着他,使他站不起来。

　　"这是干么?"

　　在他痛苦得不能支持,不能再作着那回想折磨下去时,他自己叫了一个口号,同时站起身来。

　　"小豆,醒醒,爷爷煮绿豆粥给你吃。"他想借着和孩子的谈话把自己平伏一下,"小豆,快别迷迷糊糊的……看跌倒了……你的大蝴蝶飞了没有?"

　　"爷爷,你说错啦,哪里是大蝴蝶,是大蚂蚱。"小豆离开爷爷的膝盖,努力睁开眼睛。抬起腿来想要跑,想把那大绿豆青拿给爷爷看。

　　原来爷爷连看也没有看那大绿豆青一眼,所以把蚂蚱当作蝴蝶了。他伸出手去拉住了要跑开的小豆。

　　"吃了饭爷爷再看。"

　　他伸手在自己的腰怀里取出一个小包包来,正在他取出来时,那纸包被撕破而漏了,扑拉拉地往地上落着豆粒。跟着绿豆的滚

莲花池

落,小豆就伏下身去,在地上拾着绿豆粒。那小手掌连掌心都和地上的灰土扣得伏贴贴的,地上好像有无数滚圆的小石子。那孩子一边拾着还一边玩着,他用手心按住许多豆粒在地上轱辘着。

爷爷看了这样的情景,心上来了一阵激动的欢喜:

"这孩子怎么能够饿死?知道吃的中用了。"

爷爷心上又来了一阵酸楚。他想到这可怜的孩子,他父亲死的时候,他才刚刚会走路,虽然那时他已四岁了,但身体特别衰弱,外边若多少下一点雨,只怕几步路也要背在爷爷的背上。三天或五日就要生一次病。看他病的样子,实在可怜。他不哼,不叫,也不吃东西,也不要什么,只是隔了一会工夫便叫一声"爷"。问他要水吗?

"不要。"

要吃的吗?

"不要。"

眼睛半开不开的,又昏昏沉沉地睡了。

睡了三五天,起来了,好了。看见什么都表示欢喜。可是过不几天,就又病了。

"没有病死,还能饿死吗?"为了这个,晚上熄了灯之后,爷爷是烦扰着。

过去的事情又一件一件地向他涌来,他想媳妇出嫁的那天晚上,那个开着盖的描金柜……媳妇临出门时的那哭声。在他回想起来,比在当时还感动了他。他自己也奇怪,都是些过去的,想他干么,但接着又想到他死去的儿子。

一切房里边的和外边的都黑掉了,莲花池也黑沉沉的看不见了,消磨得用手去摸也摸不到,用脚去踏也踏不到似的。莲花池也和那些平凡的大地一般平凡。

大绿豆青蚂蚱也早被孩子忘记了。那孩子睡得很平稳,和一条卷着的小虫似的。

但醒在他旁边的爷爷,从小豆的鼻孔里隔一会可以听到一声受了什么委屈似的叹息。

老头子从儿子死了之后,他就开始偷盗死人。这职业起初他不愿意干,不肯干。他想也袭用着儿子的斧子和锯,也去做一个木匠。他还可笑地在家里练习了三两天,但是毫无成绩。他利用了一块厚木板片,做了一个小方凳,但那是多么滑稽,四条腿一个比一个短,他想这也没有关系,用锯锯齐了就是了,在他锯时那锯齿无论怎样也不合用,锯了半天,把凳腿都锯乱了,可是还没有锯下来。更出于他意料之外的,他眼看着他自己做的木凳开始被锯得散花了。他知道木匠是当不成了,所以把儿子的家具该卖掉的都卖掉了。还有几样东西,他就用来盗墓子了。

从死人那里得来的,顶值钱的他盗得一对银杯,两副银耳环,一副带大头的,一副光圈。还有一个包金的戒指。还有铜水烟袋一个,锡花瓶一个,银扁簪一个,其余都是些不值钱的东西,衣裳鞋帽,或是陪葬的小花玻璃杯,铜方孔钱之类。还有铜烟袋嘴,铜烟袋锅,檀香木的大扇子,也都是不值钱的东西。

夜里他出去挖掘,白天便到小镇上旧货商人那里去兜卖。从日本人一来,他的货色常常被日本人扣劫,昨天晚上就是被查了回来的。白天有日本宪兵把守着从村子到镇上去的路,夜里有侦探穿着便衣在镇上走着,行路随时都要被检查。问那老头怀里是什么东西,那东西从哪里来的。他说不出是从哪里来的了。问他什么职业,他说不出他是什么职业。他的东西被没收了两三次,他并没有怕,昨天他在街上看到了一大队中国人被日本人拦去当兵。又听说没有职业的人,日本人都要拦的。

旧货商人告诉他,要想不让拦去当兵,那就赶快顺了日本人。

莲花池

他若愿意顺了日本,那旧货商人就带着他去。昨天就把他送到了一个地方,也见过了日本人。

为着这个事,昨天晚上,他通夜没有睡。因为是盗墓子的人,夜里工作惯了,所以今天一起来精神并不特别坏,他又下到小地窖里去。他出来时,脸上划着一格一条的灰尘。

小豆站在墙角上静静地看着爷爷。

那老头把几张小铜片塞在帽头的顶上,把一些碎铁钉包在腰带头上,仓仓皇皇地拿着一条针在缝着,而后不知把什么发亮的小片片放在手心晃了几下。小豆没有看清楚这东西到底是放在什么地方。爷爷简直像变戏法一样神秘了,一根银牙签捏了半天才插进袖边里去。他一抬头看见小豆溜圆的眼睛和小钉似的盯着他。

"你看什么,你看爷爷吗?"

小豆没敢答言,兜着小嘴羞惭惭地回过头去了。

爷爷也红了脸,推开了独板门,又到旧货商人那里去了。

有这么一天,爷爷忽然喊着小豆,那喊声非常平静,平静到了哑的地步。

"孩子,来吧,跟爷去。"

他用手指尖搔着小豆头顶上的那撮毛毛发,搔了半天工夫。

那天他给孩子穿上那双青竹布的夹鞋,鞋后跟上钉着一条窄小的分带。祖父低下头去,用着粗大的呼吸给孙儿结了起来。

"爷爷,去看莲花池?"小豆和小绵羊似的站到爷爷的旁边。

"走吧,跟爷爷去……"

这一天爷爷并不带上他的刀子和剪子,并不像夜里出去的那样。也不走进小地窖去,也不去找他那些铜片和碎铁。只听爷爷说了好几次:

"走吧,跟爷爷去。"

跟爷爷到哪里去呢?小豆也就不问了,他一条小绵羊似的,站到爷爷的旁边。

"就只这一回了，就再不去了……"

爷爷自己说着这样的话，小豆听着没有什么意思。或者去看姑母吗？或者去进庙会吗？小豆根本就不往这边想，他没有出门去看过一位亲戚。在他小的时候，外祖母是到他家里来看过他的，那时他还不记事，所以他不知道。镇上赶集的日子，他没有去过。正月十五看花灯，他没看过。八月节他连月饼都没有吃过。那好吃的东西，他认识都不认识。他没有见过的东西非常多，等一会走到小镇上，爷爷给他粽子时，他就不晓得怎样剥开吃。他没有看过驴皮影，他没有看过社戏。这回他将到哪里去呢？将看到一些什么，他无法想象了，他只打算跟着就走，越快越好，立刻就出发他更满意。

他觉得爷爷那是麻烦得很，给他穿上这个，穿上那个，还要给他戴一顶大帽子，说是怕太阳晒着头。那帽子太大了，爷爷还教给他，说风来时就用手先去拉住帽沿。给他洗了脸，又给他洗了手，洗脸时他才看到孙子的颈子是那么黑了，面巾打上去，立刻就起了和菜棵上黑包的一堆一堆的腻虫似的泥滚。正在擦耳朵，耳洞里就掉出一些白色的碎末来，看手指甲也像鸟爪那么长了。爷爷还想给剪一剪，因为找剪刀而没有找到，他想从街上回来再好好地连头也得剪一剪。

小豆等得实在不耐烦了，爷爷找不到剪刀，他就嚷嚷着："走吧！"

他们就出了门。

天是晴的，耀眼的，空气发散着从野草里边蒸腾出来的甜味。地平线的四边都是绿色，绿得那么新鲜，翠绿，湛绿，油亮亮的绿。地平线边沿上的绿，绿得冒烟了，绿得是那边下着小雨似的。而近处，就在半里路之内，都绿得全像玻璃。

莲花池

好像有什么在迷了小豆的眼睛,对于这样大的太阳,他昏花了。这样清楚的天气,他想要看的什么都看不清了。比方那幻想了好久的莲花池,就一时找不到了。他好像土拨鼠被带到太阳下那样瞎了自己的眼睛,小豆实在是个小土拨鼠,他不但眼睛花,而腿也站不住,就像他只配自己永久蹲在土洞里。

"小豆!小豆!"爷爷在后边喊他。

"裤子露屁股了,快回去,换上再来。"爷爷已经转回身去向着家的方面。等他想起小豆只有一条裤子,他就又同孩子一同往前走了。

镇上是赶集的日子,爷爷就是带着孙儿来看看热闹,同时,一会就有钱了,可以给他买点什么。

"小豆要什么,什么他喜欢,带他自己来,让他选一选。"祖父一边走着一边想着。可是必得扯几尺布,做一条裤子给他。

绕过了莲花池,顺着那条从池边延展开去的小道,他们向前走去。现在小豆的眼睛也不花了,腿也充满了力量。那孩子在蓝色的天空里好像是唱着幽美的歌似的。他一路走一路向着草地给草起了各种的名字,他周围的一切在他看来,也都是喧闹的带着各种的声息在等候他的呼应。由于他心脏比平时加快地跳跃,他的嘴唇也像一朵小花似的微微在他脸上突起了一点,还变了一点淡红色。他随处弯着腰,随处把小手指抚压到各种草上。刚一开头时,他是选他喜欢的花把它摘在手里。开初都是些颜色鲜明的,到后来他就越摘越多,无管什么大的小的黄的紫的或白的……就连野生的大麻果的小黄花,他也摘在手里。可是这条小路是很短的,一走出了小路就是一条黄色飞着灰尘的街道。

"爷爷到哪儿去呢?"小豆抬起他苍白的小脸。"跟着爷爷走吧。"

往下他也就不问了,好像一条小狗似的跟在爷爷的后边。

市镇的声音，闹嚷嚷，在五百步外听到人哄哄得就有些震耳了。祖父心情是烦扰的而也是宁静的。他把他自己沉在一种庄严的喜悦里，他对于孙儿这是第一次想要花费，想要开销一笔钱。他的心上时时活动着一种温暖，很快的这温暖变成了一种体贴。当他看到小豆今天格外快活的样子，他幸福地从眼梢上开启着微笑，小豆的不大健康的可爱的小腿，一跳一跳地做出伶俐的姿态来。爷爷几次想要跟他说几句话，但是为了内心的喜爱，他张不开嘴，他不愿意凭空地惊动了那可爱的小羊。等小豆真正地走到市镇上来，小镇的两旁，都是些卖吃食东西的，红山楂片，压得扁扁的黑枣，香色的橄榄，再过去也是卖吃食东西的。在小豆看来这小镇上，全都是可吃的了。他并没有向爷爷要什么，也不表示他对这吃的很留意，他表面上很平淡的样子就在人缝里往前挤。但心里头，或是嘴里边，随时感到一种例外的从来所未有的感觉。尤其是那卖酸梅汤的，敲着铜花托发出来那清凉的声音。他越听那声音越凉快，虽然不能够端起一碗来就喝下去，但总觉得一看就凉快，可是他又不好意思停下来多看一会，因他平常没有这习惯。他一刻也不敢单独地随心所欲地在那里多停一刻，他总怕有人要打他，但这是在市镇上并非在家里，这里的人多得很，怎能够有人打他呢？这个他自己也不想得十分彻底，是一种下意识的存在。所以跟着爷爷，走到人多的地方，他竟伸出手来拉着爷爷。卖豆的，卖大圆白菜的，卖青椒的……这些他都没有看见，有一个女人举着一个长杆，杆子头上挂着各种颜色的绵线。小豆竟被这绵线挂住了颈子。他神经质地十分恐怖地喊了一声。爷爷把线从他颈子上取下来，他看到孙儿的眼睛里呈现着一种清明的可爱的过于怜人的神色。这时小豆听到了爷爷的嘴里吐出来一种带香味的声音。

"你要吃点什么吗？这粽子，你喜欢吗？"

小豆不知道那是什么东西，也许五六年前他父亲活着时他吃过,那早就忘了。

爷爷从那瓦盆里提出来一个,是三角的,或者是六角的,总之在小豆看来这生疏的东西,带着很多尖尖。爷爷问他,指着瓦盆子旁边在翻开着的锅:"你要吃热的吗?"

小豆忘了,那时候是点点头,还是摇摇头。总之他手里正经提着一个尖尖的小玩艺了。

爷爷想要买的东西,都不能买,反正一会回来买,所以他带的钱只有几个铜板。但是他并不觉得怎样少,他很自满地向前走着。

小豆的裤子正在屁股上破了一大块,他每向前抬一下腿,那屁股就有一块微黄色的皮肤透露了一下。这更使祖父对他起着怜惜。

"这孩子,和三月的小葱似的,只要沾着一点点雨水马上会肥起来的……"一想到这里,他就快走了几步,因为过了这市镇前边是他取钱的地方。

小豆提着粽子还没有打开吃。虽然他在卖粽子的地方,看了别人都是剥了皮吃的,但他到底不能确定,不剥皮是否也可以吃。最后他用牙齿撕破了一个大角,他吃着,吸着,还用两只手来帮着开始吃了。

他那采了满手的花丢在市镇上,被几百几十个的人踏着,而他和爷爷走出市镇了。

走了很多弯路,爷爷把他带到一个好像小兵营的门口。

孩子四外看一看,想不出这是什么地方,门口站着穿大靴子的兵士,头上戴着好像小铁盆似的帽子。他想问爷爷:这是日本兵吗?因为爷爷推着他,让他在前边走,他也就算了。

日本兵刚来到镇上时,小豆常听舅父说"汉奸",他不大明白,不大知道舅父所说的是什么话,可是日本兵的样子和舅父说的一点不差,他一看了就怕。但因为爷爷推着他往前走,他也就进去了。

正是里边吃午饭的时候，日本人也给了他一个饭盒子，他胆怯地站在门边把那一尺来长三寸多宽的盒子接在手里。爷爷替他打开了，白饭上还有两片火腿这东西，油亮亮的特别香。他从来没见过。因为爷爷吃，他也就把饭吃完了。

他想问爷爷，这是什么地方，在人多的地方，他更不敢说话，所以也就算了。但这地方总不大对，过了不大一会工夫，那边来一个不戴铁帽子也不穿大靴子的平常人，把爷爷招呼着走了。他立时就跟上去，但是被门岗挡住了。他喊：

"爷爷，爷爷。"他的小头盖上冒了汗珠，好像喊着救命似的那么喊着。

等他也跟着走上了审堂室时，他就站在爷爷的背后，还用手在后边紧紧地勾住爷爷的腰带。

这间房子的墙上挂着马鞭，挂着木棍，还有绳子和长杆，还有皮条。地当心还架着两根木头架子，和秋千架子似的环着两个大铁环，环子上系着用来把牛缚在犁杖上那么粗的大绳子。

他听爷爷说"中国"又说"日本"。

问爷爷的人一边还拍着桌子。他看出来爷爷也有点害怕的样子，他就在后边拉着爷爷的腰带。他说：

"爷爷，回家吧。"

"回什么家，小混蛋，他妈的，你家在哪里！"那拍桌子的人就向他拍了一下。

正是这时候，从门口推进大厅来一个和爷爷差不多的老头。戴铁帽子的腰上挂着小刀子的（即刺刀），还有些穿着平常人的衣裳的。这一群都推着那个老头，老头一边喊着就一边被那些人用绳子吊了上去，就吊在那木头架子上。那老头的脚一边打着旋转，一边就停在空中了。小豆眼看着日本兵从墙上摘下了鞭子。

那孩子并没有听到爷爷说了什么，他好像从舅父那里听来的，中国人到日本人家里就是"汉奸"。于是他喊着："汉奸,汉奸……爷爷回家吧……"

说着躺在地上就大哭起来。因为他拉爷爷,爷爷不动的缘故,他又发了他大哭的脾气。

还没等爷爷回过头来,小豆被日本兵一脚踢到一丈多远的墙根上去。嘴和鼻子立刻流了血,和被损害了的小猫似的,不能证明他还在呼吸没有,可是喊叫的声音一点也没有了。

爷爷站起来,就要去抱他的孙儿。

"混蛋,不能动,你绝不是好东西……"

审问的中国人变了脸色的缘故,脸上的阴影,特别地黑了起来,从鼻子的另一面全然变成铁青了。而后说着日本话。那老头虽然听了许多天了,也一句不懂。只听说"带斯内……带斯内……"日本兵就到墙上去摘鞭子。

那边悬起来的那个人,已开始用鞭子打了。

小豆的爷爷也同样地昏了过去。他的全身没有一点痛的地方。他发了一阵热,又发了一阵冷,就达到了这样一种沉沉静静的境地。一秒钟以前那难以忍受的火刺刺的感觉,完全消逝了,只这么快就忘得干干净净。孙儿怎样,死了还是活着,他不能记起,他好像走到了另一世界,没有痛苦,没有恐怖,没有变动,是一种永恒的。这样他不知过了多久,像海边的岩石,他不能被世界晓得,他是睡在波浪上多久一样。

他刚一明白了过来,全身疲乏得好像刚刚到远处去旅行了一次,口渴,想睡觉,想伸一伸懒腰。但不知为什么伸不开,想睁开眼睛看一看,但也睁不开。他站了好几次,也站不起来。等他的眼睛可能看到他的孙儿,他向着他的方向爬去了。他一点没有怀疑他的孙儿是死了还是活着,他抱起他来,他把孙儿软条条地横在爷爷的膝盖上。

这景况和他昏迷过去的那景况完全不同。挂起来的那老头没有了，那一些周围的沉沉的面孔也都没有了，屋子里安静得连尘土都在他的眼前飞，光线一条条地从窗棂跌进来，尘土在光线里边变得白花花的。他的耳朵里边，起着幽幽的鸣叫。鸣叫声似乎离得很远，又似乎听也听不见了。一切是静的，静得使他想要回忆点什么也不可能。若不是厅堂外那些日本兵的大靴子叮当地响，他真的不能分辨他是处在什么地方了。

孙儿因为病没有病死，还能够让他饿死吗？来时经过那小市镇，祖父是这样想着打算回来时，一定要扯几尺布给他先做一条裤子。

现在小豆和爷爷从那来时走过的市镇上回来了。小豆的鞋子和一棵硬壳似的为着一根带子的连系尚且挂在那细小的腿上，他的屁股露在爷爷的手上。嘴和鼻子上的血尚且没有揩。爷爷的膝盖每向前走一步，那孩子的胳臂和腿也跟着游荡一下。祖父把孩子拖长地摊展在他的两手上。仿佛在端着什么液体的可以流走的东西，时时在担心他会自然地掉落，可见那孩子绵软到什么程度了。简直和面条一样了。

祖父第一个感觉知道孙儿还活着的时候，那是回到家里，已经摆在炕上，他用手掌贴住了孩子的心窝，那心窝是热的，是跳的，比别的身上其余的部分带着活的意思。

这孩子若是死了好像是应该的，活着使祖父反而把眼睛瞪圆了。他望着房顶，他捏着自己的胡子，他和白痴似的，完全像个呆子了。他怎样也想不明白。

"这孩子还活着吗？唉呀，还有气吗？"

他又伸出手来，触到了那是热的，并且在跳，他稍微用一点力，那跳就加速了。

莲花池

他怕他活转来似的,用一种格外沉重的忌恨的眼光看住他。

直到小豆的嘴唇自动地张合了几下,他才承认孙儿是活了。

他感谢天,感谢佛爷,感谢神鬼。他伏在孙儿的耳朵上,他把嘴压住了那还在冰凉的耳朵:"小豆小豆小豆小豆……"

他一连串和珠子落了般地叫着孙儿。

那孩子并不能答应,只像苍蝇咬了他的耳朵一下似的,使他轻轻地动弹一下。

他又连着串叫:"小豆,看看爷爷,看……看爷一眼。"

小豆刚把眼睛睁开一道缝,爷爷立刻扑了过去。

"爷……"那孩子很小的声音叫了一声。

这声音多么乖巧,多么顺从,多么柔软。他叫动了爷爷的心窝了。爷爷的眼泪经过了胡子往下滚,没有声音的,和一个老牛哭了的时候一样。

并且爷爷的眼睛特别大,两张小窗户似的。通过了那玻璃般的眼泪而能看得很深远。

那孩子若看到了爷爷这样大的眼睛,一定害怕而要哭起来的。但他只把眼开了个缝而又平平坦坦地昏沉沉地睡了。

他是活着的,那小嘴,那小眼睛,小鼻子……

爷爷的血流又开始为着孙儿而活跃,他想起来了。应该把那嘴上的血揩掉,应该放一张凉水浸过的手巾在孙儿的头上。

他开始忙着这个,他心里是有计划的,而他做起来还颠三倒四,他找不到他自己的水缸,他似乎不认识他已经取在水盆里的是水。他对什么都加以思量的样子,他对什么都像犹疑不决。他的举动说明着他是个多心的十分有规律地做一件事的人,其他,他都不是,而且正相反,他是为了过度的喜欢,使他把周围的一切都掩没了,都看不见了,而也看不清,他失掉了记忆。恍恍惚惚的他自己也不知道他自己是怎么着了。

可笑的，他的手里拿着水盆还在四面地找水盆。

他从小地窖里取出一点碎布片来，那是他盗墓子时拾得的死人的零碎的衣裳，他点了一把火，在灶口把它烧成了灰。把灰拾起来放在饭碗里，再浇上一点冷水，而后用手指捏着摊放在小豆的心口上。

传说这样可以救命。

左近一切人家都睡了的时候，爷爷仍在小灶腔里燃着火，仍旧煮绿豆汤……

他把木板碗橱拆开来烧火，他举起斧子来。听到炕上有哼声他就把斧子抬得很高很高地举着而不落。

"他不能死吧？"他想。

斧子的响声脆快得很，一声声地在劈着黑沉沉的夜。

"爷……"里边的孩子又叫了爷爷一声。

爷爷走进去低低地答应着。

过一会又喊着，爷爷又走进去，低低地答应着。接着他就翻了一个身喊了一声，那声音是急促的，微弱的接着又喊了几声，那声音越来越弱。声音松散的，几乎听不出来喊的是爷爷。不过在爷爷听来就是喊着他了。

鸡鸣是报晓了。

莲花池的小虫子们仍旧唧唧地叫着……间或有青蛙叫了一阵。

无定向的，天边上打着露水闪。

那孩子的性命，谁知道会继续下去，还是会断绝的？

露水闪不十分明亮，但天上的云也被它分得远近和种种的层次来，而那莲花池上小豆所最喜欢的大绿豆青蚂蚱，也一闪一闪地在闪光里出现在莲花叶上。

小豆死了。

爷爷以为他是死了。不呼吸了，也不叫……没有哼声，不睁眼

莲花池

睛，一动也不动。

爷爷劈柴的斧子，举起来而落不下去了。他把斧子和木板一齐安安然然地放在地上，静悄悄地靠住门框他站着了。

他的眼光看到了墙上活动着的蜘蛛，看到了沉静的蛛网，又看到了地上三条腿的板凳，看到了掉了底的碗橱，看到了儿子亲手结的挂艾蒿的悬在房梁上的绳子，看到了灶腔里跳着的火。

他的眼睛是从低处往高处看，看了一圈，而后还落到低处。但他就不见他的孙儿。

而后他把眼睛闭起来了，他好似怕那闪闪耀耀的火光会迷了他的眼睛。他闭了眼睛是表示他对了火关了门。他看不到火了。他就以为火也看不到他了。

可是火仍看得到他，把他的脸炫耀得通红，接着他就把通红的脸埋没到自己阔大的胸前，而后用两只袖子包围起来。然而他的胡子梢仍没有包围住，就在他一会高涨，一会低抽的胸前骚动……他喉管里像吞住一颗过大的珠子，时上时下地而咕噜咕噜地在鸣。而且喉管也和泪线一样起着暴痛。

这时候莲花池仍旧是莲花池。露水闪仍旧不断地闪合。鸡鸣远近都有了。

但在莲花池的旁边，那灶口生着火的小房子门口，却划着一个黑大的人影。

那就是小豆的祖父。

山　下

　　清早起，嘉陵江边上的风是凉爽的，带着甜味的朝阳的光辉。
　　凉爽得可以摸到的微黄的纸片似的，混着朝露向这个四围都是山而中间这三个小镇蒙下来。
　　从重庆来的汽船，五颜六色的，好像一只大的花花绿绿的饱满的包裹，慢慢吞吞地从水上就拥下来了，林姑娘看到，其实她不用看，她一听到那咣咣咣的响声，就喊着她母亲："奶妈，洋船来啦……"她拍着手，她的微笑是甜蜜的，充满着温暖和爱抚。
　　她是从母亲旁边单独地接受着母亲整个所有的爱而长起来的，她没有姐妹或兄弟，只有一个哥哥，是从别处讨来的，所以不算是兄弟，她的父亲整年不在家，就是顺着这条江坐木船下去，多半天工夫可以到的那么远的一个镇上去做窑工。林姑娘偶然在过节或过年看到父亲回来，还带羞的和见到生人似的，躲到一边去。母亲嘴里的呼唤，从来不呼唤另外的名字，一开口就是林姑娘，再一开口又是林姑娘。母亲的左腿，在儿时受了毛病的，所以她走起路来，永远要用一只手托着膝盖。哪怕她洗了衣裳，要想晒在竹杆上，也要喊林姑娘。因为母亲虽然有两只手，其实就和一只手一样。一只手虽然把竹杆子举到房檐那么高，但结在房檐上的那个棕绳的圈套，若不再用一只手拿住它。那就大半天功夫套不进去。等林姑娘

山下

一跑到跟前，那一长串衣裳，立刻在房檐下晒着太阳了。母亲烧柴时是坐在一个一尺高的小板凳上。因为是坐着，她的左腿任意可以不必管它，所以她这时候是两只手了。左手拿柴，右手拿着火剪子，她烧的通红的脸。小女孩用不到帮她的忙，就到门前去看那从重庆开来的汽船。

那船沉重得可怕了，歪歪着走，机器轰隆轰隆地响，而且船尾巴上冒着那么黑的烟。

"奶妈，洋船来啦。"

她站在门口喊着她的母亲，她甜蜜地对着那汽船微笑，她拍着手，她想要往前跑几步，可是母亲在这时候又在喊着林姑娘。

锅里的水已经烧得翻滚了，母亲招呼她把那盛着麦粉的小泥盆递给她。其实母亲并不是绝对不能用一只手把那小盆拿到锅台上去。因为林姑娘是非常乖的孩子，母亲爱她，她也爱母亲，是凡母亲招呼时，她没有不听从的。虽然她没能详细地看一看那汽船，她仍是满脸带着笑容，把小泥盆交到母亲手里。她还问母亲：

"要不要别个啦，还要啥子呀？"

那洋船也没有什么好看的，从城中大轰炸时起，天天还不是把洋船载得满满的，和胖得翻不过身来的小猪似的载了一个多月。开初那是多么惊人呀，就连跛腿的妈妈，有时也左手按着那脱了筋的膝盖，右手抓着女儿的肩膀，也一拐一拐地往江边上跑。跑着去看那听说是完全载着下江人的汽船。

传说那下江人（四川以东的，他们皆谓之下江）和他们不同，吃得好，穿得好，钱多得很。包裹和行李就更多，因此这船才挤得风雨不透。又听说下江人到哪里，先把房子刷上石灰，黑洞洞的屋子，他们说他们一天也不能住。若是有佣人，无缘无故地就赏钱。三角五角的，一块八角的，都不算什么。听说就隔着一道江的对面……也不是有一个姓什么的，今天给那雇来的婆婆两角钱，说让她买一个草帽戴；明天又给一吊钱，说让她买一双草鞋，下雨天好穿。下江人，这就是下江人哪……站在江边上的，无管谁，林姑娘的妈妈，或是林姑娘的邻居，若一看到汽船来，就都一边指着一边儿喊着。

清早起林姑娘提着篮子，赤着脚走在江边清凉的沙滩上。洋船在这么早，一只也不会来的，就连过河的板船也没有几只。推船的孩子睡在船板上，睡得那么香甜，还把两只手从头顶伸出垂到船外边去，那手像要在水里抓点什么似的，而那每天在水里洗得很干净的小脚，只在脚掌上染着点沙土。那脚在梦中偶而擦着船板一两下。

过河的人很稀少，好久好久没有一个，板船是左等也不开，右等也不开。有的人看着另外的一只船也上了客人，他就跳到那只船上，他以为那只船或者会先开。谁知这样一来，两只船就都不能开了。两只船都弄得人数不够，撑船的人看看老远的江堤上走下一个人，他们对着那人大声地喊起："过河……过河！"

同时每个船客也都把眼睛放在江堤上。

林姑娘就在这冷清的早晨，不是到河上来担水，就是到河上来洗衣裳。她把要洗的衣裳从提兜里取出来，摊在清清凉凉的透明的水里，江水冰凉地带着甜味舐着林姑娘的小黑手。她的衣裳鼓涨得鱼胞似的浮在她的手边，她把两只脚也放在水里，她寻一块很干净的石头坐在上面。这江平得没有一个波浪。林姑娘一低头，水里还有一个林姑娘。

这江静得除了撑船的人喊着过河的声音，就连对岸这三个市镇中最大的一个也还在睡觉呢。

打铁的声音没有，修房子的声音没有，或者一四七赶场的闹嚷嚷的声音，一切都听不到。在那江对面的大沙滩坡上，一漫平的是沙灰色，干净得连一个黑点或一个白点都不存在。偶而发现那沙滩

山　下

上走着一个人，那就只和小蚂蚁似的渺小得十分可怜了。

好像翻过这四周的无论哪一个山去，也不见得会有人家似的，又像除了这三个小镇，而世界也没有什么别的东西了。

这条江经过这三镇，是从西往东流，看起来没有多远。好像十丈八丈外（其实是四五里之外）这江就转弯了。

林姑娘住的这东阳镇在三个镇中最没有名气，是和×××镇对面，和×××镇站在一条线上。

这江转弯的地方黑虎虎的是两个山的夹缝。

林姑娘顺着这江，看一看上游，又看一看下游，又低头去洗她的衣裳。她洗衣裳时不用肥皂，也不用四川土产的皂荚。她就和玩似的把衣裳放在水里而后用手牵着一个角，仿佛在牵着一条活的东西似的，从左边游到右边，又从右边游到左边。母亲选了顶容易洗的东西才叫她到河边来洗，所以她很悠闲。她有意把衣裳按到水底去，满衣都擦满了黄宁宁的沙子，她觉得这很好玩，这多有意思呵！她又微笑着赶快把那沙子洗掉了，她又把手伸到水底去，抓起一把沙子来，丢到水皮上，水上立刻起了不少的圆圈。这小圆圈一个压着一个，彼此互相地乱七八糟地切着，很快就抖擞着破坏了，水面又归于原来那样平静。她又抬起头来向上游看看，向下游看看。

下游江水就在两山夹缝中转弯了，而上游比较开放，白亮亮的，一看看到很远。但是就在她的旁边，有一串横在江中好像大桥似的大石头，水流到这石头旁边，就翻江似的搅混着。在涨水时江水一流到此地就哇哇地响叫。因为是落了水，那石头记的水上标尺的记号，一个白圈一个白圈的，从石头的顶高处排到水里去，在高处的白圈自得十分漂亮。在低处的，常常受着江水的洗淹，发灰了，看不清了。

林姑娘要回去了，那筐子比提来时重了好几倍，所以她歪着身子走,她的发辫的梢头,一摇一摇的,跟她的筐子总是一个方向。她走过那块大石板石,筐子里衣裳流下来的水,滴了不少水点在大石板上。石板的石缝里是前两天涨水带来的小白鱼,已经死在石缝当中了。她放下筐子。伸手去触它。看看是死了的,拿起筐子来她又走了。

她已走上江堤去了,而那大石板上仍旧留着林姑娘长形提筐的印子,可见清早的风是多么凉快,竟连个小印一时也吹扫不去。

林姑娘的脚掌,踏着冰凉的沙子走上高坡了。经过小镇上的一段石板路,经过江岸边一段包谷林,太阳仍旧稀薄地微弱地向这山中的小镇照着。

林姑娘离家门很远便喊着:"奶奶,晒衣裳啦。"

奶奶一拐一跛地站到门口等着她。

一隔壁王家那丫头比林姑娘高,比林姑娘大两三岁。她招呼着她,她说她要下河去洗被单,请林姑娘陪着她一道去。她问了奶奶一声,就跟着一道又来了。这回是那王丫头领头跑得飞快,一边跑一边笑,致使林姑娘的母亲问她给下江人洗被单多少钱一张,她都没有听到。

河边上有一只板船正要下水,不少的人在推着,呼喊着;而那只船在一阵大喊之后,向前走了一点点。等一接近着水,人们一阵狂喊,船就滑下水去了。连看热闹的人也都欢喜地说:"下水了,下水了。"

林姑娘她们正走在河边上,她们也拍着手笑了。她们飞跑起来,沿着那前天才退了水,被水洗劫出来的大崖坡跑去了。一边跑着一边模仿着船走,用宽宏的嗓子喊起来:"过河……过河……"

王丫头弯下腰,捡了个圆石子,抛到河心去。林姑娘也同样抛了一个。

林姑娘悠闲地快活地,无所挂碍地在江边上用沙子洗着脚,用

山　下

淡金色的阳光洗着头发。呼吸着露珠的新鲜空气。远山蓝绿蓝绿地躺着。近处的山带微黄的绿色，可以看得出哪一块是种的田，哪一块长的黄桷树。等林姑娘回到家里，母亲早在锅里煮好了麦粑，在等着她。

林姑娘和她母亲的生活，安闲、平静、简单。

麦粑是用整个的麦子连皮也不去磨成粉，用水搅一搅，就放在开水的锅里来煮，不用胡椒、花椒，也不用葱，也不用姜，不用猪油或菜油，连盐也不用。

林姑娘端起碗来吃了一口，吃到一种甜丝丝的香味。母亲说："你吃饱吧，盆里还有呢！"

母亲拿了一个带着缺口的蓝花碗，放在灶边上，一只手按住左腿的膝盖，一只手拿了那已经用了好几年的掉了尾巴的木瓢儿，为自己装了一碗。她的腿拐拉拐拉地向床边走，那手上的麦粑汤顺着蓝花碗的缺口往下滴流着。她刚一挨到炕沿，就告诉林姑娘：

"昨天儿王丫头，一个下半天儿就割了陇多（那样多）柴，那山上不晓得好多呀！等一下吃了饭啦，你也背着背兜去喊王丫头一道……"

她们的烧柴，就烧山上的野草，买起来一吊钱二十五把，一个月烧两角钱的柴。可是两角钱也不能烧，都是林姑娘到山上去自己采。母亲把它在门前晒干，打好了把子藏在屋里。她们住的是一个没有窗子，下雨天就滴水的六尺宽一丈长的黑屋子。三块钱一年的房租，沿着壁根有一串串的老鼠的洞，地土是黑粘的，房顶露着蓝天不知多少处。从亲戚那里借来一个大碗橱，这只碗橱老得不堪再老了。横格子，竖架子，通通掉落了，但是过去这碗橱一看就是个很结实的。现在只在柜的底层摆着一个盛水盆子。林姑娘的母亲连水缸也没有买，水盆上也没有盖儿，任意着虫子或是蜘蛛在上边乱爬。想用水时，必得先用指甲把浮在水上淹死的小虫挑出去。

当邻居说布匹贵得怎样厉害，买不得了，林姑娘的母亲也说，她就因为盐巴贵，也没有买盐巴。

但这都是十天以前的事了。现在林姑娘晚饭和中饭，都吃的是白米饭，肉丝炒杂菜，鸡丝豌豆汤。虽然还有几样不认识的，但那滋味是特别香。已经有好几天了，那跛脚的母亲也没有在灶口烧一根柴火了，自己什么也没浪费过，完全是现成的。这是多么幸福的生活。林姑娘和母亲不但没有吃过这样的饭，就连见也不常见过。不但林姑娘和母亲这样，就连邻居们也没看见过这样经常吃着的繁荣的饭，所以都非常惊奇。

刘二妹一早起来，毛着头就跑过来问长问短。刘二妹的母亲拿起饭勺子就在林姑娘刚刚端过来的稀饭上搅了两下，好像要查看一下林姑娘吃的稀饭，是不是那米里还夹着沙子似的。午饭王丫头的祖母也过来了，林姑娘的母亲很客气地让着他们，请她吃点，反正娘儿两个也吃不了的。说着她就把菜碗倒出来一个，就用碗插进饭盆装了一碗饭来，就往王太婆的怀里推。王太婆起初还不肯吃，过了半天才把碗接了过来。她点着头，她又摇着头。她老得连眼眉都白了。她说："要得么！"

王丫头也在林姑娘这边吃过饭。有的时候，饭剩下来，林姑娘就端着饭送给王丫头去。中饭吃不完，晚饭又来了；晚饭剩了一大碗在那里，早饭又来了。这些饭，过夜就酸了。虽然酸了，开初几天，母亲还是可惜，也就把酸饭吃下去了。林姑娘和她母亲都是不常见到米粒的，大半的日子，都是吃麦粑。

林姑娘到河边也不是从前那样悠闲的样子了，她慌慌张张地，脚步走得比从前快，水桶时时有水翻撒出来。王丫头在半路上喊她，她简直不愿意搭理她了。王丫头在门口买了两个小鸭，她喊着让林姑娘来看，林姑娘也没有来。林姑娘并不是帮了下江人就傲慢了，谁也不理了。其实她觉得她自己实在是忙得很。本来那下江人

山　下

并没有许多事情好做，只是扫一扫地，偶而让她到东阳镇上去买一点如火柴、灯油之类。再就是每天到那小镇上去取三次饭。因为是在饭馆里边包的伙食。再就是把要洗的衣裳拿给她奶妈洗了再送回来，再就是把剩下的饭端到家里去。

但是过了两个钟点，她就自动地来问问："有事没有？没有事我回去了。"

这生活虽然是幸福的，刚一开初还觉得不十分固定，好像不这么生活，仍回到原来的生活也是一样的。母亲一天到晚连一根柴也不烧，还觉得没有依靠，总觉得有些寂寞。到晚上她总是拢起火来，烧一点开水，一方面也让林姑娘洗一洗脚，一方面也留下一点开水来喝，有的时候，她竟多余地把端回来的饭菜又都重热一遍。夏天为什么必得吃滚热的饭呢？就是因为生活忽然想也想不到的就单纯起来，使她反而起了一种没有依靠的感觉。

这生活一直过了半个月，林姑娘的母亲才算熟悉下来。

可是在林姑娘，这时候，已经开始有点骄傲了。她在一群小同伴之中，只有她一个月可以拿到四块钱。连母亲也是吃她的饭。而那一群孩子，飞三、小李、二牛、刘二妹，……还不仍旧去到山上打柴去。就连那王丫头，已经十五岁了，也不过只给下江人洗一洗衣裳，一个月还不到一块钱，还没有饭吃。

因此林姑娘受了大家的忌妒了。

她发了疟疾不能下河去担水，想找王丫头替她担一担。王丫头却坚决地站在房檐下，鼓着嘴无论如何她不肯。

王丫头白眼眉的祖母，从房檐头取下晒衣服的杆子来吓着要打她。可是到底她不担，她扯起衣襟来，抬起她的大脚就跑了。那白头发的老太婆急得不得了，回到屋里跟她的儿媳妇说：

"陇格多的饭，你没有吃到！二天林婆婆送过饭来，你不张嘴吃吗？"

王丫头顺着包谷林跑下去了,一边跑着还一边回头张着嘴大笑。

林姑娘睡在帐子里边,正是冷得发抖,牙齿碰着牙齿,她喊她的奶妈。奶妈没有听到,只看着那连跑带笑的王丫头。她感到点羞,于是也就按着那拐脚的膝盖,走回屋来了。

林姑娘这一病,病了五六天。她自己躺在床上十分上火。

她的妈妈东家去找药,西家去问药方。她的热度一来时,她就在床上翻滚着,她几乎是发昏了。但奶妈一从外边回来,她第一声告诉她奶妈的就是。

"奶妈,你到先生家里去看看……是不是喊我?"

奶妈坐在她旁边,拿起她的手来:

"林姑娘,陇格热哟,你喝口水,把这药吃到,吃到就好啦。"

林姑娘把药碗推开了。母亲又端到她嘴上,她就把药推撒了。

"奶妈,你去看看先生,先生喊我不喊我。"

林姑娘比母亲更像个大人了。

而母亲只有这一次对于疟疾非常忌恨。从前她总是说,打摆子,哪个娃儿不打摆子呢?这不算好大事。所以林姑娘一发热冷,母亲就说,打摆子是这样的。说完了她再不说别的了。并不说这孩子多么可怜哪,或是体贴地在她旁边多坐一会。冷和热都是当然的。林姑娘有时一边喊着奶妈一边哭。母亲听了也并不十分感动。她觉得奶妈有什么办法呢?但是这一次病,与以前许多次,或是几十次都不同了。母亲忌恨这疟疾比忌恨别的一切的病都甚。她有一个观念,她觉得非把这顽强东西给扫除不可,怎样能呢,一点点年纪就发这个病,可得发到什么时候为止呢?发了这病人是多么受罪呵!这样折磨使娃儿多么可怜。

小唇儿烧得发黑,两个眼睛烧得通红,小手滚烫滚烫的。

母亲试想用她的两臂救助这可怜的娃儿,她东边去找药,西边

山　下

去找偏方。她流着汗。她的腿开初感到沉重，到后来就痛起来了，并且在膝盖那早年跌转了筋的地方，又开始发炎。这腿三十年就总是这样。一累了就发炎的，一发炎就用红花之类混着白酒涂在腿上。可是这次，她不去涂它。

她把女儿的价值抬高了，高到高过了一切，只不过下意识地把自己的腿不当做怎样值钱了。无形中母亲把林姑娘看成是最优秀的孩子了，是最不可损害的了。所以当她到别人家去讨药时，人家若一问她谁吃呢？她就站在人家门口，她开始详细地解说。是她的娃儿害了病，打摆子，打得多可怜，嘴都烧黑了呢，眼睛都烧红了呢！

她一点也不提是因为她女儿给下江人帮了工，怕是生病的人家辞退了她。但在她的梦中，她梦到过两次，都是那下江人辞了她的女儿了。

母亲早晨一醒来，更着急了。于是又出去找药，又要随时到那下江人的门口去看。

那糊着白纱的窗子，从外边往里看，是什么也看不见。她想要敲一敲门，不知为什么又不敢动手；想要喊一声，又怕惊动了人家。于是她把眼睛触到那纱窗上，她企图从那细密的纱缝中间看到里边的人是睡了还是醒着。若是醒着，她就敲门进去；若睡着，好转身回来。

她把两只手按着窗纱，眼睛黑洞洞地塞在手掌中间。她还没能看到里边，可是里边先看到她了。里边立刻喊着：

"干什么的，去……"

这突然的袭来，把她吓得一闪就闪开了。

主人一看还是她，问她："林姑娘好了没有……"

听到这里她知道这算完了，一定要辞她的女儿了。她没有细听下去，她就赶忙说：

321

"是……是陇格的,……好了点啦,先生们要喊她,下半天就来啦……"

过了一会她才明白了,先生说的是若没有好,想要向××学校的医药处去弄两粒金鸡纳霜来。

于是她开颜地笑笑:

"还不好,人烧得滚烫,那个金鸡纳霜,前次去找了两颗,吃到就断到啦。先生去找,谢谢先生。"

她临去时,还说,人还不好,人还不好的……

等走在小薄荷田里,她才后悔方才不该把病得那样厉害也说出来。可是不说又怕先生不给我们找那个金鸡纳霜来。她烦恼了一阵。又一想,说了也就算了。

她一抬头,看见了王丫头飞着大脚从屋里跑出来,那粗壮的手臂腿子,她看了十分羡慕。林姑娘若也像王丫头似的,就这么说吧,王丫头就是自己的女儿吧……那么一个月四块,说不定五块洋钱好赚到手哩。

王丫头在她感觉上起了一种亲切的情绪,真像看到了自己的女儿似的,她想喊她一声。

但前天求她担水她不担,那带着侮辱的狂笑,她立刻记起了。

于是她没有喊她。就在薄荷田中,她拐拉拐拉地向他自己的房子走去了。

林姑娘病了十天就好了,这次发疟疾给她的焦急超过所有她生病的苦楚。但一好了,那特有的,新鲜的感觉也是每次生病所领料不到的,她看到什么都是新鲜的。竹林里的竹子,山上的野草,还有包谷林里那刚刚冒缨的包谷。那缨穗有的淡黄色,有的微红,一大撮粗亮的丝线似的,一个个独立地卷卷着。林姑娘用手指尖去摸一摸它,用嘴向着它吹一口气。她看见了她的小朋友,她就甜蜜蜜地微笑。好像她心里头有不知多少的快乐,这快乐是秘密的,并不

山　下

说出来，只有在嘴角的微笑里可以体会得到。她觉得走起路来，连自己的腿也有无限的轻捷。她的女主人给她买了一个大草帽，还说过两天买一件麻布衣料给她。

她天天来回地跑着，从她家到她主人的家，只半里路的一半那么远。这距离的中间种着薄荷田。在她跑来跑去时，她无意地用脚尖踢着薄荷叶，偶而也弯下腰来，扯下一枚薄荷叶咬在嘴里。薄荷的气味，小孩子是不大喜欢的，她赶快吐了出来。可是风一吹，嘴里仍旧冒着凉风。她的小朋友们开初对她都怀着敌意，到后来看看她是不可动摇的了，于是也就上赶着和她谈话。说那下江人，就是林姑娘的主人，穿的是什么花条子衣服。那衣服林姑娘也没有见过，也叫不上名来。那是什么料子？也不是绸子的，也不是缎子的，当然一定也不是布的。

她们谈着没有结果地纷争了起来。最后还是别个让了林姑娘，别人一声不响地让林姑娘自己说。

开初那王丫头每天早晨和林姑娘吵架。天刚一亮，林姑娘从先生那里扫地回来，她们两个就在门前连吵带骂的，结果大半都是林姑娘哭着跑进屋去。而现在这不同了，王丫头走到那下江人门口，正碰到林姑娘在那里洗着那么白白的茶杯。她就问她：

"林姑娘，你的……你先生买给你的草帽怎么不戴起？"

林姑娘说：

"我不戴，我留着赶场戴。"

王丫头一看她脚上穿的新草鞋，她又问她：

"新草鞋，也是你先生买给你的吗？"

"不是，"林姑娘鼓着嘴，全然否认的样子，"不是，是先生给钱我自己去买的。"

林姑娘一边说着还一边得意地歪着嘴。

王丫头寂寞地绕了一个圈子就走开了。

别的孩子也常常跟在后边了，有时竟帮起她的忙来，帮她下河去抬水，抬回来还帮她把主人的水缸洗得干干净净的。但林姑娘有时还多少加一点批判。她说：

"这样怎可以呢？也不揩净，这沙泥多赃。"她拿起揩布来，自己亲手把缸底揩了一遍。林姑娘会讲下江话了，东西打"乱"了，她随着下江人说打"破"了。她母亲给她梳头时，拉着她的小辫发就说："林姑娘，有多乖，她懂得陇多下江话哩。"

邻居对她，也都慢慢尊敬起来了，把她看成所有孩子中的模范。

她母亲也不像从前那样随时随地喊她做这样做那样，母亲喊她担水来洗衣裳，她说：

"我没得空，等一下吧。"

她看看她先生家没有灯碗，她就把灯碗答应送给他先生了，没有通过她母亲。

俨俨乎她家里，她就是小主人了。

母亲坐在那里不用动，就可以吃三餐饭。她去赶场，很多东西从前没有留心过，而现在都看在眼睛里了，同时也问了问价目。

下个月林姑娘的四块工钱，一定要给她做一件白短衫，林姑娘好几年就没有做一件衣裳了。

她一打听，实在贵，去年六分钱一尺的布，一张嘴就要一角七分。

她又问一下那大红的头绳好多钱一尺。

林姑娘的头绳也实在旧了。但听那价钱，也没有买。她想下个月就都一齐买算了。

四块洋钱，给林姑娘花一块洋钱买东西，还剩三块呢。

那一天她赶场，虽然觉着没有花钱，也已经花了两三角。她买了点敬神的香纸，她说她好几年都因为手里紧没有买香敬神了。

山　下

　　到家里,艾婆婆、王婆婆都走过来看的。并且说她的女儿会赚钱了,做奶妈的该享福了。

　　林姑娘的母亲还好像害羞了似的,其实她受人家的赞美,心里边感到十分慰安哩!

　　总之林姑娘的家常生活,没有几天就都变了。在邻居们之中,她高贵了不知多少倍。洗衣裳不用皂荚了,就像先生们洗衣裳的白洋碱来洗了。桃子或是玉米时常吃着,都是先生给她的。皮蛋、咸鸭蛋、花生米每天早晨吃稀饭时都有,中饭和晚饭有时那菜连动也没有动过,就整碗地端过来了。方块肉,炸排骨,肉丝炒杂菜,肉片炒木耳,鸡块山芋汤,这些东西经常吃了起来。而且饭一剩得少,先生们就给她钱,让她去买东西去吃。

　　这钱算起来,不到几天也有半块多了。赶场她母亲花了两三角,就是这个钱。

　　还没等到第二次赶场,人家就把林姑娘的工钱减了。这个母亲和她都想也想不到。

　　那下江人家里,不到饭馆去包饭,自己在家请了个厨子,因为用不到林姑娘到镇上去取饭,就把她的工钱从四元减到二元。

　　林婆婆一回到家里。艾婆婆、王婆婆、刘婆婆,都说这怎么可以呢?下江人都非常老实的,从下边来的,都是带着钱来的。逃难来,没有钱行吗?不多要两块,不是傻子吗?看人家吃的是什么。穿的是什么,每天大洋钱就和纸片似的到处飘。她们告诉林婆婆为什么眼看着四块钱跑了呢,这可是混乱的年头,千载也遇不到的机会,就是要他五块,他不也得给吗?不看他刚搬来那两天没有水吃,五分钱一担,王丫头不担,八分钱还不担,非要一角钱不可。他没有法子,也就得给一角钱。下江人,他逃难到这里,他啥钱不得花呢?

　　林姑娘才十一岁的娃儿,会做啥事情,她还能赚到两块钱,若不是这混乱的年头,还不是在家里天天吃她奶妈的饭吗?城里大轰炸，日本飞机天天来，就是官厅不也发下告示来说疏散人口。城里只准搬出不准搬入。

王婆婆指点着一个从前边过去的滑竿（轿子）：

"你不看到吗？林婆婆，那不是下江人戴着眼镜抬着东西不断地往东阳镇搬吗？下江人穿的衣裳，多白多干净……多要几个洋钱算个什么。"

说着说着，嘉陵江里那花花绿绿的汽船也来了，小汽船那么饱满，几乎喘不出气来，在江心哐哐哐地响，而不见向前走。载的东西太多。歪斜的挣扎的，因此那声音特别大，很像发了响报之后日本飞机在头上飞似的。

王丫头喊林姑娘去看洋船，林姑娘听了给她减了工钱心里不乐，哪里肯去。

王丫头拉起刘二妹就跑了。王婆婆也拿着她的大芭蕉扇一扑一扑的，一边跟艾婆婆交谈些什么喂鸡喂鸭的几句家常事，也就走进屋去了。

只有林姑娘和她的奶妈仍坐在石头上，坐了半天半天工夫，林姑娘才跑进去拿了一穗包谷啃着，她问奶妈吃不吃。

奶妈本想也吃一穗。立刻心里一搅划，也就不吃了。她想：是不是要向那下江人去说，非四块钱不可？

林姑娘的母亲是个很老实的乡下人，经艾婆婆和王婆婆的劝诱，她觉得也有点道理。四块钱一个月到冬天还好给林姑娘做起大棉袍来。棉花一块钱一斤，一斤棉花，做一个厚点的。丈二青蓝布，一尺一角四，丈二是好多钱哩……她自己算了一会可没有算明白。但她只觉得棉花这一打仗，穷人就买不起了，前年棉花是两角五，去年夏天是六角，冬天是九角，腊月天就涨到一块一。今年若买，就早点买，夏天买棉花便宜些……

林姑娘把包谷在尖尖上折了一段递在母亲手里，母亲还吓了一跳。因为她正想这事情到底怎么解决呢？若林姑娘的爸爸在家，也

山　下

好出个主意。所以那包谷咬在嘴里并不知道是什么味道就下去了。

母亲的心绪很烦乱,想要洗衣裳,懒得动;想把那件破夹袄拿来缝一缝,又懒得动……吃完了包谷,把包谷棒子远远地抛出去之后,还在石头上呆坐了半天,才叫林姑娘把她的针线给拿过来。可是对着针线懒洋洋的,十分不想动手。她呆呆地往远处看着。不知看的什么。林姑娘说:

"奶妈你不洗衣裳吗?我去担水。"

奶妈点一点头,说:"是那个样的。"

林姑娘的小水桶穿过包谷林下河去了。母亲还呆呆地在那里想。不一会那小水桶就回来了。远看那小水桶好像两个小圆胖胖的小鼓似的。

母亲还是坐在石头上想得发呆。

就是这一夜,母亲一夜没有睡觉。第二天早晨一起来,两个眼眶子就发黑了。她想两块钱就两块钱吧。一个小女儿又不会什么事情,娘儿两个吃人家的饭,若不是先生们好,怎能洗洗衣裳白白地给两个人白饭吃呢。两块钱还不是白得的吗?还去要什么钱?

林婆婆是个乡下老实人,她觉得她难以开口了,她自己果断地想把这事情放下去。她拿起瓦盆来,倒上点水自己洗洗脸。洗了脸之后,她想紧接着就要洗衣裳,强烈的生活的欲望和工作的喜悦又在鼓动着她了。于是她一拐一拐地更加严厉地内心批判着昨天想去再要两块钱的不应该。

她把林姑娘唤起来下河去担水。

这女孩正睡得香甜。糊里糊涂地睁开眼睛,用很大的眼珠子看住她的母亲。她说:"奶妈,先生叫我吗?"

那孩子在梦里觉得有人推她,有人喊她,但她就是醒不来。后来她听先生喊她,她一翻身起来了。

母亲说:"先生没喊你,你去担水,担水洗衣裳。"

她担了水来,太阳还出来不很高。这天林姑娘起得又是特别早，邻居们都还一点声音没有地睡着。林姑娘担了第二担水来，王婆婆她们才起来。她们一起来看到林婆婆在那里洗衣裳了。她们就说：

"林婆婆，陇格早洗衣裳，先生们给你好多钱！给八块洋钱吗？"

林婆婆刚刚忘记了这痛苦的思想，又被她们提起了。可不是吗？

林姑娘担水又回来了，那孩子的小肩膀也露在外边，多丑。女娃不比男娃，一天比一天大。大姑娘，十一岁也不小了，那孩子又长得那么高。林婆婆看到自己的孩子，那衣服破得连肩膀都遮不住了。于是她又想到那四块钱。四块钱也不多吗，几块钱在下江人算个什么，为什么不去说一下呢？她又取了很多事实证明下江人是很容易欺侮的，她一定会成功的。

比方让王丫头担水那件事吧，本来一担水是三分钱，给五分钱，她不担，就给她八分钱，并且向她商量着，"八分钱你担不担呢？"她说她不担，到底给她一角钱的。

哪能看到钱不要呢，那不是傻子吗？

林姑娘帮着她奶奶把衣裳晒起，就跑到先生那边去，去了就回来了。先生给她一件白麻布的长衫，让她剪短了来穿。母亲看了心想，下江人真是拿东西不当东西，拿钱不当钱。

这衣裳给她增加了不少的勇气，她把自己坚定起来了，心里非常平静，对于这件事情，连想也不用再想了。就是那么办，还有什么好想的呢？吃了中饭就去见先生。

女儿拿回来的那白麻布长衫，她没有仔细看，顺手就压在床角落里了。等一下就去见先生吧，还有什么呢？

午饭之后，她竟站在先生的门口了。门是开着的，向前边的小花园开着的。

不管这来的一路上心绪是多么翻搅，多么热血向上边冲，多么

山　下

心跳，还好像害羞似的，耳脸都一齐发烧。怎么开口呢？开口说什么呢？不是连第一个字先说什么都想好了吗？怎么都忘了呢？

她越走越近，越近心越跳，心跳把眼睛也跳花了。什么薄荷田，什么豆田，都看不清楚了，只是绿茸茸的一片。

但不管在路上是怎样的昏乱，等她一站在先生门口，她完全清醒了。心里开始感到过分的平静，一刻时间以前那旋转转的一切退去了，烟消火灭了。她把握住她自己了，得到了感情自主那夸耀的心情，使她坦荡荡的，大大方方地变成一个很安定的，内心十分平静的，理直气壮的人。居然这样的平坦，连她自己也想象不到。

她打算开口说了，在开口之前，她把身子先靠住了门框。

"先生，我的腿不好，要找药来吃，没得钱，问先生借两块钱。"

她是这样转弯抹角地把话开了头，说完了这话，她就等着先生拿钱给她。

两块钱拿到手了。她翻动着手上的一张蓝色花的票子，一张红色花的票子。她的内心仍旧是照样的平静，没有忧虑，没有恐惧。折磨了她一天一夜的那强烈的要求，成功或者失败，全然不关重要似的。她把她仍旧要四块一个月的工钱那话说出来了。她还是拿她的腿开头。她说她的腿不大好，因为日本飞机来轰炸城里，下江人都到乡下来，她租的房子，房租也抬高了。从前是三块钱一年，现在一个月就要五角钱了。

她说了这番话，当时先生就给她添了五角，算做替她出了房钱。

但是她站在门口，她胜利地还不走。她又说林姑娘一点点年纪，下河去担水洗衣裳好不容易……若是给别人担，一担水要好多钱哩……她说着还表示出委屈和冤枉的神气，故意把声音拉长，慢吞吞地非常沉着地在讲着。她那善良的厚嘴唇，故意拉得往下突出着，眼睛还把白眼珠向旁边一抹一抹地看着，黑眼珠向旁边一滚，白眼珠露出来那么一大半。

先生说:"你十一岁的小女孩能做什么呢,擦张桌子都不会。一个月连房钱两块半,还给你们两个人的饭吃,你想想两个人的饭钱要几块?一个月你算算你给我做了什么事情?两块半钱行了吧……"

她听了这话,她觉得这是向她商量,为什么不吓吓他一下,说帮不来呢?她想着想着就照样说出来了。

"两块半钱帮不来的。"

她说完了看一看下江人并不十分坚决,只是说:

"两块半钱不少了,帮得来了。林姑娘帮我们正好是半个月,这半个月的两块钱已拿去,下半个月再来拿两块。因为我和你讲的是四块,这个月就照四块给你,下月就是两块半了。"

林婆婆站在那里仍是不走。她想王丫头担水,三分不担,问她五分钱担不担,五分钱不担,问她八分钱她担不担,到底是一角钱担的。

她一定不放过去,两块钱不做,两块半钱还不做,就是四块钱才做。

所以她扯长串的慢慢吞吞地从她的腿说起,一直说到用灯的油也贵了,咸盐也贵了,连针连线都贵了。

下江人站起来截住了她:

"不用多说了,两块半钱,你想想,你帮来帮不来。"

"帮不来。"连想也没有想,她是早决心这样说的。

说时她把手上的钞票举得很高的,像似连这钱都不要了,她表示着很坚决的样子。

怎么能够想到呢,那下江人站起来,就说:"帮不来算啦,晚饭就不要林姑娘来拿饭你们吃了。也不要林姑娘到这边来,半个月的钱我已给你啦。"

所以过了一刻钟之后。林婆婆仍旧站在那门口。她说:"哪个说帮不来的，帮得来的……先生……"

但是那一点用处也没有了，人家连听也不听了。人家关了门，把她关在门外边。

龙头花和石竹子在正午的时候，各自单独地向着火似的太阳开着。蝴蝶翩翩地飞来，在那红色花上的，在那水黄色的花上，在那水红色的花上，从龙头花群飞到石竹子花群，来回地飞着。

石竹子无管是红的是粉的，每一朵上都镶着带有锯齿的白边。晚香玉连一朵也没有开，但都打了苞了。

林姑娘的母亲背转过身来，左手支着自己的膝盖，右手捏着两块钱的纸票。她的脖子如同绛色的猪肝似的，从领口一直红到耳根。

她打算回家了。她一迈步才知道全身一点力量也没有了，就像要瘫倒的房架子似的，松了，散了。她的每个骨节都像失去了筋的联系，很危险的就要倒了下来，但是她没有倒，她相反地想要迈出两个大步去。她恨不能够一步迈到家里。她想要休息，她口渴，她要喝水，她疲乏到极点，她像二三十年的劳苦在这一天才吃不消了，才抵抗不住了。但她并不是单纯的疲劳，她心里羞愧。懊悔打算谋杀了她似的捉住了她，羞愧有意煎熬到她无处可以立足的地步。她自己做了什么大的错事，她自己一点也不知道。但那么深刻地损害着她的信心，这是一点也不可消磨的，一些些也不会冲淡的，永久存在的，永久不会忘却的。

羞辱是多么难忍的一种感情，但是已经占有了她了，它就不会退去了。

在混扰之中，她重新用左手按住了膝盖，她打算回家去了。

回到家里，女孩子在那儿洗着那用来每日到先生家去拿饭的那个瓢儿。她告诉林姑娘，消夜饭不能到先生家去拿了。她说：

"林姑娘，不要到先生家拿饭了，你上山去打柴吧。"

林姑娘听了觉得很奇怪，她正想要回问，奶妈先说了：

"先生不用你帮助他……"

林姑娘听了就傻了，一动不动地站在那里翻着眼睛。手里洗湿的瓢儿，溜明地闪光地抱在胸前。

母亲给她背好了背兜，还嘱咐她要拾干草，绿的草一时点不燃的。

立时晚饭就没有烧的，她没有吃的。

林婆婆靠着门框，看着走去的女儿，她想晚饭吃什么呢？麦子在泥罐子里虽然有些，但因为不吃，也就没有想把它磨成粉，白米是一粒也没有的。就吃老玉米吧。艾婆婆种着不少玉米，拿着几百钱去攀几棵去吧，但是钱怎么可以用呢？从今后有去路没来路了。

她看了自己女儿一眼，那背上的背兜儿还是先生给买的，应该送还回去才对。

女儿走得没有影子了，她也就回到屋里来。她看一看锅儿，上面满都是锈；她翻了翻那柴堆上，还剩几棵草刺。偏偏那柴堆底下也生了毛虫，还把她吓了一下。她想平生没有这么胆小过，于是她又理智地翻了两下，下面竟有一条蚯蚓，曲曲连连地在动。她平常本来不怕这个，可以用手拿，还可以用手把它撕成几段。她小的时候帮着她父亲在河上钓鱼尽是这样做，但今天她也并不是害怕它，她是讨厌它。这什么东西，无头无尾的，难看得很，她抬起脚来踏它，踏了好几下没有踏到，原来她用的是那只残废的左脚，那脚游游动动的不听她使用。等她一回身打开了那盛麦子的泥罐子，那可真的把她吓着了，罐子盖从手上掉下去了。她瞪了眼睛，她张了嘴，这是什么呢？满罐长出来青青的长草。这罐子究竟是装的什么把她吓忘了。她感到这是很不祥，家屋又不是坟墓，怎么会长半尺多高的草呢！

她忍着，她极端憎恶地把那罐子抱到门外。因为是刚刚偏午，大家正睡午觉，所以没有人看到她的麦芽子。

她把麦芽子扭断了，还用一根竹棍向里边挖掘才把罐子里的东

山　下

西挖出来，没有生芽子的没有多少了，只有罐子底上两寸多厚是一层整粒的麦子。

罐子的东西一倒出来，满地爬着小虫，围绕着她四下窜起。她用手指抿着，她用那只还可以用的脚踩着。平时，她并不伤害这类的小虫，她对小虫也像对于一个小生命似的，让它们各自地活着。可是今天她用着不可压抑的憎恶，敌视了它们。

她把那个并排摆在灶边的从前有一个时期曾经盛过米的空罐子，也用怀疑的眼光打开来看，那里边积了一罐子底水。她扬起头来看一看房顶，就在头上有一块亮洞洞的白缝。这她才想起是下雨房子漏了。

把她的麦子给发了芽了。

恰巧在木盖边上被耗子啃了一寸大的豁牙。水是从木盖漏进去的。

她去刷锅，锅边上的红锈有马莲叶子那么厚。

她才知道，这半个月来是什么都荒废了。

这时林姑娘正在山坡上，背脊的汗一边湿着一边就干了。她丢开了那小竹耙，她用手像梳子似的梳着那干草，因为干了的草都挂在绿草上。

她对于工作永远那么热情，永远没有厌倦。她从七岁时开始担水，打柴，给哥哥送饭。哥哥和父亲一样的是一个窑工。哥哥烧砖的窑离她家三里远，也是挨着嘉陵江边。晚上送了饭，回来天总是黑了的。一个人顺着江边走时，就总听到江水格棱格棱地向下流，昔是跟着别的窑工，就是哥哥的朋友一道回来，路上会听到他们讲的各种故事，所以林姑娘若和大人谈起来，什么她都懂得。关于娃儿们的，关于婆婆的，关于蛇或蚯蚓的，从大肚子的青蛙，她能够讲到和针孔一样小的麦蚊。还有野草和山上长的果子，她也都认得。她把金边兰叫成菖蒲。她天真地用那小黑手摸着下江人种在花盆里的一棵鸡冠花，她喊着："这大线菜，多乖呀。"她的认识有许

333

多错误。但正因为这样,她才是孩子。关于嘉陵江的涨水,她有不少的神话。关于父亲和哥哥那等窑工们,她知道得别人不能比她再多了。从七岁到十岁这中间,每天到哥哥那窑上去送三次饭。她对于那小砖窑很熟悉,老远的她一看到那窑口上升起了蓝烟,她就感到亲切,多少有点像走到家里那种温暖的滋味。天黑了,她单个沿着那格棱格棱的江水,把脚踏进沙窝里去了,一步步地拔着回来。

　　林姑娘对于生活没有不满意过,对于工作没有怨言,对于母亲是听从的。她赤着两只小脚,梳了一个一尺多长的辫子,走起路来很规矩,说起话来慢吞吞,她的笑总是甜蜜蜜的。

　　她在山坡上一边抓草,一边还嘟嘟地唱了些什么。

　　嘉陵江的汽船来了。林姑娘一听了那船的哨子,她站起来了,背上背筐就往山下跑。这正是到先生家拿钱到东阳镇买鸡蛋做点心的时候。因为汽船一叫,她就到那边已经成为习惯了。她下山下得那么快,几乎是往下滑着,已经快滑到平地,她想起来了,她不能再到先生那里去了。她站在山坡上,她满脸发烧,她想回头来再上山采柴时,她看着那高坡觉得可怕起来,她觉得自己是上不去了,她累了。一点力量没有了。那高坡就是上也上不去了。她在半山腰又采了一阵。若没有这柴,奶妈用什么烧麦粑,没有麦粑,晚饭吃什么?她心里一急,她觉得眼前一迷花,口一渴。

　　打摆子不是吗?

　　于是她更紧急地扒着,无管干的或不干的草。她想这怎么可以呢?用什么来烧麦粑?不是奶妈让我来打柴吗?她只恍惚惚地记住这回事,其余的就连自己是在什么地方也不晓得了。奶妈是在哪里,她自己的家是在哪里,她都不晓得了。

　　她在山坡上倒下来了。

　　林姑娘这一病病了一个来月。

　　病后她完全像个大姑娘了。担着担子下河去担水,寂寞地走了一路。寂寞地去,寂寞地来,低了头,眼睛只是看着脚尖走。河边

山　下

上的那些沙子石头,她连一眼也不睬。那大石板的石窝落了水之后,生了小鱼没有,这个她更没有注意。虽然是来到了六月天,早起仍是清凉的,但她不爱这个了。似乎颜色、声音,都得不到她的喜欢,大洋船来时,她再不像从前那样到江边上去看了。从前一看洋船来,连喊连叫的那记忆,若一记起,就有羞耻的情绪向她袭来。若小同伴们喊她,她用了深宏的海水似的眼光向她们摇头。上山打柴时,她改变了从前的习惯,她喜欢一个人去。奶妈怕山上有狼,让她多纳几个同伴,她觉得狼怕什么,狼又有什么可怕。这性情连奶妈也觉得女儿变大了。

　　奶妈答应给她做的白短衫,为着安慰她生病,虽然是下江人辞了她,但也给她做起了。问她穿不穿,她说:"穿它做啥哟,上山去打柴。"

　　红头绳也给她买了,她也说她先不缚起。

　　有一天大家正在乘凉,王丫头傻里傻气地跑来了。一边跑,一边喊着林姑娘。王丫头手里拿着一朵大花。她是来喊林姑娘去看花的。

　　走在半路上,林姑娘觉得有点不对,先生那是从辞了她连那门口都不经过,她绕着弯走过去,问王丫头那花在哪里。

　　王丫头说:"你没看见吗?不就是那下江人,你先生那里吗?"

　　林姑娘转回身来回头就走。她脸色苍白的,凄清的,郁郁不乐地在她奶妈的旁边沉默地坐到半夜。

　　林姑娘变成小大人了,邻居们和她的奶妈都说她。

梧　桐

张家老太太缝着一件小袄,越缝越懊丧。拿起水烟袋来抽烟了,一口烟还没有抽进去,她就骂起来:

"这是什么年头,这烟我没抽过,我活了这么大岁数,还跑到四川这地方……王八的。"

她拔出烟管来对着那烟管吹了一口:

"唾……好辣呀,我又喝了一口汤。"她把水烟袋一蹲就蹲在桌边上。

手里的纸火捻,可仍旧没有灭,她用手指甲一弹,巧妙的就把火弹灭了。

"这叫什么房子呢,没有见过,四面露天,冬天我看……这还没过八月节呢,我这寒腿就有点疼了,看冬天可怎么过,不饿死,也要冻死。"

张家老太太是从关外逃来的,逃到上海,逃到汉口,现在是逃到重庆的乡下来了。

她正在缝着的那件小袄,是清朝做的,团花裤缎面,古铜雨绸里,现在是旧了,破了。经过几次的洗染,那团花都起毛了。

她又缝了几针,她越缝越生气,眼睛也老花了,屋子又黑,手也哆嗦,若是线从针孔脱掉,她费了三五分钟也穿不起。因为这房

梧　桐

子没有窗子，只有两个小天窗。下雨的时候，那天窗的玻璃，打得拍拉拍拉的响。

夜里她想着一些过去的事情，睡不熟时，翻转的就总听着玻璃上是落着雨点。因为已经是秋天了，四川一到秋天是天天下雨的。

还有门外的两棵梧桐，也总是欺骗着那老太太，总是像落雨似的滴答滴答的滴着夜里的露水。从高处树叶掉到低处树叶上的水滴，是拍拍的，水滴答滴在地上，扑扑的，简直和落雨一样。夜里她常常起来看看外边是否有东西在院子里，其实她是一半寂寞，一半对这雨声的厌烦而起来的。偏偏她起来推开门去看的那几次，又都是露水。

过了这一阴雨的天，冬天就来了，冬天仍旧是下着雨，而且那梧桐叶子也一片一片地落了。又像下雨一样，因为有风才能落叶，风一来那干枯的叶子彼此磕碰的声音，简直和下雨一样。那老太太，又睡不着了。她的思乡的情绪，因为异地的风雨，时时波动着她。

但是竟有这么一天，她从街上回来了，抱着她的孙儿，一开门她就说，"打胜仗了，就要打胜仗了。"她还没有来得及说：这回可能回家了。

她的眼睛发亮了，她的心跳着，她说满街的茶馆都在闹嚷嚷地谈论。说苏联出兵了。

她的儿子告诉她：

"妈，没有的事，那是谣言。你老擦一擦头发上的雨吧。"

她想，怎么，下雨了吗？她伸手一摸，手就湿了。摸摸小孙儿，那小头顶也湿了。

她骂着："王八蛋的……可不是真的吗！"

她推开房门，看一看那两丈多高的梧桐树，的确，这回不是露水或落叶，而是真真的雨点了。

花　狗

在一个深奥的，很小的院心上，集聚几个邻人。这院子种着两棵大芭蕉，人们就在芭蕉叶子下边谈论着李寡妇的大花狗。

有的说：

"看吧，这大狗又倒霉了。"

有的说：

"不见得，上回还不是闹到终归儿子没有回来，花狗也饿病了，因此李寡妇哭了好几回……"

"唉，你就别说啦，这两天还不是么，那大花狗都站不住了，若是人一定要扶着墙走路……"

人们正说着，李寡妇的大花狗就来了。它是一条虎狗，头是大的，嘴是方的，走起路来很威严，全身是黄毛带着白花。它从芭蕉叶里露出来了，站在许多人的面前，还勉强地摇一摇尾巴。

但那原来的姿态完全不对了，眼睛没有一点光亮，全身的毛好像要脱落似的在它的身上飘浮着。而最可笑的是它的脚掌很稳的抬起来，端得平平的再放下去，正好像希特勒在操演的军队的脚掌似的。

人们正想要说些什么，看到李寡妇戴着大帽子从屋里出来，大家就停止了，都把眼睛落到李寡妇的身上。她手里拿着一把黄香，

花　狗

身上背着一个黄布口袋。

"听说少爷来信了，倒是吗?"

"是的，是的，没有多少日子，就要换防回来的……是的……亲手写的信来……我是到佛堂去烧香，是我应许下的，只要老佛爷保佑我那孩子有了信，从那天起，我就从那天三遍香烧着，一直到他回来……"那大花狗仍照着它平常的习惯，一看到主人出街，它就跟上去，李寡妇一边骂着就走远了。

那班谈论的人，也都谈论一会各自回家了。

留下了大花狗自己在芭蕉叶下蹲着。

大花狗，李寡妇养了它十几年，李老头子活着的时候，和她吵架，她一生气坐在椅子上哭半天会一动不动的，大花狗就陪着她蹲在她的脚尖旁。她生病的时候，大花狗也不出屋，就在她旁边转着。她和邻居骂架时，大花狗就上去撕人家衣服。她夜里失眠时，大花狗摇着尾巴一直陪她到天明。

所以她爱这狗胜过于一切了，冬天给这狗做一张小棉被，夏天给它铺一张小凉席。

李寡妇的儿子随军出发了以后，她对这狗更是一时也不能离开的，她把这狗看成个什么都能了解的能懂人性的了。

有几次她听了前线上恶劣的消息，她竟拍着那大花狗哭了好几次，有的时候像枕头似的枕着那大花狗哭。

大花狗也实在惹人怜爱，卷着尾巴，虎头虎脑的，虽然它忧愁了，寂寞了，眼睛无光了，但这更显得它柔顺，显得它温和。所以每当晚饭以后，它挨着家凡是里院外院的人家，它都用嘴推开门进去拜访一次，有剩饭的给它，它就吃了，无有剩饭，它就在人家屋里绕了一个圈就静静地出来了，这狗流浪了半个月了，它到主人旁边，主人也不打它，也不骂它，只是什么也不表示，冷静地接待了它，而并不是按着一定的时候给东西吃，想起来就给它，忘记了也就算了。

大花狗落雨也在外边，刮风也在外边、李寡妇整天锁着门到东城门外的佛堂去。

有一天她的邻居告诉她：

"你的大花狗，昨夜在街上被别的狗咬了腿流了血……"

"是的，是的，给它包扎包扎。"

"那狗实在可怜呢，满院子寻食……"邻人又说。

"唉，你没听在前线上呢，那真可怜……咱家里这一只狗算什么呢？"她忙着话没有说完，又背着黄布口袋上佛堂烧香去了。

等邻人第二次告诉她说：

"你去看看你那狗吧！"

那时候大花狗已经躺在外院的大门口了，躺着动也不动，那只被咬伤了的前腿，晒在太阳下。

本来李寡妇一看了也多少引起些悲哀来，也就想喊人来花两角钱埋了它。但因为刚刚又收到儿子一封信，是广州退却时写的，看信上说儿子就该到家了，于是她逢人便讲，竟把花狗又忘记了。

这花狗一直在外院的门口，躺了三两天。

是凡经过的人都说这狗老死了，或是被咬死了，其实不是，它是被冷落死了。